青空に飛ぶ

鴻上尚史
KOKAMI Shoji

講談社

1

北海道に来ると、少し体が軽く感じる。空気が透明で、空からのプレッシャーというか圧力が減るような気がするからだ。

「札幌の空はそんなに澄《す》んでないでしょう」と伯母《おば》さんは納得しない顔で言うけれど、ぼくには札幌の空はものすごく透き通った青に見える。じっと見つめていると、なくそうと決めた心が動き出して、少しだけ軽くなる。それが哀《かな》しい。

屋上から飛ぶなら、こんな青空がいいと思う。

去年の夏に札幌に来た時は、全然違う気持ちだった。

二〇一四年八月、ミズーリ州のカンザスシティから四年ぶりに日本に帰ってきてすぐだった。父さんは日本に戻る前、北関東の引っ越し予定の地名を挙げて「カンザスシティとあまり変わらないぞ」と言った。確かに気温は似ていたけど、ジメジメムシムシした湿度が全然違っていた。

十三歳だったぼくは、蒸し暑さに悲鳴を上げた。そうだ、日本の夏はこんなに湿っていたんだと、小さい頃を思い出した。小学三年の夏から中学一年の途中まで、カンザスシティに住んだ。その間、二度、日本に戻って、おじいちゃんやおばあちゃんと会った。十日間ほどの短い期間で、いつも、十二月の冬休みだった。父親の仕事の都合もあったけど、両親も日本の夏に帰りたくなかったんだと思う。

これから毎年、この夏を経験するのかと思ったら、やり切れない気持ちになった。カンザスシティも、夏は蒸し暑かったけど、レベルが違っていた。帰国して十日ぐらいたった時、札幌の伯父《おじ》さん夫婦に会いに行こうと、突然、両親は言い出した。きっと、ぼくと同じように、日本の夏にうんざりしていたんだと思う。

飛行機と列車を乗り継いで、札幌駅を出た瞬間、気持ち良すぎて思わず声が出た。

「すごいね、北海道」見上げた空は、目に痛いぐらい青かった。不純物が何も入ってないソーダ味のゼリーのようだった。

「ほんと、ホッとするわ」太った母はおでこに浮かんだ汗を拭《ふ》きながら微笑《ほほえ》んだ。「すごく、空気がさわやかよね」

「湿度は埼玉と同じか高いぐらいなんだけどな。やっぱり気温が低いと不快指数も低くなるんだ」スリムな父親が真面目な顔で答えた。

市内に住む伯母さんが車で迎えに来てくれていた。長身でボーイッシュな姿をなんとなく覚えていた。中学一年のぼくを見て「大きくなったわねえ!」と目を見開いた。

車に乗り込む前に、ぼくは深呼吸した。深く深く、北海道の空気を体の中に入れた。人生で二度目の北海道。埼玉の地元では、深く息を吸おうとすると、生ぬるい水蒸気も一緒に入ってくるようで嫌だった。カンザスシティでもこんな深呼吸はしたことがなかった。

四日間の滞在の間に連れて行ってもらった『羊《ひつじ》ヶ丘《おか》展望台』でも『定山渓《じょうざんけい》』でも『時計台』

の前でも『テレビ塔』の下でも『白い恋人パーク　チョコレートファクトリー』の入口でも、ぼくは深く深く深呼吸した。息を吸うたびに、澄んだ空気が体一杯に入って、体の奥底からエネルギーが溢《あふ》れて来るのを感じた。

伯母さんはそんなに澄んでないと言ったけど、札幌の明るく深い青空がぼくの体を本当に軽くした。札幌は、街の風景はカンザスシティとは違うけど、大きさや広がりは似てる気がした。四日連続で見えた青空も。

そして、変な話だと自分でも思うんだけど、日本に帰ってきたんだという実感がやっと湧《わ》いてきた。

あんなに苦労したアメリカ、やっと慣れてきたアメリカ、ようやく楽しくなってきたアメリカを去ることは、本当は嫌だった。やっと分かるようになった英語を忘れるかもしれないという恐怖も大きかった。でも、父親の仕事の都合だから仕方がない、と強引に自分を納得させた。逆に、アメリカに四年間、住めるチャンスをくれた父さんに感謝しないといけない。

九月から日本で中学一年生の生活が始まると頭で思っても、まだ心はカンザスシティに残っていた。それが、北海道の青空の下、深呼吸と共に、ようやく日本の中学生になる自分をイメージできるようになった。

ぼくは初めて、九月からの中学生活を想像してワクワクした。アメリカのように、言いたいことがうまく言えなくて苦労することも、差別された視線を受けることも、夜道の一人歩きを心配することもうないんだ。英語を話さなくていいんだ。日本語でいいんだ。安全なんだ。そう思うと、体がフワッと浮き上がって青空の中に溶けていくような気持ちになった。

四日間の滞在が終わって、空港で飛行機に乗り込む直前、ぼくは何十回目かの深呼吸をした。ボーディング・ブリッジの空気も北海道の空気だった。羽田空港について、飛行機を出た途端、蒸し暑い空気が体を包み込み、一気に悲しい気持ちになった。

それから一年と二ヵ月後、中学二年の十月に、ぼくは母親とまた北海道に来た。札幌の青空を見ても、深呼吸する気持ちにはなれなかった。頭も全身も強張《こわば》っていた。心はなくそうとしていたのに、青空を見て、少し心が軽くなることが哀しくて悔しかった。

本当は去年と同じように夏休みに行きたかった。四日間じゃなくて、もっとずっと。夏休みの間、自分の家にいたくなかった。あいつらに何をされるのか怖かった。家に来られるのも、出かけて街で会うのも絶対に嫌だった。

夏休みに入る直前の日曜日、映画を見ようとシネコンのあるイオンモールに一人で行った時、自転車置き場でたむろしているあいつらと会ってしまった。逃げようとしたけれど、体が動かなかった。

背の高い中根《なかね》が「よお、ワラ。ゲーセン行こうぜ」といきなり近づいてきた。いつもの中根、関川《せきかわ》、浅井《あさい》の他に、吉田《よしだ》と岡山《おかやま》の五人だった。すぐに取り囲まれた。

「俺達、友達だもんなあ」背の低い浅井がニヤニヤしながら、手を引っ張った。拒否しようとして踏ん張ったら、腰の辺りに痛みが走った。後ろにいた誰かが膝蹴《ひざげ》りしたんだ。一瞬、息ができなくなって、しゃがみ込んだ。

「あれ、気分が悪いの？　じゃあ、ゲーセンやめてマック行こうか。えっ？　おごってくれるの？」関川の声が上から聞こえた。すぐに、全員の笑い声が続いた。

「俺、ビッグマックな」「俺、チーズバーガーとコーラ」「俺もビッグマック」中根と浅井、岡山の声が頭に突き刺さった。

両脇《りょうわき》に手が入って、いきなり立ち上がらされた。別の手がズボンのポケットに伸びて、サイフを抜き取った。

「なんだよ、ワラ。二千円しかないじゃん」不機嫌な中根の声が響く。

「これじゃあ、ワラの分、ないんじゃね？」浅井の声に、また、全員が笑った。

そのまま、吉田と関川の二人に両腕を持たれたまま、イオンの中にあるマックに向かった。中根達は楽しそうに話しながら歩いた。抱えられた手を振り払おうとしたら、手の甲に痛みが走った。顔を向ければ、浅井が笑いながら手に持ったコンパスを見せた。

「悪い。手が滑《すべ》った」そう言って、もう一度、コンパスを親指と人指し指の間に突き刺した。あまりの痛みに顔が歪《ゆが》んだ。全員が楽しそうに笑った。仲のよい、陽気な中学生達。大人からは、そう見えるんだろう。

マックで中根達は二千円分のハンバーガーとドリンク、ポテトを買って、近くの公園に移動した。

「ワラ、ポテト、やるよ。友達だからさ」中根が、ポテトを一本、突き出した。ぼくは、彼らの傍《そば》に立つように言われていた。サイフはカラになっても返してくれなかった。

「食えよ」中根が凄《すご》んだ声をだした。中学二年で、すでに一七五センチ近く身長があった。しかたなく近づくと、中根はポテトをつまんでいた指を緩めた。ポテトはそのまま、公園の土の上に落ちた。「なにやってんだよ。早く、食えよ」中根はニヤニヤした。全員が楽しそうにぼくを見た。

ゆっくりとポテトを拾った。一方の面に土がついていた。これぐらいなら、食べられる。殴《なぐ》られるより、小突かれるより、罵《ののし》られるより、はるかにましだ。

「ちょっと待って。きれいにしてやるよ」がっしりした体の関川が近づいてきて、ポテトに向かって唾《つば》を飛ばした。「消毒だよ」

唾の固まりがべっとりとポテトについた。

「あ、それいいね」浅井がすぐに口をクチュクチュした後、唾を飛ばした。ポテトと指に唾は飛び散った。「俺も」一見、優等生に見えるメガネをかけた吉田が、カーッと痰《たん》を集める音を出して、そのままポテトに向かって吐いた。痰はポテトを外れて、親指にべっとりとついた。全員が大笑いした。

「だめだよ。ちゃんときれいにしてやんないと」丸顔で小太りの岡山が、また、カーッという音を出して痰を絞《しぼ》り出した。そのまま、ポテトに向かって吐き出した。ポテトの端に、黄色い液体がからみついた。「すげえ！」浅井が感動した声を上げた。

「食えよ」中根がぼくを見下ろした。

飛び散った唾で、ポテトはテカテカと光っていた。白く小さな泡になった唾と黄色い固まりの痰がポテトにへばり付いていた。

何も感じないようにしようと心を抑《おさ》えつけた。でも、感じてしまう。心をなくそうとずっと思っているのに、心はまだ動いてしまう。

ゆっくり口に近づけようとして、体中に鳥肌が立った。同時に吐き気がせり上がってきた。

「食え！」中根が叫んだ。五人、全員が近づいてきた。恐怖が吐き気を押さえた。目をつぶって、ポテトを口の中に入れた。心臓がぎゅうと痛み、体が震え始めた。爆笑が聞こえた。「汚ねーなー！」「ゴミか！」「ゲロ以下じゃね！」「信じらんない！」「なんで生きてんの⁉」五人は本当に楽しそうな声を出した。

必死になってポテトを飲み込んだ瞬間、猛烈な吐き気が襲ってきた。「吐くんじゃねーよ」中根の声が響いた。けれど逆流は止まらなかった。口を押さえて公園の端にあるトイレに走った。大便用のドアを開けたのと吐き出すのは、同時だった。便座にも、少し、ゲロがついた。

ポテトを吐き出しても、吐き気は治まらなかった。今、経験したこと、受け入れたこと、感じたこと、全部を吐き出すように、胃が何度もせり上がった。喉《のど》の奥が焼けるように痛かった。口の中に嫌な味の唾液が溢れた。ひざまづいて便座を抱え何度も吐いた。吐く物がなにもなくなっても、体は震え、胃は痙攣《けいれん》している。

「だめだろ、ゲロがゲロ吐いたら」背後で中根の声がした。「っとに、ワラは汚いなあ」浅井の笑い声が続いた。

「汚い」と何度も言われていると、本当に自分が汚くて、ゴミでゲロ以下のような気持ちになってくる。そして、そんな自分はいじめられて当然なんだと考え始める。初めてそう思った時は、かえって、心の中がスーッとした。だから、自分はいじめられるのか。汚いからなんだ。ゲロ以下だからだ。だからなのか。いじめられるにはちゃんと理由があったんだ……。

「もう一本だけ、やるからさ。大切に食べろよ」関川の声がした。

便器をつかんだままじっとしていると、髪をつかまれて、ひざまづいたまま振り向かされた。

「ありがとうは⁉」浅井の声に見上げると、全員が集まってた。

「ありがとうは⁉」浅井がコンパスを見せながら、もう一度、繰り返した。

「……ありがとう」心をなくせば、これぐらいは言える。

浅井が満足そうにうなづいた。

「ワラ、ちゃんと見てろよ」小便器の前に立っていた関川が、体格のいい身体をねじってこっちを見た。左手にはポテトを何本か持っていた。右手は、チンチンを支えているようだった。

関川は体を小便器に向けなおして放尿を始めた。そして、おしっこの先にポテトを突き出した。尿が飛んで、ポテトが濡《ぬ》れた。そのまま、しばらく関川はポテトにおしっこを当て続けた。

全員がくすくすと抑えた笑い声を上げた。

放尿が終わり、右手で関川はチンチンをしまい、おしっこに浸ったポテトを、ひざまづいたぼくの前に突き出した。ポテトは三本あった。

「さあ、どうぞ」関川は優しい声を出した。

全員の忍び笑いが聞こえる。鼻先に突きつけられたポテトの固まりから、つんと尿の臭《にお》いがした。

「どうした、ワラ。スペシャル・ポテトだよ」関川が、ポテトをぼくの唇《くちびる》に当てた。

だけど、固まったまま動けない。

「お前、俺のプレゼント、受け取ってくれないの？　ひどいなあ」関川がおどけた声を出した。

「ひどいなあ」浅井が驚いた顔を見せながら、首筋にコンパスを突きたてた。痛みと恐怖で体が震えた。

「だめだよ、浅井。そんなに深く刺したら目立つじゃないか。俺達、親友なんだから」中根の声と共に、背中を拳で殴られた。

「そうだよ。友達だぜ」吉田の声と共に、また背中に激痛が走った。

「さあ、口を開けて」関川が、もう一度、嫌な臭いのポテトを突き出した。「開けろ」

すぐに、背中に三回、痛みが走った。「食え」「早く」「お前は汚いんだからさ、このポテトがちょうどいいんだよ。汚いんだから」関川が笑った。

「美味《おい》しいぜ」浅井の声が聞こえた。同時に、背中にきつい痛みが走った。コンパスがどれだけ深く刺さっているのだろう。

「それとも、また消毒してほしい？」中根が陽気な声を出した。

ぼくは手を伸ばして、三本のポテトを取った。つんとした臭いが近づく。目を閉じて、息を止めて、まとめて口の中に入れた。どうせなら、一回の方がいい。一本づつ、三回口に入れるなんて耐えられない。

口の中がポテトで一杯になった。何も感じないようにしようとしても、感じる。感じてしまう。鳥肌が立ち、叫びだしそうになる。

「吐くなよ。吐いたら、もう一回、プレゼントするぞ」関川の声が押さえつけるように響く。

体が小刻みに震えてきた。全身に力を入れて飲み込んだ。力を抜くと、吐いてしまいそうだ。顔も両腕も肩もお腹も力一杯力んで飲み込んだ。

「うまいか？　ワラ、しょんべんポテトはうまいか？」関川が楽しそうに聞いた。

小さく、うなづいた。

「英語で言えよ。うまいって英語で」中根が続けた。

口を開けたら、吐いてしまいそうだった。

「英語で言えよ」関川が凄んだ声を出した。

顎《あご》と唇に力を入れたまま、少しだけ口を開いた。

「……イッツ・ヤミー」

涙が溢れてきた。

「さすが、アメリカは違うなあ」中根のおどけた言葉に全員が爆笑した。

「あ、お前のサイフ、便器の中に落としちゃったよ。わりい」浅井が笑いながら続けた。

「じゃあ、行くか。楽しかったなあ」関川が本当に嬉《うれ》しそうな顔を見せた。

「おお。すっげえ、面白かったなあ。ワラ、また、遊ぼうな」中根も陽気な声を出した。

他の奴らもうきうきした顔で公衆便所から出て行った。

全員の背中が見えなくなった瞬間、下腹部が急に痛くなった。慌《あわ》ててズボンを下ろし、便器に座った。猛烈な勢いで水のような下痢便が出た。泣き声を押さえることはできなかった。

サイフは、関川がおしっこをした小便器の中に落ちていた。小学四年生の時にカンザスシティのレザーショップで買ったものだった。


月曜日、教室に入った瞬間、全員がぼくを見た。どきりとした。もう、クラスメイトがぼくと視線を合わせることはなくなっていた。ぼくは教室にいない存在になっていた。なのに、一瞬、全員がぼくを見た。こういう時は、また、何かが起きる時だ。嫌な予感に、背中から汗が吹き出した。

そのまま、自分の机に行く間に、次々に生徒が近づいて、耳元で「しょんべんポテト」とつぶやかれた。昨日中に、二年二組全体のＬＩＮＥ《ライン》グループで何があったのか広がり、あだ名が変わったのだ。

机に座ると、全員がまたぼくを見た。「しょんべんがついたポテトを食べた奴」という目だった。人間を見る目じゃなかった。汚物、ゴミ、小便そのもの、ゲロ、バケモノを見る目だった。

学校では人間ではなく、ロボットになろうとしているのに、心は動いてしまう。いろんなことを感じてしまう。自分は汚いんだと自分自身を責めてしまう。

教科書を鞄《かばん》から出し、机の中に入れようとしたら、机の中には、ゴミが入っていた。生ゴミが混じってなかったから、ホッとした。教室の後ろのごみ箱の中身を入れただけのようだった。ごみ箱を取ってきて、机の中のゴミを捨て始めた。

「しょんべんのついたポテトを食ったら、もう生きていけないだろ。いつ、死ぬの？」後ろから声が聞こえた。

「えっ⁉　しょんべんポテト、死ぬの？」「えっ、いつ？　いつ？　しょんべんポテトはいつ死ぬの？」

みんなが楽しそうに喋《しゃべ》っていたので、誰の声だか分からなかった。

2

去年の八月の終わり、札幌旅行から帰ってきた後、母親は口を酸《す》っぱくして「みんなの言うことを聞くんですよ」と繰り返した。

「帰国子女はね、どうしても、独自な行動をとりがちだからね。そうすると、すぐにいじめられるのよ。いい？　日本人はまとまりが大事なんだから。朝礼はちゃんと整列して、授業中はアメリカみたいに好き勝手に意見は言わないようにするのよ」

心配でたまらないという顔でぼくを見つめた。

アメリカの四年間で、母親は太った。アメリカのピザとアイスクリームのせいだと言っていたが、体重が増えて、心配するエネルギーも増したように感じる。

小学三年生でカンザスシティのフォックス・ヒル小学校に転入した時も、「なにかあったら、すぐに言うのよ」と毎日、心配した顔で繰り返した。でも、母親は英語ができなかったから、もし問題が起きても、父親が学校と話すしかなかった。それでも、母親は毎日、言い続けた。

母親は、エネルギッシュというか、世話好きで、いろんなことに熱心だった。カンザスシティには日本人学校がなくて、現地校のフォックス・ヒル小学校に通った。ただ、週一回、日本語補習授業校の授業があった。日本語で勉強する日本人のための学校だ。最初の一年間は、毎週土曜日のこの時間があったからアメリカでも生きていけた。言葉が通じるということが、どれほど幸せなことか初めて知った。

母親は、ぼくとは別の意味で喜んでいた。日本語補習授業校のＰＴＡ活動や運動会、日本を紹介する日本祭などで、率先して熱心に活動した。

同じエネルギーで、つまり全力で「学校で何か問題はないの？」と毎日心配されるので、一度、「大丈夫だから。そんなに心配しなくていいよ」と叫んだことがある。すると、「パパは毎日会社に行くのが仕事、ママは毎日心配するのが仕事なの」と言い返された。料理とか掃除とかが仕事なんじゃないのかと思ったけど、あんまり、母親の顔が真面目だったので黙っていた。

日本に帰ってきて、一安心するのではなく、さらに心配する母親のエネルギーは増えた。それは、カンザスでも、「いじめで自殺」という日本のニュースを聞いていたからだと思う。

「どんなバカバカしい校則にも、日本だと文句言っちゃダメよ」あと三日で日本の中学の二学期が始まる日、母親は夕食を並べながら言った。

ぼくはうんざりした顔をした。「バカバカしい校則って、なに？」

「カンザスの中学校には、校則なんてなかったでしょう。でも、日本にはあるの」

「カンザスにもルールはあったよ。先生が言ってたもん」ぼくはムッとして答えた。

「そうなの？　どんなルール？」母親は意外な顔をした。

「裸《はだか》で授業を受けてはいけない。下着姿もダメ。銃やナイフは持ってきてはいけない。授業中、突然、大声を出して騒いではいけない」ぼくは、母の作ったから揚げを頬張《ほおば》りながら答えた。

「それは校則というより、人間としてのルールでしょう」母親は箸《はし》を止めて、呆《あき》れた顔を見せた。「日本は違うの。髪を染めてはいけないとか、ピアスはダメとか、派手な靴下をはいてはいけないとか」

「なに、それ⁉」思わず声が出た。派手な靴下ってなんだ。

「そういうものなの。ママが中学生の時は、喫茶店に入るのも校則で禁止されてたのよ」

母親もから揚げを口に運びながら当然のように答えた。

「どうして？」

「どうしてって、不良になるって言われたのよ」

「どうして喫茶店に入ると不良になるの？」

「喫茶店には不良が集まってるからよ」母親は当り前じゃないのという顔をした。

「不良が集まってると、不良になるの？　犯罪に誘われるの？　ママはスラム地区に住んでたの？」

「そんなわけないでしょう」母親はムッとした顔をした。「でも、とにかく喫茶店の出入りは禁止だったの」

「だからなんで？」

「校則ってのは、そういうものなの。先生がいろいろ考えて決めてるんだから。いい？　校則には従うの。分かった？」

全然、分からない。

次の日、家族三人で食事していたら、母親のアドバイスに対して、父親が「あんまり真面目に校則に従ってると、かえって、いじめられないか？」と加わった。

「そう？　じゃあ、そこは適当に守ったり、守らなかったりしなさい」母親はさらに心配そうな顔でぼくを見た。

カンザスシティでは、小学校は五年までで、日本でいう小学校六年が中学一年になる。だから、ぼくは正確には、アメリカの中学一年を六月に終えて、日本の中学一年の二学期に転入することになった。

アメリカでは小学校五年生にもなれば、髪を染めたり、ピアスをしたり、化粧をしたクラスメイトが何人もいた。別に先生は何も言わなかった。中学では携帯電話を学校に持ってきてオッケーだった。

中学三年生の女子生徒が、一度、ドキドキする格好で（後から、あれはキャミソールというのだと分かった）登校して、入口で先生に止められているのを見た。下着姿は禁止なのだ。たしかに刺激的すぎて、教室にいたら、男子生徒は勉強にならなかっただろう。理解できないルールは何もなかった。母親の言う「日本の校則」が理解できないのとは全然違う。

でも、ぼくはバカじゃない。アメリカはアメリカ、日本は日本だと思っていた。日本のアニメもマンガも、たくさん見て、読んで、情報は仕入れていた。中学の校則も部活動も、全部、アニメにあった。母親に言われるまでもなく、アメリカのように行動するつもりはなかった。

大丈夫だと何度言っても、「だって、二学期からってのが心配なのよ。みんなと同じ中学一年の一学期からだと、まだ、安心なのにね。二学期からってことは、もう、みんな友達のグループもできてるってことでしょう。心配だわ。友君《とも》、クラスから浮かないかしら」と繰り返した。

そのことだけは、ぼくも心配だった。確かに、途中から入っていくのは不利だ。それははっきりしていた。

だが、ぼくは九月一日からの新しい中学生活で、いきなりいじめられることはなかった。それには理由があった。

3

二学期の初日、身構えて学校に行った。それなのに、最初の英語の時間に先生よりいい発音で教科書を読んで、一瞬、クラスを凍《こお》らせた。「なんだこいつ」という空気を肌で感じた。しまったと思った。あれだけ、アメリカはアメリカ、日本は日本と思っていたのにと、心から後悔した。でも、いじめられなかった。それは、シンプルな理由だった。クラスには、すでにいじめられている人間がいた。

昼休み、背が低くひょろっとした男子が近づいてきて、「英語、すごくうまいね」と小さな声で言った。どこかおどおどした印象だった。

「ありがとう。俺、萩原《はぎわら》。よろしく」思わず、握手の手を差し出した。すぐに内心、しまったと思った。これは日本式じゃない。

色白で痩《や》せた男子は、一瞬驚いた後、嬉しそうな表情になった。泣いているような笑顔だった。そして、松田《まつだ》と遠慮がちに名乗った。自分の名前を言うのに、どうして控えめなのかよく分からなかった。ただ、彼はとても喜んでいるということは伝わって来た。その気持ちがものすごく強くて、びっくりした。

放課後、一日の授業が終わって帰ろうとした時に、松田が近づいてきた。

「どこに住んでるの？　一緒に帰らない？」やっぱり、ものすごく遠慮がちに言った。

「いいよ」軽く答えると、「ほんと!?」と松田は驚いた顔を見せた。その表情にぼくが驚いた。松田はまた泣きそうな笑顔でぼくを見つめた。

どうしたのと聞こうとした時、数人の男子と女子が、ぼくと松田の間に割り込んで来た。

「萩原君、一緒に帰ろう」男子が二人、ぼくの手を強引に引いて、教室を出た。あっと言う間だった。

グラウンドの片隅にぼくを連れて行った男三人女一人の計四人は、松田と口をきかないようにと言った。

「今、クラスは、松田を無視することにしているから、萩原君にも教えとこうと思って」

森山《もりやま》と名乗った女子生徒が、大切な決まり事を伝えるような顔で言った。クラス委員タイプの少し偉そうな雰囲気だった。

「松田と話すと、萩原君もクラスから無視されるからさ。それはまずいだろう」真面目そうな飯《いい》島《じま》という男子生徒が心配そうに付け加えた。

ぼくはよく分からなかった。とにかく、いきなり「巻き込まれた」と思った。

「口をきいたらどうなるの?」素朴《そぼく》な疑問だった。反発でも怒りでもなく、ただ、質問だった。

「松田と一緒にいじめられるよ」それが、浅井がぼくに言った初めての言葉だった。

ゾッとする怖さがあった。浅井の体からは、なにかすさんだ臭いが漂《ただよ》っていた。他の三人は、普通の印象で、どちらかというと、優等生に見えた。森山も飯島も、もう一人、谷《たに》という男子生徒も、母親に紹介すれば、「いい友達がこんなにはやくできたのね」と喜ぶタイプの生徒だった。

どう答えていいのか分からないまま、あいまいに返事して、その日は終わった。

次の日、教室に入ろうとしたら浅井が待っていた。いきなり、ぼくの目を見て「分かってるよな」ときつい口調で言った。

ぼくはドギマギしながら、浅井と一緒に教室に入った。すぐに松田と目があった。松田は、ぼくを見つけて近づこうとして、傍に浅井がいることに気付いて動きを止めた。喜んだ顔が一瞬で無表情に変わった。

教室を冷静に観察して驚いた。松田は、クラスにいてもいないことになっていた。全員が、松田を無視していた。話しかけないだけじゃなくて、全員が松田と目をあわさなかった。松田がどんなに話しかけても、返事はしないし、顔も見なかった。

「透明人間ゲーム」って言うんだと、しばらく後で浅井が楽しそうに笑った。松田は透明人間だから、誰からも見えないんだ。ぴったりのゲーム名だろうと、浅井は自慢そうに説明した。

時々、ぼくは松田と目があった。松田は一瞬、嬉しそうな表情になった。ぼくは反射的に周囲を見た。浅井や他の生徒がじっとぼくを見ていた。ぼくは、松田の視線を無視した。目の端に、松田の哀しそうな顔が見えた。ぼくはどうしていいか分からなかった。

アメリカの教室にも、いじめはあった。それは、日本よりずっと暴力的だった。中一のクラスにハワードという男子生徒がいた。棒っ切れみたいにやせて、ソバカスとニキビがたくさんあった。英語ではおたくのことをギークというが、ハワードはビデオゲーム好きのギークだった。彼を、マイケルとクリスという体の大きい二人がいつもいじめていた。

いじめ方は、とても単純で分かりやすかった。悪口を言ったり、小突いたり、殴ったりした。いじめている相手をオモチャにして、壊れるまで遊ぶという感じだった。

クラスでは、ハワードへの暴力が目に余ると、何人かが止めたり、スーザン先生に報告したりした。そうすると、しばらく、ハワードへのいじめは止んだ。やがて、また、ハワードはからかわれたり、殴られたりした。いじめる人間といじめられる人間、それに、いじめを止めようとする人達とハワードがいじめられるのを見て喜ぶ観客と、無関心の傍観者がいた。クラスはひとつじゃなかった。いろんな奴がいた。ぼくはいじめを止めようとするクラスメイトの側にいた。

女子生徒にも、エバといういじめられっ子がいた。おとなしそうな子だったが、いつも数人の女子グループからいじめられていた。でも、やっぱり、クラスはひとつじゃなかった。いじめる奴、いじめを止める奴、喜ぶ観客、無関心といろいろといた。

北山第二中学の一年一組のように、クラスはひとつにまとまってなかった。一人のいじめられる生徒と三十五人のいじめる生徒なんて、クソみたいに分かれてなかった。三十五人は別々の人間なのに、同じ行動を取ることが信じられなかった。

二学期が始まって三日目の給食の時間に、男子生徒が四人、松田の机を取り囲んだ。浅井も交じっていた。そして、全員がいっせいに頭を掻《か》きむしり始めた。フケが大量に松田の給食に降り注いだ。ご飯の上にもサラダの上にもクリームシチューの上にもフケは落ちた。ご飯とサラダにはフケがうっすらとたまった。クリームシチューに落ちたフケはすぐに溶けて見えなくなった。

松田は無表情のまま、じっとしていた。クラス全員がクスクスと笑った。爆笑している男子生徒もいた。ぼくは黙って見ていた。笑う気持ちにはならなかった。胸がムカムカして、動かない松田を見ていられなかった。視線を外した時、一人、笑ってない女子生徒の姿が目に飛び込んで来た。あっと思って、彼女を見つめた。その女子生徒はすぐにぼくの視線に気付いた。そして、急に笑い顔になった。

担任の吉川《よしかわ》先生が入ってくる気配がして、笑い声は止んだ。先生と生徒達が食べ始め、しばらくして動かない松田を見つけて「松田、どうした?」と先生は聞いた。

全員が松田を見た。松田は、一瞬、ためらった後、「なんでもないです」と一言言って、フケまみれの給食を食べ始めた。あちこちから、笑いを我慢したくぐもった声が聞こえてきた。

ぼくが見ていることに気付いて、急に笑い出した女の子のことを一瞬、理解できなかった。が、すぐに分かった。彼女は自分に嘘をついたんだ。自分がいじめられないために、笑いたくないのに笑ったんだ。そんな生徒もいるんだ。

もちろん、本当にいじめが楽しくて笑っている奴もいる。世界から戦争がなくならないように、いじめが楽しくてしょうがないと思う奴はいなくならないんだ。

クラスは本当はひとつじゃないけれど、ひとつのふりをしてるんだ。何人かは自分に嘘をついて、同じ三十五人になってるんだ。その中にぼくもいる。

ぼくは松田のいじめをどうすることもできなかった。ミドルスクールの教室で、ハワードが殴られて脳震盪《のうしんとう》を起こした時、スティーブが「いい加減にしろ」とマイケルとクリスに詰め寄った。スティーブは小学校からずっとバスケットをやっているスポーツマンだった。身長も一八〇センチ近くあったし、マッチョな体だった。スティーブの勢いに、体の大きいマイケルもクリスも怯《おび》えていた。かっこいいなあと思った。

日本で、ぼくはスティーブにはなれなかった。

ぼくはよそ者として、松田のいじめを後ろの方で見ているだけだった。喜んだ顔をするわけでもなく、といって、嫌悪感を示すわけでもなく、ただ、後ろの方で三十五人の一人になっていた。

最初は心が痛んだけれど、やがて、無視することに慣れてしまった。ぼくにも松田は透明人間になった。

松田の顔色はどんどん悪くなっていった。でも、吉川先生は気付いてないようだった。

何度か、松田がいじめられていることを先生に言おうかと思った。担任の吉川先生は、二十代後半でエネルギッシュな人だった。この状況を変えてくれるんじゃないかと思った。

カンザスシティの小学校では、「Tattling」と「Reporting」の違いを丁寧に教えられた。「Tattling」は、訳すと、告げ口とか無駄口だ。「Reporting」は、報告すること。

例えば、隣の生徒が教科書に落書きをしているのを先生に言うのは、「Tattling（告げ口）」だ。でも、友達がいじめられているのを見たことを言うのは、「Reporting（報告）」。

ふたつは、「余計なお世話」と「大切な知らせ」の違いだ。「Tattling」をすると、人をトラブルに巻き込む。「Reporting」をすると、人を助ける。「Tattling」は、自分達で解決できることを先生に言ってしまう。「Reporting」は、大人の助けが必要なことを言う。

「Reporting」はすべきだが、「Tattling」はやるべきじゃないと、ニック先生は教えてくれた。授業では、いろんなケースを挙げて、「Tattling」なのか「Reporting」なのか、ぼく達に考えさせた。

友達がロッカーにナイフをしまうのを見た場合とか、友達とサッカーをしていて別な友達がサッカーボールを持って行ってしまった場合とか、友達がスーパーで万引きするのを見てしまった場合とか。先生に言ったとしたら、どれが「Tattling」で、どれが「Reporting」なのか。つまり、どれが「告げ口」でどれが「大切な報告」なのか。

いじめは、間違いなく、「Reporting」すべき代表だった。

ハワードへのいじめも、何回か先生に「Reporting」された。もちろん、マイケルとクリスに睨《にら》まれて、先生に報告できなかった生徒もいる。でも、ぼくが「Reporting」するしかないと思うと必ず誰かが先にやっていた。

先生に呼び出しをくらったマイケルとクリスは、しばらくおとなしくなった。やがて、またいじめを再開した。それでも、「Reporting」の意味はあったと思う。

吉川先生に松田のことを「Reporting」しようかと考えた。けれど、やめた方がいいと思った。いや、怯えた。やらない方がいいと、心の声がぼくに警告した。

ハワードのいじめのように、松田は分かりやすく殴られているわけじゃない。マイケルとクリスのように、いじめている人間のリーダーがはっきりしているわけでもない。もちろん、中心になっている何人かはいるけれど、はっきりと固定しているわけじゃない。

うまく「Reporting」できるだろうか。ぼくが「Reporting」したとクラスに分かると、日本では何が起こるんだろう。アメリカでは想像もつかなかったことが起こるような嫌な予感がした。

ぼくは結局、松田のことを吉川先生に「Reporting」できなかった。

そして、松田はいじめられ続けた、と思う。クラスでは、松田はいないことになっていたから、何が起こっていたのか、ぼくには正確には分からなかった。給食を食べていた松田が突然、口を押さえて教室を飛び出したことがあった。男子生徒の何人かが爆笑していたから、給食の中にフケ以上の何かが入っていたのだろう。

松田とすれ違う女子生徒が何かを言っていた。話しかけてると驚いていたら、次の女子生徒が「バーカ」と松田に言った。その次が「死ね」と続けた。普通の挨拶《あいさつ》のテンションだった。松田は暗い顔をしていた。

体育の時間に、松田だけが着替えてないことがあった。体操服を忘れたと松田が言い、体育の西山《にしやま》先生が怒った。体育が終わった後、松田の体操服は教室のごみ箱の中にあった。「ゴミ箱を見ろ」というメモを見た松田が見つけたのだ。はさみで切られたようにボロボロになっていた。松田はへらへらと笑っていた。

松田がどんな地獄《じごく》を生きていたのか、ぼくはちゃんと覚えてない。体育祭は休んだはずだし、班《はん》ごとの発表会の時も、保健室に行ったと思う。

思い詰めた表情の松田は、中一の二月の昼休み、突然、「うぉー！」と大声を出して、窓際に走った。そして、「ここから飛び下りて死んでやる！」と叫んだ。見ていたクラスメイトは爆笑した。拍手をした奴もいた。歓声も飛んだ。「よし行け！」という声だった。

拍手と歓声で、松田の動きは止まった。一瞬、本当に悔しそうな顔を見せた。松田は窓際を離れ、教室を飛び出した。残念そうな溜《た》め息があちこちから聞こえてきた。「嘘つき！」という声も上がった。

そして、松田は三月に本当に自宅のマンションのベランダから飛んだ。雨の日だった。

沈痛な顔をした吉川先生が朝の会で報告して教室から出た直後、「うっしゃ」という声がした。「ばーか」という声もした。「やっとだよ」という声もした。ニヤニヤしながら、うなづきあっている男子生徒もいた。

ぼくは信じられないものを見たと思った。

しばらくして、松田の自殺はいじめと関係があるかもしれないと大人達が言っているという噂《うわさ》が流れた。

松田が死んで二週間ほどして、ホームルームの時間に、吉川先生は、「緊急のアンケートだ」

と言いながら、紙を配った。

「あなたはいじめを見たことがありますか？」と、紙の一番上に書いてあった。

そして、「はい」と「いいえ」の文字と、「『はい』に丸をつけた人は、どこで、誰が、どんなふうにいじめられていましたか？　見たことを詳しく教えて下さい」と続いていた。

「匿名《とくめい》だからな。名前を書かなくていいから、正直に質問に答えてくれ」

吉川先生は真面目な顔で言った。

一瞬、クソみたいなジョークだと思った。でも、吉川先生の顔は真剣だった。本気なんだと分かって、叫びそうになった。

名前を書かなくたって、筆跡を見れば、担任なら誰の文字かすぐに分かるはずだ。そしたら、正直にアンケートを書いた生徒は呼ばれ、そして、先生に「チクった」と周りから思われるのだ。そして、間違いなくその生徒が次のいじめのターゲットになる。教室では、すでに「松田の次は誰だ？」というギスギスした雰囲気になっていた。

日本の教室には、「Tattling」と「Reporting」の違いはなかった。教えられてないんだから、しょうがない。先生に言うことは、どんなことでも、全部、チクること、つまり「Tattling」になる。もし、学校にナイフや銃を持ってきた奴がいて、それを先生に言ったとしても、日本だとチクったことになるんだろうか。みんな刺されたり撃たれたりしても、チクらない方がいいんだろうか。

みんな、自分の筆跡がバレて、吉川先生に呼び出されるのを避けるために、「いいえ」に丸をつけた、はずだ。ぼくも、呆れたし、悔しかったけど、そうするしかなかった。「いいえ」に丸をつければ、それでアンケートは終わる。先生に呼び出されることはない。

しばらくして、教育委員会が「自殺につながるいじめはなかった」と発表した、と母親が言っていた。アンケートをとった結果、「いじめ」はなかったと結論を出したという。大人が真剣に最低最悪の冗談を言っているんだと思った。松田の両親は怒っているが、学校もPTAもいじめはなかったと分かってホッとしていると、母親は近所の噂話を仕入れてきた。

ぼくは、松田の本当に悔しそうな、哀しい表情が忘れられなかった。窓際で「ここから飛び下りて死んでやる！」と叫んだ時、クラスが爆笑した瞬間の松田の顔。怒りと悲しみと絶望が一気に溢れていた。夢でも何度も見た。心が痛くて、そのたびに目が醒《さ》めた。

4

二〇一五年十月、一年二ヵ月ぶりに、札幌駅前で再会した伯母さんは、中学二年生になったぼくの顔を見て「友人《ともひと》君、大丈夫なの？」と驚いた声を上げた。

「なんだか、体調、よくないんです」横で母親が心配そうな顔を向けた。

「平気だよ」ぼくはぶっきらぼうに答えた。

「そう。じゃあ、美味しいものを一杯食べて、元気ださないと。北海道の秋はいいよお。もちろん、夏もいいんだけど。それから、冬も春もいいんだけどね」

伯母さんはそう言って、自分で笑った。

伯母さんは札幌で看護師をしている。見るからに働く女性という感じで、活動的でボーイッシュだ。背が高く、大きな口を開けて陽気に笑う。歳は母親の二つ上の四十四歳。

「ま、夏に来れなかったのは残念だったけどさ、秋も本当にいいから。しょうがないじゃない。パパもママも仕事があるんだから。ね、夏は去年来たわけだから、秋を楽しまないと」伯母さんは、微笑みながらぼく達を車に導いた。

顔色が優れず、機嫌が悪いのは、夏休みに札幌に来れなかったからだと、母親が言ったんだろう。母さんは本気でそう思っているんだろうか。夏休みの間、ずっとぼくが暗い顔をしていたのは、北海道に行けないからだと。

母親は去年の秋から、ファミレスのパートで働き始めた。アメリカに行く前までは、小さな不動産屋で事務をしていた。父親のアメリカ赴任《ふにん》にあわせて、退職したのだ。同じような職を探しているがまだ見つかっていない。じっとしているのが嫌だと言って、パートで働き始めた。夏、父親はお盆は休みだったが、母親は仕事が入った。それで、今年、夏休みに旅行に行く時間が取れなかった。

父さんは、日本に戻ってきて、あっという間に「会社人間」になった。カンザスシティでは、夕食を一緒に食べるのは普通だった。夜の七時にはもう家にいた。

が、日本に帰ってきて、去年、北海道旅行が終わった頃から、土日以外は、一緒に夕食を取ることはなくなった。「正しい日本の社員になったんだ」と半分、投げやりに父さんは笑った。土日も、出張だったりゴルフだったり（父さんは仕事だと言った）で、家にいないことが多くなった。今回も、連休の一日にゴルフがあるからと、札幌行きを諦《あきら》めた。でも、ゴルフがなくても、旅行しなかったんじゃないかと思う。父さんは何も予定のない土日は疲れ切って、たいてい、家でごろごろしていた。

十月の札幌は、夜は息が白くなるぐらい寒かった。札幌に着いた日の夜、伯母さんが旬だと言って出してくれた秋鮭《あきさけ》とタラバガニの鍋を、ぼくと母と伯父さんと伯母さんの四人で囲んだ。父親の兄の伯父さんは、札幌のホテルで働いていた。伯父さんも伯母さんと同様、陽気な人だった。ただし、体格は正反対で、伯父さんは太っていて、頭が少し薄くなっていた。

「ほんとに大丈夫？」伯母さんは、ぼくの顔を覗《のぞ》き込んだ。鮭もカニもあまり美味しく感じなくて、食は進まなかった。七月ぐらいから、どんどん食欲がなくなっていた。五キロは痩せただろうか。それでも、無理して食べないと、母親が心配する。母親に「何かあったの？」と聞かれるのが一番、嫌だった。

「なんでもない」と何度繰り返しても、母親はまた聞いた。うんざりした。

もし、ぼくが学校で何をされているかを知ったら、母親は泣くだけじゃなくて、倒れて寝込むだろう。大騒ぎで父親に話し、真面目な父親は間違いなく学校に行くだろう。そして、「みんな仲良く」が口癖の沢口《さわぐち》先生はクソみたいな対応をして、事態はますます悪化する。絶対に。

伯父さんが微笑みながらぼくを見た。「どうした？　友君、なんかあったのか？　失恋か？それとも、いじめられてるのか？」

面と向かって言われると、心臓がギューッとなる。口に含んだカニの味が急になくなる。でも、ぼくは無理に笑う。「どっちでもないですよ」嘘で笑うことは慣れている。

「いじめられてる」なんて絶対に言えなかった。絶対に言いたくなかった。恥ずかしいし、情けないし、悔しいし、かっこ悪いし。言ったら、本当に終わると思う。本当にクソになると思う。

「そうかあ。友君の学校はいじめはないのかい？」伯父さんはカニにかぶりつきながら聞いた。

いじめのない学校なんてないと思う。人間が人間と仲良くすることが、世の中で一番難しいことなんだから。

「ないですねえ。平和な学校ですよ」ぼくは笑ってカニを飲み込む。なんの味もしない。

「そりゃあ、よかった。今時のいじめってすごいんだろ。トイレに閉じ込めて、上から水かけるとか」

「ほんとなの⁉」母親が驚いた声を出した。

そんな分かりやすいいじめだったら、どんなによかったか。先生に一発でバレるようないじめをあいつらはしない。あいつらは、楽しい時間を短くするドジは踏まない。そんないじめは、たぶん、昔の話だ。

「教科書とかに『死ね』って書くのよね」伯母さんが、嫌そうに顔をしかめた。

そんないじめも今はない。そんなことをしたら、やっぱり先生や大人にバレる。いじめた証拠が残る。あいつらは、絶対にバレないように「いじめの証拠」を残さない。

浅井にコンパスで刺された跡は、いつも、小さなかさぶたになっただけだった。虫に刺されたと言ったら大人は信じるだろう。

体のアザも、遊んでいたと言われたらそれまでだ。

体育でサッカーの時間があった。試合をしていて、突然、後ろから突き飛ばされて、顔面から転んだ。関川が、すまなそうに「わるい。大丈夫か？」と覗き込んだ。体育の西山先生が「ナイスファイトだ」と言いながら近づいてきた。それだけだった。

それでも、やつらは、ぼくの体に、コンパスのかさぶたとアザが増え始めたら、急にいじめ方を変えて、お金を要求して来た。

断ろうとした時だけ、コンパスで刺されて、殴られた。

貯金していたお年玉はあっと言う間になくなり、母親に何度も、「参考書を買いたい」とか「友達と遊びに行く」とか言って、お金をもらった。あんまり続いたので、さすがに母親はおかしいと思い始めたようだった。

「もう母親にバレる」と焦《あせ》った時、やつらは、金の要求をやめて、「ぼくに何を食わせるか」というじめに変えた。

給食にフケを入れられ、浅井が家から持ってきたタバコを入れられ、ゴキブリも入れられた。口の中でひっかかった足と羽の感触は、今でも残っている。思い出すたびに、まったく食欲がなくなる。松田が口を押さえて走ったのも、きっと、ゴキブリだったんだ。

教科書も雑草も黴《か》びたパンも食わされた。モップを洗った汁も飲まされた。そのたびに、ぼくは松田を思い出した。痩せて、背が低く、怯えたような表情だった松田。ぼくと話して、一瞬、嬉しそうな表情を見せた松田。

先生や大人に絶対にバレないように、あいつらはいじめる。そして、いろんないじめ方をすると退屈しないんだと笑う。

「ワラ、どんないじめられ方がいい？　お前のリクエストに応じちゃうよ」中根が笑いながら何度も言った。

ぼくが何も言わないと、浅井が次々に「新しいいじめ方」を発明した。中根も関川も、いや、クラス中がそれを楽しんだ。

「もし、いじめを見ても傍観者になっちゃ、ダメだぞ。勇気を持って止めないと」伯父さんは三本目の缶ビールを冷蔵庫から持ってきた。少し顔が赤い。

だんだん、伯父さんのことがうざくなってくる。今のいじめに傍観者なんかいないって言ったら、伯父さんはどんな顔をするだろう。伯父さんの時代のいじめは、いじめられる奴といじめる奴と見ている奴がいたかもしんない。でも、今は違う。今は、いじめられる奴といじめる奴しかいない。

それが今の日本のいじめなんだ。三十五人が一人をいじめるんだ。いじめられる側になって初めて分かった。去年、松田の時は自分は三十五人のうちの一人だと思っていた。だから、なんというか、罪悪感もいじめに参加しているという意識も三十五分の一だった。

でも、いじめられる側だと違う。いじめは三十五倍になる。三十五倍の激しいいじめに感じる。一人一人を絶対に忘れない。いじめる側は三十五分の一の割り算で考えても、いじめられる側は三十五倍の掛け算になる。憎しみも怒りも悲しみも三十五倍になる。一人一人は割り算にならない。掛け算の一人として心に刻み込まれる。

タラバガニと秋鮭の鍋の途中で、伯父さんはテレビをつけた。ぼくがあんまり反応しなくなったからだろう。

いきなり白黒の画面に戦闘機が映った。今年二〇一五年は、戦後七十年だとナレーションが流れた。「神風《しんぷう》特攻隊」という言葉が聞こえた。ＮＨＫの番組のようだった。

伯母さんがそうそうと声を上げた。「九月に入院した患者さん、どうやら、特攻隊の人らしいの」

顔が赤い伯父さんが興味深そうに答えた。「特攻隊？　だって、もうずいぶん年だろう」

ぼくは「特攻隊」という言葉で息が止まりそうになった。「特攻隊ゲーム」の記憶がいきなりリアルに蘇《よみがえ》った。

「もう九十歳を超してる人。なんか、特攻隊の有名な人らしいの。この前、東京からマスコミの人が来てたのよ」伯母さんが真剣な顔で答えた。

「なんて人なんだ?」伯父さんがテレビ画面を見ながら聞いた。画面では、戦闘機が軍艦に突っ込む瞬間が映っていた。

「佐々木《ささき》さんて言うの。佐々木友次《ともじ》さん」

「ふうん。知らないなあ」伯父さんは残念そうに答えた。

ぼくは、全身に力をいれて体の震えを止めようとしていた。「特攻隊ゲーム」を考えないようにしようと思えば思うほど、全身に感覚が蘇ってきた。

5

九月の終わりだった。授業を終えて帰ろうとした途端、中根たちに取り囲まれた。浅井がニヤニヤと笑いながら、「ワラ、遊ぼうぜ」と声をかけてきた。全身がゾクッとした。浅井がなにか思いついた時に見せる残忍な顔だった。

そのまま、数人に周りを囲まれたまま、教室を出た。

「ワラ、お前は特攻隊だ」浅井が真面目な顔をして言った。「今から、敵にぶつかり、敵を撃破せよ」

「敵ってなんだよ」笑いながら答えた。笑うしかなかった。

「敵は敵だよ。いいか。ぶつかって倒せよ」中根が見下ろしながら威圧した。

両脇を抱えられたまま、廊下を歩き、校舎を出た。正門に続くコンクリートの道が目の前にあった。下校していく何人もの生徒の背中が見えた。

「あいつを倒せ」中根が5メートルほど先を歩く背中のひとつを指さした。

「倒す?」理解できなくて、周りを見渡した。

「特攻だよ」浅井の目が異様に光った。「あいつ生意気なんだよ。だから、後ろからぶつかるんだ」

関川の低い声が響いた。「一発で倒せよ」

指さされた背中は広かった。背はそんなに高くなかったが、骨格も太く、スポーツで鍛《きた》えたようにがっちりしていた。三年生に見えた。

呆然《ぼうぜん》と立っていると、すぐに、右手に鋭い痛みが走った。浅井がコンパスを持って、にやりと笑った。右手の甲に、赤い血がにじみ始めた。

「出撃!」浅井の声が響いた。

背中を誰かがドンと押した。が、足が動かなかった。広い背中は、ゆっくりと正門に近づいていた。

「ワラ。もし一発で倒せたら、仲間に入れてやるよ」中根が耳元でささやいた。

思わず、中根の顔を見た。

「あいつは、柔道部の瀬上《せがみ》って奴だ。三年だからって威張ってんだよ。あいつを一発で倒したら、お前は俺たちの仲間だ」

「仲間」反射的に繰り返した。一瞬、意味が分からなかった。長い間、聞いたことのない言葉だった。「仲間」もう一度、心の中でつぶやいた。

中根がそれを見抜いたようにうなづいた。「倒したら、仲間だよ」

仲間になったら、もういじめられなくなる。仲間になったら、無視されなくなる。仲間になったら、透明人間にされなくなる。仲間になったら、フケの入った給食を食べなくてよくなる。仲間になったら……。

「ほんと？」少し声がかすれた。

「俺たちが嘘ついたことあるか？」関川が真面目な顔で見つめた。

無視されたり殴られたり笑われたり脅《おど》されたりしているけれど、嘘はつかれてないかもしれない。とっさにそう思い込もうとした。

ゆっくりと正門に近づく広い背中を見た。あの背中にぶつかり、倒しさえすれば仲間になれる。人生がすべて変わる。

次の瞬間、大声を出しながら背中に向かって走り出していた。目の前を歩いていたいくつかの背中が、驚いて振り向いた。広い背中もちらりと振り返った。丸顔で太い眉《まゆ》だった。

その顔に向かって、叫びながら頭から一直線に走り込んだ。

次の瞬間、その男は、さっと身体を横にずらした。目標を失ってつんのめり、そのまま正門手前の道に顔から倒れ込んだ。ざらざらとしたコンクリートで擦《す》って、顔の右半分と両方の手のひらが焼けるように熱くなった。

体全体がしびれて、起き上がれなかった。「なんなの、お前？」突然、上から声がした。必死に顔を上げると、背中の広い三年生が見下ろしていた。

動こうとして、膝と腰がもの凄く痛かった。コンクリートに激しく打ちつけていた。三年生は、周りをちらりと見た。そして、立ち上がろうとしたぼくの左手の甲を踏みつけて体重をかけてきた。指の関節がコンクリートに押し付けられて激痛が走った。

「もう一回やったら、殺すよ」三年生は全体重を右足にかけたまま、左右にひねった。指がコンクリートに押し付けられて擦れた。うめき声が出た。

三年生はそのまま、正門に向かって歩き始めた。

起き上がれなかった。周りを不思議そうな目が見下ろしながら通りすぎて行った。

「萩原、大丈夫か?」浅井の声がした。

萩原と呼ばれたのはずいぶん久しぶりだった。萩原という呼びかけに、ふっと体の力が抜けた。

何本かの腕が伸びて肩と背中を摑《つか》まれて、上半身を起こされた。そのまま、脇の下に手が入って立たされた。乱暴な起こされ方ではなかった。それどころか、どこか、仲間を助ける手触りがした。

中根がズボンとシャツについた砂ぼこりを払い始めた。

「萩原、何してんだよ?」中根は半ば笑っていた。

中根が砂ぼこりを払っている。信じられなかった。あの中根がぼくのシャツとズボンの汚れを払ってくれている。ぼくが必死で特攻したからか。思わず、涙がにじんできた。体の痛みがゆっくりと和らぎ始めた。

関川が近づき、肩の砂ぼこりを払ってくれた。「しょうがないなあ。萩原は」肩をポンポンと叩《たた》く音が心地よかった。お腹の辺りがゆっくりと温かくなってきた。

「仲間になりたいんだろ」関川は耳元でささやいた。「だったら、倒せ」

思わず声が出た。一気に全身が緊張した。唖然《あぜん》としたまま、振り向いて関川の顔を見た。関川はにやりと笑った。

左手に激しい痛みが走った。「出撃だよ」コンパスを持った浅井があごをしゃくった。「喜んで出撃して、花と散るのが特攻隊なんだよ」

動けなかった。すぐに、メガネの吉田と小太りの岡山が両脇を抱えた。そのまま、正門に向かって歩き始めた。

「ワラ、知ってるか？　昔の特攻隊の人は、自分から志願して、笑顔でアメリカの船に突っ込んでいったんだぞ」浅井が背中を押しながら言った。

「成功を祈る」中根の声が続いた。

正門を出て右に曲がると、歩道の先に広い背中が見えた。

「成功したら仲間な。失敗したら、人間のはるか下、ゴミ以下な」関川が楽しそうに言った。

両脇を抱えていた吉田と岡山が手を離して背中を押した。数歩歩いて、立ち止まった。後ろから「あれ？　やんないの。どうなるか分かってるの？」という中根の声が聞こえた。

「どうなっても知らないよぉ」岡山の声だった。

「それじゃあ、『チンチンゲーム』しようか？　女子の前でチンチン出すの。それとも、『オナニーゲーム』にする？　みんなの前でやるんだぜ」浅井が楽しそうな声を上げた。

走り出した。歯を食いしばって、ただ、目の前の背中に向かって突進した。涙が溢れて、目標がにじんだ。

足音に気付いたのだろう。がっちりとした背中が振り向いた。驚いた顔だった。思わず、足が止まった。飛び込めなかった。

「だからなんなの、お前」呆れた声だった。

「ぼくはあなたを倒さないといけないいんです」

「どうして？」

「…………」言葉が出なかった。「お願いです。倒れて下さい」涙が止まらなかった。

「意味、分かんね」

三年生は振り向いて、また歩きかけた。その体にしがみついて、押し倒そうとした。その時、体が宙に浮いた。そのまま、体の側面が歩道に激しい勢いで叩きつけられた。男が足払いをかけたと後で分かった。痛みで、一瞬、意識が遠くなった。

「バカじゃないの」去って行く三年生の吐き捨てるような声がかすかに聞こえた。

どれぐらいいたったのか、倒れたまま意識が戻って来ると、正門近くにいる奴らが見えた。みんな、笑っていた。浅井は指さして、中根と関川は満足そうに、吉田と岡山は腹を抱えて爆笑していた。

歩道に打ちつけられたまま、その光景を見ていた。

浅井が手をメガホンのようにして叫んだ。「特攻隊ゲーム、またやろうな」中根達の笑い声が大きくなった。

6

札幌に来て二日目の朝、母親の携帯電話が鳴った。父親が四十度近い発熱で動けないという知らせだった。ぜえぜえという苦しい声で、予定していたゴルフをキャンセルしたと告げた。電話を切った後、母親は、父親のために家に帰ろうと言い出した。

ぼくは絶対に嫌だと言った。あいつらが住んでいる街にどうしても帰りたくなかった。母親は「今日帰るか、明日帰るかの違いでしょう」となだめるように言った。

北海道旅行は十月の連休三日間だから、明日の夜にはもう帰るしかない。でも、たった一日でも、あいつらと同じ街にはいたくなかった。「絶対に帰らない」とぼくは繰り返した。

母親は、ぼくの態度に驚いていた。なにか疑問を持ったかもしれない。どうしてそんなに帰りたくないの？　何か隠しているの？　そう聞きたそうな素振りだった。でもいいんだ。もうすぐぼくは青空に飛ぶ。最後の最後ぐらい、自分のしたいようにするんだ。なんと思われても関係ない。

伯母さんはすでに病院に出勤していた。午後からホテルに出勤予定の伯父さんが、「まあ、友人君一人でも大丈夫だよ」と取りなしてくれた。

結局、母親だけが午前中の飛行機で帰ることになった。札幌駅に向かうタクシーに乗り込む時、母親は心配そうな表情をぼくに向けた。その顔を見ながら、内心、ハッとした。これが、母さんとの最後の別れになる。心臓が高鳴り始め、ぼくは無理に無表情を作って母親を送り出した。

タクシーが見えなくなると、突然下腹部が痛み始め、トイレに駆け込んだ。

こんなに早く、チャンスが来るとは思わなかった。

いきなりぼくは札幌で一人になった。青空に飛びたいと思った札幌で独りになった。こういう運命だったんだ。

伯父さんも伯母さんも仕事があって、ぼくは独り札幌を歩く。そして、飛ぶにはちょうどいい、青空に一番近い場所を見つける。そして、ぼくは青空に飛ぶ。

地下鉄の大通《おおどおり》駅を出て、大通公園を並木沿いに歩いた。もう木々の葉が黄色く色づいている。四角や丸に区切られた花壇には名前の分からない色鮮やかな花が何種類も植えられていた。花壇の周りの芝生《しばふ》の上には、たくさんの人々がレジャーシートを敷いて座っていた。十月の北海道は、本当は最高の季節のはずなんだ。だけど、体と心は強張ったままだ。

噴水の傍のベンチに腰を降ろした。無意識にスマホを出して、LINE《ライン》を見そうになった。ハッとして手を止めた。昨日から、ぼくはクラスと完全に切れるんだと決めていた。やっと決心できた。

二年二組全体のLINEグループは、たぶん、二つある。

一つはクラス三十六人中、スマホを持っていない三人以外全員がメンバーだ。ぼくもメンバーに入っている。四月は、半分ぐらいの参加だったが、このグループに入ってないと、いつ自分がいじめのターゲットになるか分からないから、クラスの誰もがスマホを買ってくれるように親に必死で頼んだ。

気がついたら、クラスで三人以外、全員が参加していた。親がどうしても許さなかったのが一人、経済的な問題で買えなかったのが二人、計三人は持っていなかった。この三人は、仲のよい友達にいつもLINEの情報をもらっていた。そして、友達が本人の伝言を代わりに発言していた。そうやって、常に「いじめる側」にいようとした。

五月に浅井に「萩原はLINEやらないの?」と誘われた時は、嬉しくて涙が出そうになった。

もうクラスの誰もぼくと話さなかったから、ウキウキした。

すぐに、母親に無理を言って、スマホを買ってもらった。父親の「中学二年じゃあ、まだ早いんじゃないか」という言葉には「日本のクラスメイトはみんな持ってるから」と答えた。「そういうものなのか」と、父親は半信半疑の顔をした。

アメリカじゃあ、LINEは全然、有名じゃなかった。携帯電話を通じて、多数の人間がグループを作り、同時に書き込みができるのは、「WhatsApp」というアプリだった。それでも、カンザスシティの中学では、使っている生徒は少なかった。

日本では、クラスメイトはみんなLINEを知っていた。携帯電話を持ってない奴も、名前だけは知っていた。みんながLINEに興味を持っていた。だから、LINEなら、ぼくと話してくれるんじゃないかと期待した。

今から思うと笑ってしまう。教室で無視されているのに、LINEで会話してくれるわけがないんだ。

発言しても無視されるか、急に話題を変えられた。教室なら、言葉は目に見えないけれど、LINEは、自分の言葉が誰にも届かず、誰にも受け止めてもらえないまま文字として残された。それは、ものすごく分かりやすい「さらしもの」だった。クラスのぼくの状態が、目に見える形になっていた。

浅井が話しかけてきたことも、少し考えればおかしいと分かったはずだった。浅井は、中根と関川に自慢するように、いつもぼくのいじめ方を「発明」した。LINEという言葉が出た時、気付くべきだった。でも、話しかけられたことが本当に嬉しかったから、見抜けなかった。

それでも、必死に発言してみた。そして、ずっと無視だった。やっぱりダメなのかと絶望した頃、ぼくへの悪口が始まった。

「アメって本当に汚いよね」「キモアメは明日も学校に来ちゃうの⁉」「ワラはいつまで生きてるのかなあ」ＬＩＮＥに参加した全員が、ぼくの悪口を言った。

ＬＩＮＥでは、本名で呼ばれることはなかった。最初はアメリカから帰ってきたことを自慢している奴として（絶対に自慢なんかしなかった！）アメと呼ばれた。次に、「笑える」とか「www」のワラと苗字の「萩原」で、「ワラ」と呼ばれるようになった。他にも気持ちの悪いワラで「キモワラ」や「キモアメ」（キモチの悪いアメリカ）もあった。

夏休みに入る前に「しょんべんポテト」「しょんポテ」「しーポテ」が加わった。「しょんべんポテト、信じられない。俺だったら自殺するね」

ぼくの名前、萩原友人《ともひと》は絶対に出てこなかった。もし、先生や大人がこのＬＩＮＥを見ても、ぼくに対する悪口だとは分からないだろう。もっとも、先生や大人に見られるようなミスはしないと思う。奴らは、定期的に自分の発言を削除しているはずだ。いじめの証拠は絶対に残さないんだ。

このＬＩＮＥグループは、ぼくを無視していじめることと、ぼくの悪口を言っていじめることの二つが目的だった。それ以外の発言はなかった。

そして、たぶん、もうひとつ、ぼく以外の三十二人が参加しているクラス全体のＬＩＮＥグループがある。

このグループでは、ぼくに対して最近、悪口が少ないとか、今からいじめてみんなで盛り上がろうとか相談しているんだ。どうやってぼくをいじめたら楽しいか、どんないじめ方が効果的か。

夏休みが近づいた頃、ぼくも参加しているＬＩＮＥグループで、突然、夏休みにみんなでどこかへ行こうという会話が始まった。もうひとつのＬＩＮＥグループで打合せがあったんだ。どこに行きたい？　という質問に、クラス中がさかんに発言を続けた。発言しても誰も答えないともう分かっているから、ぼくはただ見ていた。

見ちゃいけないと頭では分かっている。でも、このＬＩＮＥグループから抜けると、本当に一人になる。それが怖かった。

誰が何を話し、何を考えているか知るだけでも、なんというか、完全にクラスで孤立してないような気持ちになった。でも、そこには無視と悪口しかない。見たくないのに、見ないではいられない。

自分への悪口がズラッと並んでいるのを見ると、頭痛がしてきて吐き気も起こってくる。でも、見るのをやめられない。よく眠れなくなって、夜中、何度も目を醒ますようになった。寝ても、思わず叫んで、自分の声に起きてしまうこともあった。食欲もどんどんなくなってきた。でも、スマホを手放せられない。

夜、夏休みにどこに行きたいかの議論が終わると、「しょんべんポテトはもう死んだかなあ」と誰かが言う。「夏休み中には死ぬんじゃね？」と誰かが答え、「まさか二学期は来ないでしょwww」というメッセージと共に、楽しそうなスタンプが貼られる。「死ね」という文字と陽気なスタンプが二十以上、あっという間に並ぶ。ぼくは、吐きそうになってトイレに駆け込む。下腹部が痛み、下痢も始まる。

右手に札幌のテレビ塔が見えた。赤い鉄塔。東京タワーを小さくしたような印象だった。塔の真中辺りに「10：13」と、時間が数字で大きく赤く表示されていた。その上、山で言えば八合目辺りに青緑色の外壁の小さな展望台が見えた。白く縁取りされた一列の窓が見える。あの窓は開くんだろうか。あそこからさらに上に登る階段はあるんだろうか。階段は風が吹き抜けるむき出しだろうか。手すりは低いんだろうか。

あの展望台の高さから青空に飛んだら間違いないだろう。本当に空を飛んだような気持ちになれるかもしれない。

じっとテレビ塔を見つめていたら、頬《ほお》が冷たいことに気付いた。手を当てれば、涙が出ていた。自分が泣いていることが分からなかった。最近、涙が勝手に出ることが何度もある。感情が壊れているんだ。

静かに涙は流れ続けた。ぬぐってもぬぐっても涙は出た。目の前の芝生に座っている中年の女性が一人、不思議そうにぼくを見つめていた。思わずベンチから立ち上がり、テレビ塔に向かって歩き始めた。

遺書を書かないといけない、と思っている。雨の日に飛んだ松田は遺書を書かなかった。だから、いじめはなかったことにされた。先生達と校長は、遺書がなかったことに心底ホッとしていたと思う。

でも、遺書を書くのはつらい。自分が何をされたか、何をしてしまったか。二度と思い出したくないことと、絶対に忘れたいことと、もう一度向き合わないといけない。

松田は、きっとそれが嫌だったんだ。だから、何も残さないで飛んだ。ぼくも、何も振り返らず、今、この瞬間にパッと消えることができるのなら、それが一番いい。

テレビ塔には、飛べそうな場所は見つからなかった。展望台の窓は開かなかった。展望台に登るエレベーターから見えた階段は、四方を金網で囲われていた。

エレベーターの傍に非常口があった。ここから展望台の上の外階段に出られれば、可能性はあるかもしれないと思った。でも、ドアノブと鍵穴《かぎあな》の間には、「施錠済」という文字が書かれたプレートが張り付けられていた。そっとドアに近づき、ドアノブを押してみたが、動かなかった。

展望台の窓をぐるりと見回せば、札幌駅辺りに屋上にヘリポートがある高いビルが見えた。あのビルの屋上から飛びたいと思った。

テレビ塔を出て、スマホを取り出し、「札幌　高いビル」と検索してみた。『ＪＲタワー』という文字と画像が一番に出た。展望台から見えたビルだった。

十分ほど重い体を引きずるように歩いて、札幌で一番高いビルのエスカレーターに乗った。ショッピングモールがあって、レストランがあって、ビジネス階になっていて、ホテルもあった。どこも連休の人で溢れていた。どれぐらいいただろう。札幌で一番高いビルは、広さも凄かった。歩いても歩いても、むき出しの屋上に出る経路は見つけられそうになかった。

重い体のまま駅前に出て、ガラス張りの角張ったドーム状の建物の端に腰掛けた。見上げれば青空だった。

ドームの周りには、たくさんの人がぐるりと座っていた。二人以上の人たちは楽しそうに会話していた。一人の人は、みんな「何か」を待っているように見えた。友達だったり、恋人だったり、ＬＩＮＥの言葉だったり、偶然の出会いだったり。ぼくは「ぼくの終わり」を待っていた。

でも、それは、自分から動かないと来てくれない。

夏休みは、予想した通り、毎日のようにクラスメイトが楽しく会話するＬＩＮＥが続いた。自動的に表示される設定にしていたので、次々と文章はスマホに現れた。胸が張り裂けそうだった。プールに誰と行ったとか、キャンプがどうだったとか、見るたびに胃の奥がきりきりと痛み、吐き気と下痢と頭痛に苦しめられた。自分がどれだけ独りなのか何十回も突きつけられた。だが、どうしても見てしまった。お前なんか相手にしないと示されることが、自分でもおかしいと思うけれど、誰かとつながっているという暗い喜びだった。

そして、二学期が始まり、平日はまだ少なかったけど、週末になると、ぼくへの悪口と体育祭の楽しそうな話し合いのＬＩＮＥが一気に増えた。

十月の連休になったら、どんなことが書かれるんだろうと想像するだけでゾッとした。北海道で読みたくなかった。耐えられなかった。

でも、青空に飛ぶと決めたら、もう関係ないんだと思えた。みんなが何を話そうと、何を言われようと関係ない。そんな気持ちは初めてだった。

連休の前日、ぼくはもうＬＩＮＥを見ないと決めた。そして、ＬＩＮＥを非表示の設定にした。自動的にスマホに表示されることはなくなった。これでいいと思ったのに、何を話しているか知りたい気持ちともう見ないという気持ちが、心の中でごつごつとぶつかった。お腹と頭の中が激しく混乱して、吐きそうだった。

もう一度、スマホを取り出し、札幌の高いビルを検索した。札幌駅のひとつ隣の駅前にある、四十階建ての高層マンションを見つけた。これなら人が多くないし、なんとかなるだろう。

マンションの玄関は、小さくて分かりにくかった。シルバーの自動ドアを入ると、もうひとつ、オートロックのドアがあった。右手には、インタホーンと鍵穴、そして、テンキーがついたボックスが載ったテーブルがあった。

もう一度、玄関を出て、高層マンションを見上げた。屋上から飛ぼうと思って見上げると、灰色の大きな墓石に見えた。

しばらく、玄関の前の道路に立って見ていた。住人が何人か、出たり入ったりしているのが見えた。そのたびに、異様にドキドキした。あの人の後について行けば、入れるかもしれない。でも、なかなか、体が動かなかった。

三十分もそうしていただろうか。小さな子供をつれた女の人が玄関に入っていくのが見えた。何も考えないまま、道路を渡った。

玄関を入ると、女の人はテンキーを押していた。オートロックのドアが開いた。女の人は、小さな子供の手を引いて中に進んだ。五歳ぐらいの男の子だった。ぼくも反射的に後に続いた。髪の短い女の人はちらりと後ろを振り向いた。ぼくは、軽く頭を下げた。心臓が口から飛び出しそうだった。

エレベーターホールは広かった。女の人はそのままエレベーターの前に進み、ボタンを押した。ぼくは人を待つふりをして立ち止まった。胸が痛いくらい、心臓が脈打っていた。

話しかけられたらどうしようと、叫びそうだった。何時間にも感じる時間が過ぎて、女の人と男の子はエレベーターに乗り込んだ。全身の力が少し抜けた。すぐに、エレベーターの前に立ってボタンを押した。また、じりじりとした時間が過ぎ、やっとエレベーターに乗り込むと、階層表示のボタンは二十五階までしかなかった。四十階を求めて伸ばした指がさまよった。理解できなかった。閉まりかけたエレベーターを出て、周りを見た。

目の前にもエレベーターが二つ、並んでいた。壁に「26—40」という表示が見えた。少し考えて、やっとそれが階層の表示だと分かった。

四十階でエレベーターを降りると、小さな空間があった。少し離れた右側に窓が見えた。鍵はなく、開かない頑丈な窓だった。窓の向こうに札幌の街並みが大きく広がっていた。

左側は廊下が伸びて、部屋のドアが向かい合って並んでいた。廊下の突き当たりはただの壁だった。

どこにも、屋上に通じるドアはなかった。吐きそうなぐらいドキドキしながら廊下を往復して、諦めた。

高層マンションを出て、深い溜め息がでた。たぶん、どこのマンションも屋上には簡単に行けないようになっているんだ。

少し考えて、屋上がダメなら、外廊下から飛ぼうと周辺のマンションを探し始めた。ネットで見たいくつかの高層ビルには、外廊下がなかった。でも、十五階建てぐらいのマンションなら、エレベーターを出て部屋まで外廊下を歩くのは普通だろう。カンザスシティや埼玉で見たマンションを思い出してそう考えた。

でも、札幌のマンションは外廊下がなかった。四階建てぐらいまでの団地には手すりの部分に窓がついた外廊下があったが、それ以上の高いマンションには、外廊下がなかった。ぼくの知っているマンションと形が違って、ビルの外側は全部、バルコニーか窓か壁だった。

一時間ほどうろうろと歩いているうちに、マンションの非常階段が気になり始めた。玄関の真横に、非常階段がついている黒いマンションを見つけた。下から数えてみると、十二階建てだった。本当はもっと高い所から飛びたいけど、しょうがない。雨の日に飛んだ松田に比べたら、札幌の青空で飛べるんだからましだ。松田は何階の高さから飛んだんだろう。今になって、知っておけばよかったと思う。

非常階段の入口は鉄のドアがあって、鍵がかかっていた。一瞬、ダメかと思ったけれど、横に回り込むと目の高さに斜めに上がる階段の壁があった。手をかけ、ジャンプし、足をかけて、よじ上った。そのまま、ゆっくりと階段側に降りた。シャツとズボンがこすれて、黒く汚れた。

ひとつひとつ階段を登った。何階ぐらいだろう。足が悲鳴を上げ始めた。でも、休みたくなかった。見つかるのも、話しかけられるのも嫌だった。登り続けていると、だんだん、足の感覚がなくなって来た。息が上がり、歯を食いしばって、一番上に来た。

屋上への出口にはドアがあって、鍵がかかっていた。ドアと階段の壁には隙間がなかった。屋上に忍び込むのは不可能だった。予想していたけれど、落ち込んだ。

振り向いて、階段を五段ほど降りて踊《おど》り場《ば》に立った。屋上と十二階のちょうど真ん中にある階段の踊り場。踊り場の手すりの向こうには、マンションがたくさん見えた。四十階からの眺めと違って、空よりも地面に近い感じがした。でも、しょうがない。

手すりの高さは、胸の少し下だった。乗り出して見下ろせば、駐車場のコンクリートだった。

車が何台か止まっていた。十二階の高さでも、じっと下を見ていると吸い込まれそうだった。これなら大丈夫だ、ちゃんと死ねる。

心臓がまた、痛くなってきた。息が上がり、呼吸が浅くなってくる。ノドが渇き、ベロの奥が張りつくような感覚がする。脚がざわざわと震え始めた。風が顔に吹きつける。ここから飛び下りさえすれば、やっと楽になれる。

非常階段の手すりは、高さが胸の下、長さが二メートル弱、幅が十五センチぐらいのコンクリートだった。軽くジャンプし、手すりにお腹を載せる。あとは、徐々に体を前に移動する。すると頭から落ちる。くるりと回って足からになるかもしれない。それで終わりだ。

手すりをつかみ、目を閉じた。そして、ジャンプした。だけど、足に力が入らない。もう一回、ジャンプした。同時に、両手を突っ張った。だけど、足が動かない。頭と身体がバラバラでつながってない。腰から下が魔法で岩に変えられたように重かった。

浅い呼吸を何度かした後、左側の壁に寄り、十五センチ幅の部分に右肘《みぎひじ》を載せて体重をかけた。ゆっくり右足を上げ始める。同時に、左手で手すりをつかんで体を斜《なな》めにしていく。左足で傾く体全体を支えた。

肘に続いて胸も手すりの幅広の部分に載せた。そのまま、右足をゆっくりゆっくり上げる。このまま、右足を手すりに載せれば、体全体を手すりの上に持ち上げられる。

右足が手すりの上に上がった。続いて、胸もお腹も手すりに載った。頭も載った。

十五センチ幅の手すりの上に、体がうつ伏せの状態で横たわった。両手はしっかりと手すりをつかんでいる。ただ、左足は、手すりの内側にだらりと残していた。

顔を上げれば、目の前に半分の壁と半分の青空が見えた。右下は見られなかった。左下の踊り場のザラザラとしたコンクリートの床を見つめた。

手すりの内側にある左足を手すりまで上げて、体重をほんの少し右にかければ、すべて終わる。青空に飛ぶというより、青空を転げ落ちるだけだけど、それでぼくの終わりは来る。

全身が緊張している。アゴにザラザラとしたコンクリートの感触が刺さる。うつ伏せで圧迫されて、脈打つ心臓が悲鳴を上げている。息ができない。叫びそうになる。なくしたはずの心が動いている。ほんの少しの体重移動。それですべてが終わる。左足を上げて、体を右側に傾ければ、それで終わる。人生はこんなに簡単に終わる。いいのか。これで終わっていいのか。頭の中で大声が聞こえる。

すぐに、もっと大きな声が聞こえる。いいんだ。もうこれでいじめは終わる。やっと楽になれる。もういじめに苦しめられることはなくなる。地獄は終わる。すべてが終わる。もういいんだ。

その声にうなづいたのに、涙が溢れてきた。これがぼくの人生なのか。いじめられるために生まれてきたのか。傷つけられるために生きてきたのか。他人のオモチャにされるための人生だったのか。

声が響き過ぎて、頭がボーッとしてきた。何も考えられない。もういいんだ。もう終わらせよう。ぼくはいじめのない場所に行くんだ。目を閉じた。歯を食いしばって、左足に神経を集中した。

ゆっくりと左足を上げた時、ズボンの左ポケットの中のスマホが鳴った。半分上げた左足全体に振動が伝わった。

その瞬間、張りつめていたものが弾けた。体は左側に転がり、非常階段の踊り場に落ちた。

十二階からじゃなくて、踊り場の手すりから一メートル半下の踊り場に落ちた。身体が震えた。堪《こら》えていた声が溢れ出た。涙が止まらない。腹の奥がぐしゃぐしゃになった。鼻水とよだれが流れ続けた。左側に落ちた自分が許せなかった。左側に落ちて良かったと思った。踊り場に生きてうずくまる自分を愛した。激しく憎んだ。頭がどうにかなりそうだった。

腹の底から声が出た。何度も絶叫した。

どれぐらいたったのだろうか。足音がして「どうかしましたか?」という声が階段の下から近づいてきた。

必死で立ち上がった。「いえ」と叫んで階段を駆け下りた。十一階の踊り場に中年の男性が立っていた。

「なんでもないんです!」叫んで、傍を通りすぎた。

吐きそうになりながら、必死で走った。一階のドアは内側からは開いた。そのまま、道路まで駆け出して角を曲がった所でへたり込んだ。

7

スマホの呼び出し音がした。座ったまま、意識を無くしていた。のろのろとスマホを左ポケットから取り出せば、「札幌の伯母さん」と表示されていた。今朝、伯父さんが教えてくれて登録した番号だった。

ためらった後、電話に出ると、伯母さんの「やっと出た!」という元気な声が響いた。そして、仕事が少し遅くなるから、申し訳ないけど待ってて欲しいと早口で続けた。夕方、伯母さんと会えばいいと伯父さんが言っていたことを思い出した。

伯母さんに、今どこにいるのかと聞かれて、札幌駅からひとつ隣の駅名を答えた。伯母さんは、「私の病院が近いから来て待ってる?」と、早口で言った。

答えられずためらっていると、伯母さんは一方的に病院の名前と住所を説明し始めた。そして、「今日は、二人で外で美味しいものを食べようね」楽しそうな声を出した。

教えられた病院は、電話を受けた場所から歩いて十五分ぐらいの所だった。

行きたくなかったけれど、他に行くところが浮かばなかった。心がカラッポになって、呆然としていた。別のマンションを探す気力が湧かなかった。どうしていいか分からなかった。

病院名を入れたグーグルマップの道順に従って、ただ、歩いた。

交差点の角に教えられた病院の看板を見つけた。それなりに大きな病院だった。

病院の玄関をくぐると、病院特有の消毒薬と何かが混じった匂いが鼻をついた。誰に話しかけられることもないまま、玄関を入って靴を脱いで下駄箱に入れ、二階への階段を上った。

匂いが微妙に変わった。トイレの臭いに近かった。

廊下の右側に病室が並んでいた。ドアはなかった。入口から奥の窓に向かってベッドが三つ一列に置かれていた。どのベッドにもお年寄りが横たわっている。

廊下の突き当たりに看護師さん達がつめている部屋があった。覗き込むと伯母さんがいた。伯母さんは、ぼくに気付くと「もう少しだから、待ってて」と隣の「談話室」と書かれた部屋を指さした。

談話室は、椅子とテーブルがあるだけで、がらんとした部屋だった。待っている途中で、廊下の反対側にあるトイレに行った。戻る時、なにげなく病室の入口に書かれている名前が目に入った。

『佐々木友次』

一瞬、誰だろう、この名前は知っているかもと考えて、昨日、伯母さんが言っていた「特攻隊」の人なんだと思い出した。「特攻隊ゲーム」を思い出して、ドキリとした。

足が止まり、病室を覗き込んだ。

入口に一番近いベッドに、小柄な老人が、体を少し曲げた状態で顔をこちらに向けて寝ていた。穏やかな表情だった。その寝顔と「特攻隊」という言葉が結びつかなかった。

どれぐらい見ていただろう。廊下を歩く足音に気付いて、慌てて談話室に戻った。

心臓がドキドキしていた。

スマホを取り出して、「佐々木友次」で検索してみた。

一番上に「万朶隊《ばんだたい》」というウィキペディアの記事が出てきた。

「万朶隊は、日本陸軍航空隊初の特別攻撃隊である。一九四四年（昭和十九年）十月二十一日、鉾田《ほこた》教導《きょうどう》飛行師団《ひこうしだん》で編成された。装備機種は九九式双発軽爆撃機《きゅうきゅうしきそうはつけいばくげきき》」

……初めて見る言葉が多くてなかなか理解できなかった。何度もウィキペディアを読み返した。

昔、日本はアメリカと戦争をした。今から七十四年前のことだ。その時、アメリカの船に爆弾を落とさず、直接、爆弾を抱えたまま体当たりする作戦が取られたのだ。それが、「特別攻撃隊」略して「特攻」だ。この名前を聞くと、すぐに浅井のニヤニヤした顔と三年生の広い背中を思い出して息苦しくなる。

「神風《しんぷう》特別攻撃隊」の名前を昨日のテレビでは言っていたが、あれは一九四四年十月二十五日におこなわれた海軍の第一回目の「特攻」だった。

日本軍は、海軍と陸軍に分かれていた。そして、どちらも、飛行機を持っていた。空軍という分類はなかったんだ。海軍航空隊とか、陸軍航空隊というのは、ちょっと不思議な気がする。「神風特別攻撃隊」は、零戦《ゼロせん》という有名な飛行機を使った特攻だ。零戦のパイロットを主人公にした小説や映画が話題になったが、あれは、海軍の話だ。

陸軍の第一回目の「特攻」は、海軍より三週間あとの十一月十二日に出撃した万朶隊。どういう意味だろうと、また、検索した。「万朶《ばんだ》」とは、「花のついた多くの枝」という意味らしい。初めて聞く言葉だ。

そして、佐々木友次さんは、その万朶隊の隊員であり、「九回以上特攻に出撃して、唯一生存した」とウィキペディアに書かれていた。

……九回以上出撃して、生きて帰ってきた。どういうことなんだろう。よっぽど腕がよかったんだろうか。いや、特攻は爆弾を抱えて、飛行機ごとアメリカの船に体当たりする作戦だ。腕がいいなら、間違いなく命中して、死んでいる。じゃあ、臆病だったんだろうか。でも、臆病な人間が九回以上も出撃できるんだろうか。じゃあ、運がよかったんだろうか。でも、特攻に九回以上も出撃するということは、その時点で運が悪かったんじゃないだろうか。分からない。どうして、爆弾を抱えたまま、九回以上も出撃して、生き延びることができたんだろう。

思わず、談話室を出て、もう一度、佐々木友次さんの病室を覗き込んだ。佐々木さんは、まだ、寝ていた。優しそうな寝顔だった。

「友人君、どうしたの？」

いきなり後ろから声をかけられて、飛び上がりそうになった。伯母さんが不思議そうな顔で近づいてきた。なんでもありませんと、思わずごまかした。

「そう。お待たせ。じゃあ、どこ行く？　夕食はお寿司、食べようか。北海道のお寿司は美味しいぞー」

伯母さんは微笑んだ。


その夜、ぼくはずっとスマホで「佐々木友次」さん関係を検索し続けた。

連休が終わると、間違いなく「特攻隊ゲーム」はまた始まる。ぼくが潰《つぶ》れるまで続くだろう。浅井はニヤニヤしながら、「自分から志願するんだよ。そして、突撃して花と散るんだよ。それが特攻なんだ」と知識を自慢するように言った。

「特攻隊ゲーム」は、本物の特攻隊のように、ぼくが壊れるまで続くんだ。だからもう、死ぬしかないんだ。

でも、本物の特攻隊員の佐々木さんは、九回以上、死に直面して、生きて帰ってきた。そして、伯母さんの勤める病院のベッドで寝ている。

まさか、九回以上、率先して志願したんだろうか。どうして、爆弾を抱えて突っ込む作戦に九回以上も志願できたんだろうか。死ぬことは怖くなかったんだろうか。

もし九回以上志願したのなら、浅井が言っている「特攻」はあっている。そんな人がたくさんいたから、「特攻隊ゲーム」なんてひどいことを浅井は思いついたんだ。佐々木さんの行動が七十一年たって、ぼくを苦しめている。

佐々木さんに浅井のことをぶつけたい。「特攻隊ゲーム」なんていういじめをしている奴らがいる。佐々木さん、どう思いますか？　それもこれも、あなたが九回以上も志願したからですよと。

札幌最後の日。伯母さんの作ってくれた朝食を食べた後、ぼくは札幌の古本屋を回り始めた。昨日は夜遅くまで、「特攻」「佐々木友次」を検索した。やがて一冊の本をどうしても読みたくなった。

『陸軍特別攻撃隊《りくぐんとくべつこうげきたい》』（高木俊朗《たかぎとしろう》著　文藝春秋）。

札幌にはチェーン店を入れれば六十軒ほどの古本屋があった。順番に回れば、見つかるかもしれない。もう普通の本屋では売ってないから（絶版というんだと初めて知った）手に入れるためには古本屋しかないんだ。アマゾンの中古で買うという方法もあるけれど、とにかく一刻も早く読みたかった。それに、アマゾンで買うためには、ぼくはクレジットカードを持ってないので、母親に頼むしかない。突然、特攻隊の本なんか買いたいというと、母親は余計なことを考えるかもしれない。

スマホで注意深く検索しながら、順番に古本屋を回った。古本屋には、どうやらそれぞれ得意分野があるらしいということも、検索しているうちに分かってきた。まずは、日本史や歴史に詳しいと書いているお店から回り始めた。

お昼を少し過ぎた頃、四軒目で目的の本と出会った。全三巻の文庫版を探していたのだが、見つけたのは上下巻の立派な単行本だった。

二冊で四千円もした。今まで買った本の中で一番高いものだった。

どうしようかと考えて、大通公園に行った。ベンチに座って読み始めた。ぼくはあっと言う間に夢中になった。そこに描かれた佐々木さんはぼくの想像とは全く違っていた。

8

一九四四年（昭和十九年）十月二十二日、二十一歳の佐々木友次伍長は岐阜県の各務《かかみ》ヶ原《はら》飛行場にいた。

目の前には、出撃のために割り当てられた「九九式双発軽爆撃機」があった。

長さ約一三メートル。翼を含めた幅、約一七・五メートル。プロペラを二つ持ち、爆弾を入れる腹の部分が膨《ふく》らんだ、「金魚」とも「おたまじゃくし」とも称された陸軍の爆撃機だった。

だが、その機体の色は、毎日、急降下爆撃の訓練で乗っていたものとは違っていた。全体が、明灰青色と呼ばれた明るく薄い青色ではなく、暗緑色のいわゆる戦時色に塗られていた。

そして、もうひとつ。

飛行機の先頭、風防ガラスで丸く囲まれた機首部の先端から、長さ三メートルほどの見たこともない金属の細い管が三本、突き出していた。

「なんだ、このツノは？」

自分が乗る飛行機を前にして、「万朶隊《ばんだたい》」の下士官たちは、お互いに顔を見合わせた。

隊長の岩本《いわもと》大尉が緊張した顔で言った。

「我々は、フィリピンの激戦場に行くのであるから、生還を期さない覚悟であるのは言うまでもない。特に言っておきたいのは、我々は特殊任務につくということである。これについては、改めて教えるが、なお一層、必死必殺の決心を固めてもらいたい」

佐々木ら下士官は、初めて自分たちの出撃が「特殊任務」だということを教えられた。

そして、それは、九九双軽（九九式双発軽爆撃機）の機首部に突出している三本のツノと関係があると気がついた。

「特殊任務とは、なんだろう？」

鵜沢《うざわ》軍曹が不安そうな声を出した。

「体当たりだよ」

田中曹長が小声で教えた。

鵜沢軍曹は、急に黙り込んだ。顔色が変わっていた。

川島中尉が、硬い表情で言った。

「あのツノは信管だな。あれがぶつかると、機体の中で爆弾が破裂するんだ」

若い下士官たちは、思わず顔を見合わせた。あきらかに動揺した表情だった。

佐々木は、もう一度、ツノを見つめた。それは、折りたたみ式のアンテナのように、三段になって先が細くなっていた。その先には、小さなボタンのような起爆管がついていた。その根元から太い電線が伸びて、機首の風防ガラスを越え、爆弾倉の方に続いていた。

激しい訓練を終えて、いよいよ、敵地に向かうという時、与えられた飛行機は「体当たり専用」のものだった。

九九双軽は、先頭の機首に銃座《じゅうざ》がついている。だが、目の前にある九九双軽は、機関銃自体が取り払われていた。後部にあるはずの銃もなかった。

ただ、前方の銃座だった場所には、三本の起爆管がついたツノが飛び出ていた。敵艦に触れた瞬間に爆発する死のツノだった。

佐々木友次は、動けないまま、三本のツノをじっと見つめていた。

一九四一年（昭和十六年）十二月八日、日本はアメリカとイギリスに奇襲攻撃をかけて、アジア・太平洋戦争が始まった。

日本陸軍が、深夜、イギリス領マレー半島のコタバルでマレー作戦を開始し、日本海軍が、その一時間四十五分後、ハワイのオアフ島で真珠湾《しんじゅわん》を攻撃した。共に、宣戦布告の前の戦闘だった。

開戦から半年、各地で攻勢を続けた日本軍は、一九四二年（昭和十七年）六月、ミッドウェー海戦の敗北を機に、劣勢に立たされ始める。ガダルカナル島からの撤退を「転進」と言い換え、アッツ島の全滅を「玉砕」と表現しながら、日本軍は追い詰められていった。

一九四三年（昭和十八年）九月、政府は本土防衛および戦争継続に不可欠な地域を、「絶対国防圏《ぜったいこくぼうけん》」と名付けた。ビルマからタイ、さらに、赤道を越えインドネシア、太平洋のマリアナ諸島、北は千島列島までに広がる範囲だった。なにがなんでも、これだけは防衛するという至上命令だった。

これは、主に日本陸軍が設定している戦闘範囲に近かったが、広大な地域を防衛するための攻撃力や補給線や戦略を持つことは、この時点で事実上、不可能だった。

なおかつ、日本海軍は、ソロモン諸島の戦いなどで、国防圏の外側にある拠点の確保にこだわったため、防衛圏内での防衛体制がさらに不十分になった。

一九四四年（昭和十九年）七月、南洋庁《なんようちょう》がある重要拠点のサイパン島が、防衛体制が整う前にアメリカ軍に奪われた。「絶対国防圏」は突破されたのだ。

責任を取って、首相の東条英機《とうじょうひでき》は内閣総辞職。次に、小磯國昭《こいそくにあき》が首相となり、小磯内閣が成立した。開戦の時に首相だった陸軍大将の東条英機は、海軍の意向もあって不本意ながら退陣したのだ。

八月にはテニアン島を奪われ、これによって、大型爆撃機B29はサイパン島・テニアン島から出撃、日本本土への直接爆撃が可能になった。日本は、各地で激しい空襲を受け、敗色は一気に濃厚になった。


十月、「台湾沖航空戦《たいわんおきこうくうせん》」が起こる。この結果は、歴史に長く刻まれる出来事になった。人の生死が関わる戦場で、信じられないことが起こった。

日本海軍は、十月十二日から十六日まで行われた台湾沖の航空戦で、「空母撃沈十一、撃破八。戦艦撃沈二、撃破二。巡洋艦撃沈三、撃破四。艦種不詳撃破十三」という輝かしい戦果を発表した。

アメリカの太平洋艦隊を完全に撃破する成果である。なにせ、この時、台湾沖で戦ったアメリカ軍の第三艦隊は空母が十七隻だった。それ以上の十九隻を沈め、撃破したと大本営《だいほんえい》は発表したのだ。

世界中が驚愕し、ニューヨークでは情報を信じて一時、株価が暴落した。日本中が沸《わ》き立ち、大勝利の祝いとして各家庭に酒が特別に配給され、旗行列が起こり、このまま、アメリカ本土まで攻め上るのではないかと国民は興奮した。

芥川賞・直木賞を創設した菊池寛《きくちかん》は大喜びし、童謡「ちいさい秋みつけた」や歌謡曲「リンゴの唄」で有名なサトウハチローと、「栄冠は君に輝く」や「モスラの歌」で有名な古関裕而《こせきゆうじ》が作詞作曲して「台湾沖の凱歌《がいか》」が歌われ、国民は大勝利に熱狂した。

けれど、実際の戦果は、巡洋艦二隻を大破させただけだった。それが、空母撃沈・撃破十九隻になったのだ。

どうして、こんなことが起こったのか。

ひとつは、攻撃が主に夜で、戦果の確認が非常に不十分だったからだ。

すでに、優秀なパイロットの多くは戦死し、未熟なパイロットが多かった。彼らには、アメリカの艦船が燃えているのか、攻撃され墜落した自軍の飛行機が洋上で燃えているのか、アメリカの艦船が撃っている高角の対空砲火の炎なのかを、暗闇の中、目で見て区別するのは難しかった。

なおかつ、その行為を、日本軍よりはるかに優秀な性能のアメリカ側の戦闘機の攻撃をかいくぐりながら行わなければならなかった。ベテランのパイロットでなければ、逃げきるだけでも至難の業だった。

そして、アメリカ艦船から一秒間に四・七発発射される四〇ミリ機関砲の砲弾は、触発信管(目標に命中すれば破裂)ではなく、近接信管（当たらなくても目標に接近した瞬間に電波で感知して炸裂《さくれつ》）になっていた。この砲弾を避けながら、戦果を視認しなければならなかった。

航空写真を撮って、後から確認するという方法は取れず、人間の目でその時に確認するしかなかった。

ちなみに、近接信管は、六月のマリアナ沖海戦からアメリカ軍が大量に使用し始めた。徹底的なレーダー網と新型砲弾によって、マリアナ沖海戦で、日本軍は大敗北を喫し、空母三隻とほぼ全ての艦載機を失った。


そして、パイロットたちが基地に戻り、台湾沖航空戦の「戦果報告」をする時に、さらに数字が増えた。

経験の浅いパイロットから戦果を聞き取る時、「もっと多くを沈めたはずだ」という「誘導尋問」が自然に生まれた。ひとつは、未熟ゆえにパイロットも自信を持って答えられなかった。もうひとつは、聞き取る側が、「こんなに犠牲《ぎせい》を出しているのだ。戦果がなければ犬死にではないか」という思いに突き動かされたのだ。

この台湾沖航空戦で、日本軍は出撃の半分近く、三百機以上を失った。アメリカは九十機ほど。手持ちの飛行機が減り続ける中、日本軍はなにがなんでも結果を出したいと期待したのだ。

そして、ここから信じられないことが起こる。

十六日、海軍の索敵機がフィリピン東方の洋上に壊滅したはずのアメリカ機動部隊を発見、空母を十三隻も確認したという報告がもたらされる。海軍は驚き、もう一度、戦果を再検討する。そして、どう考えても空母四隻を撃破したぐらいで、撃沈はないのではないかと結論した。

もともと、大戦果に疑問を持つ者もいるにはいた。ただ、疑問を口にできる雰囲気ではなかった。疑うことは、英霊《えいれい》の戦いが無駄だと言うに等しくなるし、「疑う根拠を言え！」と恫喝《どうかつ》されたれば、提出できる根拠はなかった。大戦果の実証的な根拠もなかったが、それを否定する科学的な根拠もなかった。すべては、願望と祈りと気合だった。興奮した日本人は昔から、事実より気合が好きなのだ。

海軍は、ついに誤報だったと認識する。が、国民に訂正を発表しなかった。すでに天皇に上奏《じょうそう》（報告）している。そして、お褒《ほ》めの言葉までいただいている。今さら間違いでしたとは言えないのだ。

そして、さらに信じられないことに、陸軍にも報告しなかった。二十日に開かれたフィリピン決戦に向けた陸海軍合同の作戦会議においても、海軍は陸軍側に事実を伝えなかった。

メンツの問題として、陸軍に本当のことを言えなかった、というのがひとつ。だが、精神的なプライドだけではない。

陸軍と海軍は、軍事予算を奪いあう仲だった。いかに戦争中とはいえ、軍事予算は無尽蔵ではない。毎年、陸軍と海軍は、激しく予算を奪いあった。それが、飛行機の数や軍艦、装備の実際に直結するから、お互い譲れないのだ。

折しも、秋から冬、来年度の予算折衝《せっしょう》に入っていく時期だった。ここで、これだけ国民に希望を与え、戦争の勝利を確信させた「台湾沖航空戦」がまったくのデタラメでしたとなれば、海軍の来年度の予算配分に大きく影響することになる。海軍は絶対にマイナスなことは言えないと考えたのだ。

もうひとつ、小磯内閣が成立したばかりという理由もあった。海軍の意向もあって、陸軍の東条内閣を倒したが、まだまだ、東条英機の影響は強かった。もし、「台湾沖航空戦」がデタラメだとバレてしまったら、小磯内閣自体があやうくなる可能性があった。

結果、海軍はどこにも「台湾沖航空戦」の事実を伝えなかった。国民にも天皇にも陸軍にも。

そして、陸軍は、海軍のこの大戦果を元に、フィリピン作戦を変更する。空母が十九隻も撃沈・撃破されているのなら、アメリカなんら恐るるに足らず、だからである。


十月十八日、大本営は「捷《しょう》一号作戦」を発動する。「絶対国防圏」を突破された後、七月に作成していたものだ。「捷」とは、戦いに勝つという意味。フィリピンに迫るアメリカ軍を陸海軍が迎え撃ち、これを撃滅する作戦だった。

フィリピンがアメリカに奪われると、日本とインドネシア周辺の資源地帯の連絡が遮断されてしまう。日本へ石油などの南方資源を輸送することが不可能になり、軍と国家経済は止まり、戦争の敗北につながる。

陸軍は当初、マニラのあるルソン島の戦闘を担い、南方のレイテ島は海軍と航空部隊が戦うと考えていた。が、「台湾沖航空戦」の大勝利を受けて、陸軍もレイテ島の戦闘に参加し、積極的に迎え撃つことにした。

「海軍が大戦果を上げている時に、陸軍が後れを取ってはならない」という空気だった。

ルソン島に配備されるはずだった多くの陸軍部隊が、ルソン島のマニラから約七二〇キロ離れた南のレイテ島へ送られた。今までは、制空権をアメリカに奪われて危険だったが、空母が十九隻も撃沈・撃破されたから安心だと考えたのだ。

長距離の海上を多くの兵員と物資が輸送されている時、沈んだはずのアメリカ空母から飛び立った大量の艦載機が襲い、ほとんどの船が沈み陸軍は大損害を受けた。

そして、十月二十日、アメリカ軍はレイテ島に上陸した。陸軍の予想をはるかに超える大部隊だった。


二十三日から二十五日、「レイテ沖海戦」が行われ、日本は空母四隻をはじめ、殆《ほとん》どの艦船を失い、日本海軍の艦隊戦力は事実上壊滅した。これ以降、大規模かつ組織的な行動が不可能となった。

「捷一号作戦」により、航空兵力をフィリピンに集中させる命令も出た。それと同時に、東京の陸軍航空本部には、極秘の指令が伝えられた。

「体当たり攻撃部隊を編成すべし」

なにがなんでも、フィリピンを守ろうとした結果だった。

9

陸軍の第一回目の特攻隊に選ばれた佐々木友次《ともじ》は、北海道の札幌市に隣接する当別村《とうべつむら》（現・当別町）に一九二三年（大正十二年）六月二十七日に生まれた。

開拓農家の六男に生まれ、尋常《じんじょう》小学校に六年、高等小学校に二年、計八年通った。兄弟は、佐々木をいれて十二人。

子供時代、札幌と旭川の間を毎日一便、新聞社の飛行機が定期便として飛んでいた。佐々木の家の近くに伊達山《だてやま》という標高一〇〇メートルほどの小さな山があり、定期便の飛行機は、毎日、その山を飛行ルートの目安にしていた。

子供時代の佐々木は、朝、爆音が聞こえると家を飛び出し、飛行機を追いかけた。二人乗りの複葉機で、黄色を基調にした綺麗な飛行機だった。

高度五〇〇メートルほどを飛ぶ飛行機に佐々木はいつも手を振った。パイロットはたびたび、手を振り返して応えてくれた。

佐々木は、小学校に入る前から、飛行機が大好きだった。毎日、大空を飛ぶ飛行機を追いかけ、見上げるたびに、飛行機に乗りたいな、早く乗りたいなと思っていた。

無邪気に飛行機を追いかける歳でなくなっても、屋根の上に登り、大空を飛ぶ飛行機をじっと見ていた。いつか絶対に飛行機に乗り、青空を飛ぶんだと決めていた。

十四歳で小学校の八年間を卒業した佐々木は、夢の実現を目指し、陸軍少年飛行兵になるために陸軍飛行学校を二度受験したが、不合格だった。

家業の農家を手伝いながら、十七歳の時、佐々木は、「逓信省《ていしんしょう》航空局仙台航空機乗員養成所」の試験に合格する。

操縦生募集のポスターは、「空だ、男の行くところ」というロマン溢れるものだった。食費や住居費だけではなく、毎月の手当ても出る待遇だった。少年飛行兵の試験より難しいという評判もあった。

逓信省（戦後は、郵政省）の管轄の養成所だったが、実際は、陸軍の予備役を作るための場所だった。平時は民間の仕事に従事し、必要な時に前線に投入して、軍人パイロットをバックアップするという構想だった。

逓信省航空局という名前に、生徒たちはスマートな制服を着用して民間機を操縦するパイロットを想像したが、軍隊同様の厳しい日常に、そんな甘い考えは吹っ飛んだ。
入所時に配付された「操縦教育の参考」の総則には、「軍隊操縦者トシテノ基礎ノ育成ナルコトヲ忘ルヘカラス」とあり、服従の欄《らん》には「命令ハコレヲ守リ直チニ之ヲ行ウヘシ　其ノ当不当ヲ論シ其ノ原因理由等ヲ質問スルヲ許サス」と記されていた。
「命令を守り、ただちに行え。命令が正しいとか間違っているとか議論したり、原因や理由の質問は許さない」というのだから、完全に軍隊である。
朝六時の起床から夜九時半の就寝まで、一分刻みの日課が詰まっていた。主に午前中は学科、午後は体を鍛えるための教練ないし飛行訓練に当てられた。起床後は、校庭で「朝の誓い」を口《こう》誦《しょう》し、就寝前には、かならず「夕の反省」を心誦《しんしょう》した。
「朝の誓い」は、
「一・吾は日本少年なり　父祖伝来の大和魂を磨き大君に仕えん
一・吾は戦時の少年なり　軍神の心を心とし国難に当たらん
一・吾は皇軍の予備員なり　軍人精神を養い皇軍の名誉を継承せん」
というようなものだった。
「夕の反省」は、
「一・今日一日、気力に欠くることなかりしか　剛健
一・今日一日、努力に不足なかりしか　力行
天皇陛下　父母上　上官殿　有難うございました　感謝」
などだった。

軍隊式のしごきで、連日の体罰が続いた。理由があろうがなかろうが、非常呼集、駆け足、精神棒による尻叩き、生徒たちによる交互の対抗ビンタなどが行われた。

佐々木は、横暴な上官の制裁に抗議して二日間、絶食をしたこともあった。

ここでの生活が一年間。約五十時間ほど、飛行機に乗った。

そして、生徒は自動的に半年間の軍隊生活に送り込まれる。

その後、佐々木は操縦の優秀さを買われて助教《じょきょう》（アシスタント）として仙台養成所に戻ってくる。

一年後、茨城県の陸軍鉾田飛行場に配属された。一九四三年（昭和十八年）のことだった。

鉾田飛行場では、九九双軽に乗り、毎日、急降下爆撃の訓練を続けた。身長一六〇センチ足らず、幼い顔をしている二十歳の佐々木は、その真逆の大胆で攻撃的な操縦をして、鉾田飛行場でも評判の腕前になった。

もともと、養成所出身は、「予備下士官」とバカにされる。正規の軍隊訓練を受けていない者ということだ。けれど、少年飛行兵よりも、操縦の腕が上の者が多かった。それは、系統的な訓練方法と訓練時間の結果だった。「腕の予備下士、（軍人）精神の少年飛行兵」という言葉もあった。

佐々木は、ただ、飛行機に乗れるのが嬉しかった。養成所だと一日一時間が平均なのだが、鉾田飛行場だと二時間でも三時間でも乗れた。佐々木はいつまでも飛行機に乗っていたいと思った。

一九四四年（昭和十九年）十月十九日、佐々木は鉾田飛行場の庶務課に呼ばれると「近く南方に行くことになるから、予《あらかじ》め準備をしておけ」と言われた。

二十日、誰が行くかあいまいなまま壮行会が開かれ、二十一日の午前中、佐々木はフィリピンの「第四航空軍に配属」という命令を受けた。

「万朶隊」が結成されたのだ。

構成は、岩本隊長以下、陸軍士官学校出身のエリートである将校操縦者が四名。佐々木友次たち、下士官の操縦者が八名、それに、通信係に四名、機体整備に十一名という編成だった。

出発は翌日と告げられた。

佐々木と同じ仙台航空機乗員養成所出身の下士官、鵜沢軍曹は、「養成所が半官半軍みたいなところだからといって、俺たちのやることは軍人とかわりはないんだ」と興奮した。

「いいか、俺たちの軍人精神は、士官学校出にだって、負けるもんじゃないぞ」

話し続ける鵜沢軍曹の横で、佐々木は黙々と出発のために荷物を整理していた。


二十二日朝、鉾田の将兵、職員、雇員ほとんど全員が長い人垣を作って、「万朶隊」の出発を見送った。岩本隊長以下、隊員たちは挙手の礼をして見送りの人々に応えながら歩いて行った。

佐々木は、思いがけない盛んな見送りを受けて戸惑っていた。

ただし、見送る人の多くは、うやうやしく頭を下げて礼をした。声を出すもの、手を振るものは少なかった。それは、葬儀の列を送るようにしんみりしていた。

岩本大尉の顔もまた、青ざめ、険しく、歪んでいた。

「万朶隊」は鉾田飛行場を旅立った。滑走路の端に並んでいた人たちは、日の丸の小旗を振って、舞い上がる飛行機を送った。小旗は白い波のように激しく揺れた。

「九九双軽」三機の岩本編隊は、フィリピンに輸送する資材を受け取るために、いったん、立川飛行場に立ち寄った。

佐々木たち下士官は、練習用の飛行機三機に分乗し、先に、岐阜県の各務ヶ原飛行場を目指した。そこで、自分の飛行機を受け取るためだ。

若い下士官たちは、初めて自分の搭乗する飛行機を貰えるということに興奮していた。

しかし、各務ヶ原飛行場には、それらしき飛行機は見当たらなかった。

やがて、教えられて行った場所は、飛行場の北隅の繋留《けいりゅう》地帯だった。人目につかないその場所に、二十機近くの九九双軽が並んでいた。

勇み立って走り寄る下士官たちが見たのは、死のツノをつけた九九双軽だった。そして、岩本隊長から「特殊任務」という言葉を聞いたのだ。

それぞれの下士官操縦者は、与えられた飛行機に乗って試験飛行を行った。

その結果を岩本大尉に報告する口調は重かった。それは、「体当たりの任務だということを、どうして、鉾田飛行場の出発の時に言わなかったのか。出発させてから言うのは、だまし討《う》ちと同じだ」という憤激と不満の結果だった。

だが、佐々木は次のように報告した。

「この九九双軽は、方向舵《ほうこうだ》が全く狂っていて、水平飛行の時には、横すべりを防ぐために、片方の脚（車輪）を出し、操縦桿《そうじゅうかん》をその方に倒しておかねばなりませんでした。また補助翼と昇降《しょうこう》舵《だ》の調節がとれていません。何よりも問題なのは、機首に長いツノがあるために、速度は一〇キロ以上落ちるし、機体の安定を妨げます」

佐々木は、この機体は新品で、まだ試験飛行もしていないのではないかと結論した。そして、判明した機体の故障はすでに整備班に直すように伝えたと付け加えた。

岩本隊長は黙って報告を聞いた。

10

岩本隊長は陸軍士官学校を出た二十八歳。操縦と爆撃の名手であり、戦局打開のための「跳飛《ちょうひ》爆撃」の第一人者だった。

「跳飛爆撃」とは、爆弾を直接、艦船に投下しないで、一度、海に落として跳ね上がらせ命中させる方法だ。ちょうど、水面に向かって石を横投げすると、幾段にも跳ねて飛ぶのと同じ行き方である。

一九四三年三月、ニューギニア方面の「ビスマルク海海戦」でアメリカ軍が採用、日本軍の輸送船団八隻が全滅するという結果を生んだ。

爆弾を上空から落とすより、うまく海上を跳べば艦船に当たる可能性は上がる。艦船を縦に見るより、横に見た方がどこかの部分に当たりやすいのだ。

なおかつ、上甲板が破壊されるより、艦船の側面、水面に近い部分が破壊された方が沈没する可能性が高まる。それはまるで、通常爆弾なのに、魚雷のような働きをする爆撃方法なのだ。

アメリカ軍の「跳飛爆撃」を初めて受けた時、日本軍側はいったい何が起こっているのか理解できなかった。

岩本大尉は、アメリカ軍の成功を睨《にら》んで、「跳飛爆撃」を積極的に進めようと研究と演習を続けていた。

沖縄での「跳飛爆撃」の演習の帰り、岩本大尉は立川飛行場に寄り、そこで初めて「死のツノ」のある九九双軽を見た。八月二日のことだった。

立川飛行場の竹下少佐は、内密に岩本大尉を格納庫に案内し、三本の槍を持つ九九双軽を見せた。竹下少佐もまた、「跳飛爆撃」を研究していて、共に沖縄の演習を指導していた。

「爆弾投下器はどうなっていますか？」

思わず、岩本大尉は聞いた。

「はずしてしまった。いらない機械はみんなおろした」竹下少佐は苦々しく答えた。

それはつまり、操縦席からは爆弾を落とせないことを意味した。爆弾を破裂させるには、体当たりしかないのだ。

「こんなもの作れって、どこから言ってきたんです」岩本大尉の声が強くなった。

「航空本部さ。本部長が七月二十五日に決裁している。参謀本部（大本営）の二課（作戦課）で考えていた」

「それじゃ、本気で、実戦に使うつもりですか？」

「本気さ。どしどし準備を進めている」竹下少佐は吐き捨てるように言った。

岩本大尉の顔は怒りで険しくなった。

戦況が悪化すると、陸海軍の中から体当たり攻撃を主張する声が聞こえ始めた。

しかし、岩本大尉も竹下少佐も、体当たりには反対だった。

理由は、体当たりが操縦者の生命と飛行機を犠牲にするだけで、効果があり得ないと考えるからだ。

体当たり攻撃を主張する側は、未熟なパイロットが増えて、急降下爆撃で艦船を撃沈することが難しくなってきたからと理由を説明した。

だからこそ、二人は、「跳飛爆撃」を主張した。沖縄の演習では、岩本大尉は全弾命中に近い成績をあげた。実戦に活用できるという自信を持てたのだ。


岩本大尉や竹下少佐、それに鉾田飛行場の研究部の福島大尉が体当たり攻撃に効果がないと考える理由はいくつかあった。

艦船を爆弾で沈めるためには、甲板上ではなく、艦船内部で爆発させるのが効果的だ。そのためには、爆弾は甲板を貫《つらぬ》かなければならない。

貫く力は、爆弾の投下速度と投下角度で決まる。

落下速度は、投下高度にほぼ比例する。つまり、高い場所から落とせば落とすほど、爆弾の貫通力は増すのだ。

だが、どんなに急降下で突っ込んでも、飛行機の速度は爆弾の落下速度のおよそ半分になってしまう。加速しようとすれば翼によって空気揚力が生まれ機体は浮く。それが飛行機の構造で、だからこそ飛べるとも言える。

海軍の実験では、八〇〇キロの徹甲《てっこう》爆弾（非常に固く装甲板の貫通能力があるタイプ）を高度三〇〇〇メートルで投下することが、アメリカ艦船の装甲甲板を貫く最低の条件とされた。急降下では、貫通に必要な落下速度が出ないのだ。

飛行機は爆弾より大きいから有効だと主張する人もいたが、飛行機は身軽になるために軽金属を使って作られる。そして、空母の甲板は鋼鉄である。

岩本大尉と同じく、鉾田飛行場の研究部所属の福島大尉は、それを「卵をコンクリートにたたきつけるようなものさ。卵は壊れるが、コンクリートは汚れるだけだ」と言った。

体当たりに効果がないという理由はまだある。

「一機一艦」を目標に体当たりするのだと推進派は主張する。それが戦局を打開する方法だと。だが、艦船を爆撃で沈めることがどれほど難しいか、事実が教えてくれる。

イギリスの小型旧式空母ハーミスは六十数発の爆弾を受けてもすぐには沈まなかった。アメリカ正規空母ホーネットは、五発の爆弾（うち数発が甲板を貫通して爆発）を受け、撃墜された日本機が煙突に激突、その機体の爆弾二発が爆発、さらに二本の魚雷が命中した。戦闘が始まったのは、午前七時。けれど午後になっても沈まず、さらに魚雷一本と二発の爆弾が命中し、ようやく傾き、さらに数発の魚雷が打ち込まれてやっとホーネットは海に消えた。

艦船を飛行機からの攻撃で沈めるのが、どれほど難しいかの例だ。

さらに、効果がないという理由が、陸軍にはもうひとつあった。

甲板を貫く「徹甲爆弾」は海軍にしかなかった。陸軍の爆弾は、人馬殺傷用で地面に当たれば、簡単に壊れるようになっていた。そのまま艦船に落とせば、甲板の上で爆発して終わりだった。

陸軍の爆弾では、体当たりどころか、通常の爆撃でも、そして、跳飛爆撃でも艦船には効果がなかったのだ。

鉾田飛行場の研究部の岩本大尉と福島大尉は、効果的な爆弾、つまり海軍のような徹甲爆弾を作るようにと再三、陸軍の航空本部に求め続けた。

その間、岩本大尉は、「跳飛爆撃」の普及教育に尽力した。沖縄から戻った三日後には竹下少佐と共に台湾とフィリピンに出張し、一ヵ月程過ごした後、また沖縄に戻り、それぞれの地で、「跳飛爆撃」の説明・訓練を続けた。

けれど、十月二十日、「死のツノ」が生えている九九双軽が三機、鉾田飛行場に密かに飛来した。佐々木たちが割り当てられた機体とは違い、この九九双軽のツノは一本だけだった。

岩本大尉たちが徹甲爆弾やアメリカ機なみの性能を持つ飛行機をと要求し続けて、鉾田飛行場にやっと届いたのは、体当たり用に改装した飛行機だった。

「一体、だれを乗せるつもりなんだ」岩本大尉は苛立《いらだ》ったように声を上げた。

翌二十一日、岩本大尉がこの飛行機に乗るように命令された。陸軍最初の体当たり部隊の隊長に指名されたのだ。

出発は明朝八時。

命令を受ける間、岩本大尉は歯を噛《か》みしめるような厳しい表情をしていた。

その姿を見た福島大尉は激しい怒りにとらわれた。よりによって、岩本を。航法の天才と言われた、最も優秀な操縦者を。体当たり攻撃を否定するために骨身を削って跳飛爆撃の鬼となっていた岩本を。

上層部に政治的な意図があることは明らかだった。「跳飛爆撃」の名手岩本大尉が、陸軍の一番目の特攻隊になれば、「もはや特攻しかない」とみんな納得する。特攻を否定した岩本大尉が一番に特攻したのだから、誰も逆らえない。岩本大尉は、人身御供《ひとみごくう》として選ばれたのだ。

岩本大尉には、去年の十二月に結婚した二十三歳の妻、和子《かずこ》がいた。結婚してまだ十ヵ月しかたっていなかった。その夜は、食事の後、親しい友人に別れを告げる夫に付いて回った。岩本大尉に別れを告げられる相手の態度が尋常ではない様子で、和子はなにかある、通常の出撃ではないと感じた。

家に戻り、和子が茶の支度をしていると、岩本大尉は襟章《えりしょう》をふた組、食卓の上に置いた。

「ひとつは俺が使う。あとはお前にやるから、つける用意をしておきなさい」

和子が手に取って見ると、中佐の階級章だった。それは、二階級特進して、中佐になるという意味だった。二階級特進するのは、名誉の戦死の結果だ。和子はハッとして夫を見つめた。

岩本大尉は平静な顔で「体当たりをして、和子未亡人として新聞に出してやるからな」と笑った。和子には、無理のある笑いに感じられた。

夜九時に、和子の両親がやってきた。和子が電報で知らせたのだ。四人であらためて別れの食事をした。終始、明るい雰囲気だった。それは、夫が無理して明るくしているからのように和子には思えた。

和子は、夫の財布に母からもらったお金を入れようとして、中に自分の写真が入っていることに気付いた。和子には思いがけないことだった。

「あなた」思わず声をかけると、夫は笑った。和子は、胸が熱くなったが、すぐに、写真だけでは物足りない気がして、小箱から赤いルビーのついた指輪を差し出した。

夫は素直に、「海にいれてしまうのはもったいないが、もらっていくよ」と、指輪と一緒に和子の手を握った。

和子は、翌日の朝のために、二度目の赤飯の支度をした。

父と母は先に茶の間で休んだ。

和子は、台所の後片付けを終えると、これで何もかもお終いだ、という気がしてきて、急に悲しくなった。しばらくの間、流し台の前でぼんやりと立っていた。

気持ちを励《はげ》まして座敷に戻ると、岩本大尉はまだ寝ないでいた。その傍に座ると、二人だけの世界になったように和子は感じた。

はりつめていた気持ちが、いっぺんにゆるんだ。今まで泣きたいのをこらえ、つとめて笑いを浮かべ、ほがらかに見せてきたのが、もう我慢できなくなった。夫は泣くのを好まないと思ったが、苦しくなって、

「泣いてもいい？」

と聞いた。夫は低い声で、

「いいさ」

と答えた。和子は、夫が答える前にもう泣いていた。

和子は声をしのんで泣いた。泣き続けた。

夫は和子の肩を抱いたが、何も言えないらしく、黙っていた。

和子は思いのまま泣いてから涙をぬぐって、しゃくりあげながら言った。

「もう、明日からは泣きません」

その時、和子の手に熱い滴《しずく》が落ちた。夫は急に立ち上がって電灯を消した。その闇の中に、夫のむせび泣く声がひろがった。

和子は飛びつくようにして夫にすがった。二人は抱き合って泣き続けた。


二十二日。午前五時。岩本大尉は起きるとすぐに行水をした。そして軍服をつけ、正座して天皇陛下の写真に敬礼した。

机に向かって辞世の歌を色紙に書きつけた。

その中のひとつ。

「身はたとへ南の海に散りぬとも
とどめおかまし大和だましひ」

和子は晴着を着て夫の傍に座り、色紙に妻の心を歌に記した。

「家をすて妻を忘れて国のため
つくしたまへとただ祈るなり」

岩本大尉は、和子の書いた色紙を落下傘《らっかさん》袋の中に入れた。

朝食の赤飯も、残りをにぎり飯にして落下傘袋に入れて、岩本大尉は家を出た。

11

各務ヶ原飛行場で、岩本大尉は佐々木たち下士官の試験飛行を見つめていた。その横には、立川飛行場の竹下少佐がいた。二人は共に「跳飛爆撃」を研究、進めていた。

岩本大尉が鉾田飛行場から立川飛行場に寄り、フィリピンに輸送する資材を取りにいった時に、「俺も岐阜に行く用事がある。岐阜まで見送ってやる」とついてきていたのだ。

竹下少佐は、岩本大尉を見つめた。岩本大尉を体当たりで死なせることが、竹下少佐にはどうしても納得できなかった。

立川飛行場で今日、再会した時、「残念でたまらないのです」と岩本大尉も本心を吐き出すように言った。鉾田では決して言えなかった言葉だった。

「同じやるなら、跳飛爆撃をやらしてもらいたいですよ。それなら本望です」

「そうだなあ。岩本に実験させたかった。岩本ならやれる」

岩本大尉はしばらく頬の肉を震わせながら黙っていたが、「俺たちは、爆弾に縛《しば》りつけられなければ死ねないと思っているのか」と悲痛な声で言った。

陸軍参謀本部は、なにがなんでも一回目の体当たり攻撃を成功させる必要があった。「特攻」によって、軍と国民がどれだけ鼓舞《こぶ》されるか、その精神的効果を予想したからだ。そのためには、技術優秀なパイロットを選ばなければいけなかった。

岩本大尉や佐々木伍長はもちろん、「万朶隊」に選ばれたのは、操縦が優秀な将校や下士官が多かった。

けれど、有能なパイロットたちは優秀だからこそ、パイロットとしてのプライドがあった。爆弾を落としてアメリカ艦船を沈めるという目的のために、まさに血の出るような訓練を積んだ。「急降下爆撃」や「跳飛爆撃」の訓練中、事故で殉職する仲間を何人も見てきた。技術を磨くことが、自分を支え、国のために尽くすことだと信じてきた。だが、「体当たり攻撃」は、そのすべての努力と技術の否定だった。

なおかつ、与えられた飛行機は、爆弾が機体に縛りつけられていた。参謀本部は、もし、操縦者が卑怯《ひきょう》未練な気持ちになっても、爆弾を落とせず、体当たりするしかないように改装したのだ。

岩本大尉は、陸軍参謀本部の作戦課員のその考えが許せなかった。操縦者に対する侮辱であり、操縦者を人間とは思わない冷酷無比であり、作戦にもなっていない作戦を立案する大愚《たいぐ》だと感じた。


「岩本、話がある」試験飛行を見ている岩本大尉を竹下少佐が連れ出した。

「岩本、こんなことを教えていいかどうか分からない。しかし、俺は我慢がならんので、教えるつもりでここまで来た」

竹下少佐の顔は真剣だった。

「なんですか？」岩本大尉も真剣な表情になった。

「あの飛行機には、爆弾を落とす方法があるんだ」

竹下少佐は、体当たり機の構造の秘密を知っていた。爆弾は投下できないように改装されていたが、操縦者の手で落とす方法があった。

もちろんそれは、違法であり命令違反である。けれど、竹下少佐は、爆弾を落とす方法を岩本大尉に伝えた。

「やるかやらないかは岩本の判断にまかせるよ」

そう言いながら、竹下少佐はそれを実行してくれることを望んでいるようだった。

「わざわざ、教えに来ていただいて、ありがとうございます」

岩本大尉の目は濡れて光っていた。爆弾を落とす方法を知ったことより、竹下少佐の情に感激しているようだった。


「万朶隊」は、そのまま、博多湾に沿った雁《がん》ノ巣《す》飛行場に飛んだ。そこが最初の宿泊地だった。

雁ノ巣に着くと、下士官操縦者の態度がはっきり変わっていた。

「だまされたようなもんだ」と近藤伍長は言い、「体当たりなんて大変なことをやらせるのに、一言も言わないで出すなんてひどいよ。それならそれで、二、三日休暇をくれて、親兄弟に会わせてもらいたかったよ」と奥原伍長が嘆き、「卑怯です。体当たりなら体当たりだと、師団の幹部が出発の前に、命令の時にでも言うべきじゃないですか」と通信手の花田伍長が激しい大声で言った。

鵜沢軍曹は青い顔色のまま、口もきかなくなった。

下士官たちは博多の夜の街に繰り出し、泥酔して、絶望と自棄の気持ちを紛らわそうとした。

岩本大尉も、三人の中尉をつれて街に出た。日本の街はこれで見納めという気持ちだった。

岩本大尉の心の中にも、重苦しいしこりが残っていた。それは岩本隊が体当たり攻撃隊であることを鉾田を出発するまで、秘密にしておくように命じられたことだった。岩本大尉は、「やはり鉾田で、出発する前に知らせるべきだった。それに相応《ふさわ》しい扱いをしてやるべきだ」とこだわっていた。

その夜、妻の和子は日記にこう書いた。

「二十二日。

御出発。午前六時二十分ごろ。バスの所まで御見送り。感無量。そのあと、御礼回り。夜分、大城曹長がきて、本日、福岡まで飛んだ、元気なり、と主人の言葉を伝えてくださる。もう、九州まで行ってしまった、あなた。

これまで仲よく暮して、今お別れするのは苦しゅうございます。

でも、あしたから、武人の妻として泣きません。

覚悟しております。本当にやさしいあなた。わずかな年月ながら、かわいがっていただきましたことに心からお礼を申上げます。御留守はしっかりと守ります。気にかかるのは、お腰の皮膚の御病気。心配で休まれず、十二時ごろまで起きていました。

和子は、きょうから、ひとりぽっちです」

酒の飲めない佐々木伍長は、一人で宿舎にいた。にわか造りの板壁の殺風景な広い部屋だった。体当たり、ということが切実に感じられなかった。演習の時、思い切って接近した時の、船の鉄の胴体を思い浮かべた。そこに、まっすぐに突っ込んで行こうとすると、ぶつかる直前に操縦桿を引いて、上昇してしまいそうに思えた。そういう訓練ばかりしていたからだった。

12

『陸軍特別攻撃隊』から顔を上げて、深い溜め息をついた。今日も、札幌は青空だった。

ノドが渇いたので、ベンチから立ち上がり、自動販売機でコーラのペットボトルを買った。芝生に腰を下ろして、ごくりと飲んだ。

第一回目の特攻は、みんな志願じゃなかった。それは、佐々木さんや岩本大尉の意志とは関係なく突然始まった。

ぼくのいじめもそうだった。

松田が中一の三月に飛んで、教室はざわざわし続け、次のいじめが生まれないまま、中二の四月になった。クラス替えがあって、ぼくは中根と関川、そして浅井と同じ二年二組になった。

最初の数日間、クラスには張りつめた空気が流れていた。誰も口にしなかったけれど、「イケニエは誰だ？」というザラザラとした緊張だった。一年一組以外にも、いじめられている奴はいた。ただ、松田ほど長く徹底的にいじめられた生徒はいなかった。他のクラスは数ヵ月で順番にいじめは交代した。一年一組は松田がいたことで、他にいじめが移らなかった。みんな内心、「次の松田」を決めることが一番、安全なんだと思っていた。

全員が身構え、用心し、怯えていた。ちょっとした会話にも、刺々しさがあった。誰が敵で誰が味方か分からない、誰もが敵にも味方にもなる混乱した戦場だった。

クラス担任は、若い吉川先生から、中年の女性の沢口先生に代わった。沢口先生は、なにかあると「みんな、仲良く」とか「クラスの絆《きずな》」と繰り返した。それが、クラスの苛立ちを加速させた。

二年二組が始まって四日目、掃除をサボろうとする男子生徒数人に森山が「ちゃんとやってよ」と大声で注意した。ぼくが去年の九月に転入した時、松田と話さないようにと忠告した女子生徒だ。森山は外見も中身も几帳面なリーダータイプだった。一年の時から、クラスの行事や班で決めたルールを細かく指示することがあった。

注意されてムッとした男子生徒の横から、背の低い浅井が大きな声で「森山さんて、そんなに偉いの？」とからかうように言った。「悪を倒すヒロインだと思ってるの？」浅井は大げさに驚いた顔をした。

不満そうだった男子生徒の一人が、突然「そうだよ。森山、なにさまだよ」と声を上げた。もう一人が「森山、うぜーんだよ」と怒ったように言った。掃除を始めようとしていた生徒達の動きが止まって、同時に森山を見た。

一瞬の沈黙のなかで、二十人近い視線が森山に突き刺さった。

森山の顔がさっと青くなった。「違うわよ。何言ってるの⁉」

「だって、森山さん、クラス委員でもないのに、なんで、そんなに偉そうなの？」浅井が畳《たた》みかけた。

「違うって！　全然、偉そうじゃないでしょ！」森山の声が震えた。

意外だった。森山がこんなに簡単にビビるとは誰も思わなかった。震える声に吸いよせられるように、教室にいる全員はじっと森山を見つめた。

森山の顔はさらに青くなった。

「彩香《あやか》、違うよね。私、そんなつもりじゃないよね！」ホウキを持ったまま動かない太田《おおた》彩香に森山は声をかけた。太田は森山といつも一緒にいる友達だ。全員の視線も、太田に移動した。太田はみんなに注目されて少し怯えた表情を見せた。

「違うよね、彩香」森山は太田に近づこうとした。その瞬間、太田は反射的にあとずさった。

「彩香！」森山の目が大きく見開かれた。太田は強張った顔のまま目を伏せた。

「森山さんて、どうしてそんなに偉そうなの？」

ねっとりした浅井の声が教室に響いた。浅井の顔はニヤニヤと輝いていた。「見つけた。松田の次をやっと見つけた」そんな声が聞こえてきそうだった。薄く笑っている奴も何人かいた。

「違う！　違うから！」森山は叫びながら、教室を出て行った。最後の言葉は、泣いているように聞こえた。

「森山さんが、掃除、サボってんじゃん」浅井が呆れたような声でダメ押しした。そんな人間はいじめられて当然だ。そうだよね、みんな。彼女で決まりでいいよね。教室全体にそう宣言しているようだった。

逃げ出したら、もう逃げられない。森山は最悪の選択をした。何があっても教室に残っているべきだった。

教室にホッとした空気が広がり始めた。その速さにぼくは驚いた。これで、やっと二年二組に平和が訪れる。いじめられないように、気を使い、神経を張りつめ、警戒する必要がなくなる。何人もが、明らかにそういう表情をしていた。

ぼくも、どこかホッとしている自分に気付いて驚いた。でも、そう感じたのは悲しいけれど、事実だった。

次の日、森山は学校に来なかった。森山のいない机を見ながら、拍子抜けしたような顔をしている奴が何人もいた。いつまで休むんだろう。今日だけか、何日もか、それともこのまま、学校に来なくなるのか。みんな、同じことを考えているようだった。

一日中、宙ぶらりんな気持ちだった。苦しいマラソンを続けて、やっとゴールが見えたのに、いきなり、マラソンコースを延ばされたような感覚だった。森山には悪いけれど、これ以上、マラソンを続けるのは耐えられない。もうゴールインしないと、神経がどうにかなるんじゃないか、クラス全体がそんな感じだった。

六時間目の授業が終わり、「帰りの学活」で明日の確認をし、教室の掃除を終えた時、音楽室の掃除が担当だった飯島が緊張した顔で教室に戻って来た。

去年の九月、森山と一緒に、松田と話すと無視されるようになるとぼくに忠告した男だ。色白で見るからに優等生タイプで、実際、成績もいい。

飯島は、震える声で「みんな、話があるんだ」と告げた。帰り支度をしていた何人かの手が止まった。飯島はクラス全体に向かって、ゆっくりと話し始めた。

森山のことなんだが、あいつは別に自分のことを正義のヒロインだなんて思ってないんだ。だから、森山を許して欲しいんだ。

飯島は思い詰めた表情だった。

「なんだよ、お前、森山が好きなのか⁉」浅井が笑いながら大声を出した。飯島は、緊張した表情で「ああ」とうなづいた。

何人かが冷やかすように笑い、何人かが声にならない声を出して、教室の空気が緩んだ。それが合図で、クラスの三分の二近くが部活に行くからと教室を出て行った。

サッカー部の関川は「後はお前たちで決めてくれ」と残されたクラスメイトに声をかけた。無責任な声の響きだった。「よろしく」と笑いながら同意する声が何人か続いた。

去っていくクラスメイトの背中を思い詰めた表情で飯島は見つめた。そして、残された十人ほどの生徒に向き直った。

「どうしたら森山を許してくれる?」

聞かれた側は、思わず、お互いの顔を見交わした。浅井は苛立った顔をしていた。

「どうしたらいい?」もう一度、思い詰めた顔の飯島が繰り返した。しばらく誰も何も言わなかったが、やがて、「なんか、ノドかわいたよな」と中根の声が響いた。

飯島は中根の顔を見た。中根はニヤニヤしていた。

「分かった。みんなに飲み物、おごるから。一緒に帰ろう」飯島は張りつめた表情のまま言った。

飯島を先頭に、十人ほどがまとまって学校を出た。飯島のすぐ後ろを背の高い中根が歩いていた。女子生徒は二人だけだった。森山の友達の太田はいなかった。ぼくは一番後ろを歩いた。

ぼくは飯島の態度に、なんというか感動していた。「森山が好きなのか⁉」と聞かれて「ああ」と答えるのはものすごい勇気だと思った。だから、飯島の話を聞こうと思った。

すぐ前に浅井がいた。浅井の背中は怒っているように見えた。

学校近くの児童公園まで来た時、中根が「じゃあ、俺たちはここで待ってるからさ。飯島、よろしくね」と楽しそうに言った。

飯島は、ノートを取り出し、一人一人、飲み物のリクエストを書き取り、コンビニに走った。肩掛けの通学鞄と必死の背中が揺れていた。

誰も一緒にコンビニに行くつもりはなかった。下校途中でコンビニに入るのは、校則違反になるからだ。

13

日本の中学に入ったら、信じられない校則があると母親は言った。例に「喫茶店の出入り禁止」を上げたが、それ以上に想像を超えたものがあった。

「下校時の寄り道、買い食い禁止」

去年、初めて先生の口から聞いた時は、何かの冗談だと思った。中学生になって、家に真っ直ぐ帰れと指示されたり、途中で何も買うなと命令されるなんて、まったく理解できなかった。

去年の九月、あんまり暑い日にノドが渇いてたまらず、コンビニに入って飲み物を買った。次の日、担任の吉川先生に職員室に呼ばれて注意された。

誰かがコンビニに入るぼくを目撃したらしい。下校途中だったから、同時に帰る生徒も多くて目立ったのだろう。吉川先生は松田のいじめには気付かなくても、「買い食い」は注意するんだと、怒りを通り越して哀しくなった。

どうして買い食いをしたらダメなんですかと吉川先生に聞いた。「それが校則だ」と返された。どうして校則なんですかと驚きながら聞くと、「社会にはルールがある。ルールに従うことが大切なんだ」と吉川先生は言った。一瞬、ジョークかと思って笑いそうになったが、吉川先生の目は真剣だった。

あきらかに納得してない顔をしていたからだろう。吉川先生は溜め息をひとつついた。「買い食いなんかしたら、中学生らしくないだろう」どうして分からないんだという顔だった。

カンザスシティの中学校では、学校の帰りでも、何かを買いたくなったら買って、飲みたくなったら飲んでました。いえ、そもそも、小学校からそうしてました。それは小学生らしくないんでしょうか。買い食いしないことが、どうして中学生らしいんですか。

職員室だったので、思わず言ってしまった。教室だったら、他の生徒を意識して言わなかっただろう。

吉川先生はムッとした顔を見せた。

「コンビニで買い食いして、コンビニの前でだらしなく座って食べてたりしたら、中学生らしくないだろう。だいいち、買い食いして、お腹一杯で晩御飯が食べられなくなったら、家族の団欒《だんらん》が失われるだろ。買い食いするのが当り前になったら、お金を持ってるってバレてカツアゲされるだろ。買い食いして遅くなったら、犯罪に巻き込まれるかもしれないだろ。分かるか。買い食いは中学生らしくないんだよ」

カンザスシティの日本語補習授業校で同じことを言われたら、ぼくは爆笑して、先生とハイタッチしていただろう。でも、湿度の高い日本の職員室では、全身の力が抜けた。

吉川先生は、悪い先生じゃない。授業も熱心だし、時々ジョークも言うし、エネルギッシュで前向きだ。いじめに気付かないのは問題だけど、それはいじめている方が一枚も二枚も上手なんだ。

でも、吉川先生はバカだ。もし、本気で今言ったことを思っているのなら、バカとしか言いようがない。吉川先生が言った「買い食いがダメな理由」は、全部、大きなお世話だ。ぼくが幼稚園児なら納得する。でも、もう中学生なんだ。

吉川先生は、何度も「もう小学生じゃない。中学生の自覚を持つように」と言った。なのに、今言っていることは、全部、子供に対する心配だ。いつまでも子供でいてはいけないと言いながら、ずっと子供扱いしているんだ。それは、難しい言葉で言えば、「矛盾」している。いつまでも子供だと嘆きながら、いつまでも子供扱いしている。大人になんかなれるわけがない。

「分かったな。萩原。もう買い食いはするなよ」吉川先生は、ぼくが何も言わなかったから、納得したと思ったらしい。

「じゃあ、自動販売機で買っていいですか？」

吉川先生は、まだ分からないのか、という顔をした。「自動販売機もダメだ」

「どうしてですか？」

「中学生らしくない」

「どうして自動販売機で飲み物を買ったら、中学生らしくないんですか？」

「いいか、萩原。お前は北山第二中学生としての自覚を持たないといけない。お前が自動販売機の前でだらしなく座りながらとか、ダラダラ歩きながらコーラを飲んでいたら、周りの大人達はどう思う？『北二中の生徒は礼儀がなってない、北二中は乱れた学校だ』と思うだろう。お前一人の行動が、北二中の評判を決めるんだぞ。萩原、分かるな。北二中の生徒として、恥ずかしくない、中学生らしい行動を取らないといけないんだ」

吉川先生は、これで分かるだろうという顔をした。

つまり、ぼく達のノドの渇きとか空腹より、近所の人達の学校に対する評判の方が重要ということなのだろうか。

「でも、ものすごくノドが渇いたらどうしたらいいんですか？」

吉川先生は微笑んだ。

「水道の水を飲むんだよ。日本はアメリカと違って、水道水が飲める素晴らしい国なんだぞ。学校でガブガブ飲んで帰れ。そしたら買い食いなんかしなくていいだろう」

吉川先生は満足そうだった。

アメリカでもぼくは水道水を飲んでいた。母親はなるべくミネラルウォーターを飲むようにと言ったが、面倒くさい時は父親もぼくも水道水ですませた。何の問題もなかった。

吉川先生は、これで分かったなという風にうなづいた。ぼくは何も言う気力がなくなって職員室から出た。

全然、納得できなかったが、それ以来、どんなにノドが渇いても、コンビニに寄らず、自動販売機でも買ってない。

ただ、この「ルール」には抜け道がある。一度家に帰れば、買い食いしてもいいというのだ。それを知った時は、頭がぐるぐるした。

何が違うのだろう。家に帰って、通学鞄を置いたら、コンビニの前でだらしなく座っていても、自動販売機で買ったコーラを飲みながらチンタラ歩いても、「中学生らしい」のだろうか。「北二中としての自覚」は傷つかないのだろうか。どうして、家に帰っただけで、すべてが許されるのだろう。

もし、一度家に帰って、通学鞄を家に置かず、そのままもう一度外出して、コンビニに寄ったらどうなるんだろうか。通学鞄を持っているから寄り道の買い食いになるんだろうか。

吉川先生にこのことを聞いたらなんて言うんだろう。「ルールには必ず例外がある」とかだろうか。

もちろん、もう聞きに行く気力はなかった。真剣に話しても時間のムダだと分かってる。松田へのいじめも、同じことかもしれないと思った。きっと、真剣に話しても意味がないんだ。

14

児童公園でしばらく待っていると、両手にコンビニ袋を持って、飯島が走ってきた。コーラやレッドブルやカルピスソーダや一〇〇%果汁ジュースやフルーツ味のサイダーがクラスメイトに配られた。買い食いの校則違反をしたのは飯島で、俺たちはしょうがなく受け取っているんだからな、とわざわざ言ってる奴もいた。

ぼくが頼んだ冷たいファンタグレープは、水道水の何万倍も美味しかった。

飯島は真剣な顔で、嬉しそうに飲んでいるクラスメイトを見つめていた。自分の分は買ってないようだった。

「やっぱうまいな」とか「飯島、サンキュ」とか「これは買い食いじゃないし」とか、みんないろんなことを言いながら飲んでいた。

飯島はなんと切り出していいのか迷っているようだった。全員が飲み終わり、一瞬、沈黙が訪れた。飯島の顔が引き締まった。何人かが飯島を見た。なんて言うんだろう、みんなは納得するんだろうかと思った時、中根の声が響いた。

「アイスも食べたいなあ」

飯島は、ハッとした顔で中根を見た。

浅井がすぐに、「俺、ガリガリ君のソーダ味がいいなあ」と続けた。

「俺は、ハーゲンダッツだな」中根がニヤニヤしながら言った。「あ、俺もそっち」浅井が中根を見上げて慌てて訂正した。

ほんのわずかの沈黙の後、全員が一気に話し始めた。「あ、俺も」「そりゃあ、ハーゲンダッツでしょう」「あたし、抹茶味」「あとは何味があるの?」「ストロベリーとかあるよ」

飯島が、唇を噛みしめたまま、サイフをポケットから取り出した。中身を確かめているようだった。

「分かった。それで森山を許して欲しい」飯島はそう言って、またリクエストを聞き始めた。

「萩原もハーゲンダッツでいいの? 何味? バニラ?」

一番最後に、飯島はぼくを見た。

「いや、俺はいいや」ぼくは思わず返した。

全員の動きが一瞬、止まった。

「どうして？　萩原、おごってもらえよ」中根が大きな声を出した。

「いや、もういいんだ」これ以上、飯島にたかる気持ちにならなかった。

「何言ってんだよ、萩原。みんな、食べるんだよ。一人だけ、かっこつけてんの？」浅井が苛立ったような声を出した。

「俺はアイス、いらないから」ぼくは飯島に微笑みかけた。「森山のこと、分かったから」

飯島が一瞬、微《かす》かに微笑んだ。

「じゃ、俺はもう帰るわ」

「萩原、みんなアイス食べるんだぜ」浅井の声が大きくなった。

「いいんだ。飯島、ファンタ、サンキュ」

ぼくは全員を残して公園の出口に急いだ。これ以上、飯島が責められてる場所にいたくなかった。アイスで終わればいい。でも、また、中根か誰かがスナック菓子とか骨なしチキンとか言い出したら。森山の結論を出さないまま、明日もよろしくと誰かが言ったら。

ぼくが森山のことは分かったと先に言うことで、そんないじめが生まれなければいいと思った。いや、そもそも、飯島がいじめられる光景を見たくなかった。それが一番正直な気持ちだった。「森山を許して欲しい」と言った飯島は格好良かった。

だが、もし、公園を出る時に一度でも振り向いていたら、ぼくは気付いていただろう。最悪の選択をしたのは、森山でも飯島でもなくて、この時のぼくだったということに。

次の日、教室に入った時、なにかが変だと思った。嫌な感じだった。浅井と目があったので、

「おはよう」と挨拶をした。が、浅井は黙ったまま目をそらした。背中が一瞬、ぞくっとした。まさか、と思った。すぐに周りを見て、挨拶する相手を目で探した。だが、誰とも目があわなかった。

自分の机に鞄を置いて、もう一度、周りを見た。飯島がいた。「飯島、おはよう」と名前を呼んだ。飯島は無視したまま、自分の席に座った。昨日休んでいた森山が近づいて、飯島と話し始めた。飯島も森山も、ぼくを見なかった。いや、無理に見ないようにしている感じだった。

パニックになりそうだった。ぼくは何をしたんだ？　何をしたから、無視されているんだ？　全く分からない。目の前にいる森山以上の何かをぼくはしたのか？　昨日の飯島以上の何かをぼくはしたのか？　まったく分からない。胃の奥が鈍《にぶ》く痛み始めた。口の中が渇いてきた。

一年の時、同じクラスだった岡山が教室に入ってきた。岡山はアメリカの生活に興味を持って、いろいろと話しかけてきた。お互いの家にも、何度か遊びに行った。岡山は、高校か大学で絶対に海外に留学するんだと夢を語った。アメリカ時代のぼくの写真を興味深そうに見た。いつのまにか、一年一組で一番、親しい友達になった。

「岡山、おはよう」

「萩原、おはよっス」

岡山はいつもの笑顔で答えてくれた。少し太り気味の丸顔で、微笑むと目が線になって見えなくなる。ぼくは岡山の笑顔が大好きだ。

心の底からホッとした。笑い出しそうになった。岡山といろいろと話そうと思った時、浅井が岡山に近づいた。浅井は岡山の耳元で何かをささやき、そのまま、岡山を教室の外に連れ出そうとした。

岡山は怪《あや》しむ顔をしながら、鞄を机の上に置いて、浅井について行った。思わず、岡山を追おうとしたら、中根が目の前に立ちふさがった。身長が一七五センチ近くある中根は、ニヤニヤしながらぼくを無言で見下ろした。すぐに、がっしりした体の関川が近づいてきて中根の横に立ち、中根以上のニヤニヤした顔でぼくを見た。

教室が一瞬、沈黙した。ざわざわとした話し声が止まり、全員がぼくを見つめているのが分かった。

思わず、周りを見回した。ほとんどの生徒が目をあわさなかったが、驚いた顔の生徒も数人いた。「そうなの？　そういうことなの！」と、彼ら彼女らの表情は語っていた。

頭が真っ白になった。暑くもないのに背中にびっしょり汗が吹き出した。

中根と関川の前から動けなかった。どのくらいそのままでいただろう。岡山が教室に戻ってきたのが分かった。ちらりとぼくを見た後、目を伏せた。

胃の奥が猛烈に痛くなってきた。体が小刻みに震え始めた。ノドが渇ききって、ベロの奥とノドがくっついた。全部、初めてのことだった。自分の体がこんなになるなんて、想像もしなかった。

沢口先生が教室に入ってきて、バタバタと生徒達は着席した。ぼくはなんとか自分の机に戻った。足の感覚がおかしくなって、教室の床がふわふわした。

「朝の学活」が始まった。沢口先生が何を言っているのか、まったく理解できなかった。とうとう始まったと思った。とうとう、この時が来た。去年の九月から心配していたいじめの順番がとうとう来た。ぼくは松田になるんだ。松田になったんだ。

でも何故？　パニックになった頭が、一時間目の数学の途中でようやく動き始めた。昨日、ぼくは何をした？　ぼくは……。思わず、授業中、声を上げそうになった。

昨日、ぼくはアイスを断った。みんなが食べるアイスを一人、食べなかった。……それだけだ。それが、いじめの原因なんだ。なんてことだ。みんなと違うことをしたらそれだけで責められるのか。人と違うことをしたら、いじめが始まるのか。みんなと同じことをしなければ生きていけないのか。

それはあんまりバカバカしくないか。怒りというか呆れというか、いろんな感情が吹き出した。そして、二時間目の英語の授業が始まった頃には、負けてたまるかという気持ちが湧いて来た。あまりのバカバカしさに、なにくそっと思った。

今から思えば、それがいじめがエスカレートした理由だった。心底怯えていたら、ひょっとしたら、今頃、いじめは次のターゲットに移っていたかもしれない。怯えながら、次のイケニエを探せば、松田のようにならなかった可能性が高い。だが、ぼくはいじめと戦った。いじめを許せないと思い、いじめになんか負けるかと決意した。それが、最悪の結果を生んだ。

佐々木友次さんはどうしたんだろう。特攻隊という命令というか運命とどう戦ったのだろう。

ぼくは芝生に腰を下ろしたまま、札幌の青空の下、また、『陸軍特別攻撃隊』を読み始めた。

15

一九四四年（昭和十九年）十月二十三日、博多の雁ノ巣飛行場を一時間遅れで万朶隊は出発した。

機体の整備に手間取った結果だった。どの機も故障が多かった。通常は新作機について、百時間ぐらいの試験飛行をした後に、部隊に渡した。新しいエンジンが故障を起こすかどうかは、七十時間程度使わないと分からないからだ。けれど、万朶隊の九九双軽は、「死のツノ」の改装を終えて、試験飛行をしないまま渡された。

万朶隊の一員、整備班長の村崎少尉は、

「こんなガタガタ飛行機じゃ、フィリピンまでも行けやせんぞ。体当たりをやらせようというのに、試験飛行もしない飛行機をよこすとは、なんということだ」

と顔を赤くして怒った。

岩本隊長には、別の苦悩があった。

陸軍の組織としては、岩本隊長が率いるのだから、「岩本隊」が正式に編成されるのが通常のことだ。そして、特別の攻撃なので万朶隊という呼び名が例外として付くという順序だ。

ところが、万朶隊全員は、個人としてフィリピンの第四航空軍に配属されることになっていた。このままだと、岩本隊長の下、全員が体当たりをしても、陸軍の正式な記録としては岩本隊ではなく、各個人がしたことになるのだ。

岩本隊長は、これが納得できなかった。

昨晩からずっと考えてきた結論としては、公式な編成命令によって、「岩本隊」を作っては都合が悪いと上層部は思っている、ということだった。

部隊の公式な編成命令は、天皇陛下の名によって出される。つまり、体当たりという戦法は、天皇陛下の命令として出してはいけない、と上は判断したとしか考えられないのだ。天皇陛下が体当たり攻撃のための部隊を編成されるようなことがあってはならない、ということだ。

けれど、実際に戦場に行けば、全員は部隊として行動する。そして戦死する。その時、陸軍の正式編成記録には、万朶隊の名も岩本隊の名も残らない。ただ、第四航空軍所属の個人の名前が残されるだけなのだ。

岩本大尉は、この「巧妙な仕掛け」にどうしても納得できなかった。

祖国を救うために体当たりに選ばれた自分達が、正式な編成部隊ではない、という矛盾に怒りが沸き上がった。自分が率いるのは正式には「岩本隊」であり、通称「万朶隊」であると、主張したかった。

我々は勝手に集まった個人ではない。非公式に集められた集団でもない。祖国を救うために編成された正式な部隊である。そう言いたかった。

その日、万朶隊は上海の大場鎮《だいじょうちん》飛行場に到着。

翌日二十四日の日没、悪天候をついて台湾の嘉義《かぎ》飛行場に到着。長時間、海上すれすれに、波しぶきをかぶるほどの飛行を続けた。台湾沖航空戦の時の空襲で、滑走路の照明灯は壊されていて、点々と燃えているかがり火を目標にした着陸だった。

すぐに、岩本大尉は全員の集合を命じた。激しい雨と風が吹き荒れる海上を飛び続けて疲れ切った下士官たちは、不機嫌な様子でのろのろと集まってきた。

まだかがり火は燃えていた。送電線が空襲で破壊されたので、電灯の代わりだった。

岩本隊長は、かがり火の近くに全員を集めた。

炎の明かりに浮かび上がったのは、岩本隊長の横に立つ一人の男性だった。各務ヶ原飛行場から同乗してきた航空技術将校だった。

岩本隊長は、その男性を阿部少佐だと紹介し、我々の飛行機のことで重大な話があると言った。

全員がかがり火に照らされた少佐の顔を見つめた。

「諸君は、すでに承知されていると思うが、諸君の搭乗機のことについて、説明しておく」阿部少佐の声は弱く、力がなかった。

阿部少佐はこう言った後、しばらく黙った。やがて、この飛行機は改装されているが、それは特別な任務を遂行するためであると続けた。

そして、また、少佐の言葉が途切れた。その沈黙に、隊員の緊張が高まった。

「改装した点は、この飛行機の爆弾は、普通の投下方法では、落とせないようになっている。機首についている長い管は、電導管になっている。爆弾は、飛行機から投下されないで、機体の中で爆発する」

岩本大尉は、頭をうつむけて聞いていた。

阿部少佐の声は震えていた。

「自分は技術者として言うのであるが、諸君の任務は体当たり攻撃である。この飛行機は、そのために作られた。このような非常の手段を取るのは、敵機動部隊を一挙に叩いて、壊滅させるためである。そのために選ばれた諸君の使命はまことに重大である」

佐々木たち隊員は体を固くして聞いていた。阿部少佐は、励ますように言った。

「戦況の危急は、ついに、こうした非常の攻撃方法を取ることになったが、諸君の必死の技術は、必ず成果をおさめて、勝利の道を開くものと確信している」

岩本大尉は解散を命じて、阿部少佐と連れ立って、飛行場の闇の中に歩いていった。

隊員たちは、力が抜けたように、しばらくその場から離れなかった。

佐々木はゆっくりと歩き出した。行くあてはなかった。頭の中はひとつのことで一杯だった。

「これで、俺は死ぬんだな」

少し歩いていると、急に、父の藤吉《とうきち》の言葉が思い出された。

「人間は、容易なことで死ぬもんじゃないぞ」

藤吉は、日露戦争の時、旅順《りょじゅん》の二〇三高地を攻撃する決死隊の白襷隊《しろだすきたい》の一員だった。夜間、白い襷を肩からかけて、高地の斜面を登り、敵陣地を強襲しようという部隊だった。

だが、白い襷は、夜の闇の中でかえって目標になった。ロシア軍の機関銃は白い襷を目標に銃弾を浴びせた。決死隊の白襷隊は全滅に近い悲劇にあった。

父の藤吉は、この激戦の中で生き残った。その時に一つの信念が生まれた。それは「人間は、容易なことで死ぬものでない」ということだった。

日露戦争が終わって、藤吉は無事に故郷の当別村に帰ってきた。それ以来、生きるということに自信を持つようになった。そして、そのことを繰り返し子供たちに教えた。

父親の生命への信念は、子供たちの心に染み通り、人生への希望を持たせた。それが、かがり火が燃える嘉義飛行場に立つ、佐々木友次の心に浮かび上がった。

「俺は死ぬはずがない」

同時に、操縦者としての疑問が浮かんだ。

体当たり機の爆弾が外れないとしたら、不時着や事故のあった時に、爆弾を抱えていなければならない。それはとても危険ではないか。そのままなら、無駄な犠牲を出すことになる。

「爆弾を落とす方法はないものだろうか」

稲妻のような思いが、佐々木の頭に閃《ひらめ》いた。

その時、かがり火の中に見えていた影達が、ぽつぽつと暗い闇に向かって走り出した。闇の向こうには、自分達が乗ってきた九九双軽があった。やがて、全員が一斉に闇に向かって死に物狂いの気配で駆け出した。佐々木もまた、飛行場の片隅にある九九双軽に向かった。

みんな、同じことを考えていたのだ。

口には出さなかった。出せば、卑怯と言われる。軍人精神の裏切りと責められる。けれど、みんな、なんとかして生きたかった。誰もが命が惜しいことを隠さなかった。操縦者は、将校も下士官も自分の飛行機に乗り込んだ。その他の者は、それぞれの機体の周りに立っていた。

佐々木は操縦席について、スイッチを入れた。真っ暗な中に丸いたくさんの計器が正面に、配電盤が右側に明るく浮かび上がった。爆弾を吊《つ》っている電磁器に作用する線は配電盤にある。

佐々木は何度か、配電盤の各所にヒューズを差し込み、スイッチを押してみた。が、何の反応もなかった。

失意のまま、電源を切った。暗闇が訪れ、飛行機は暗黒の空洞に変わった。佐々木は墓穴の中にいるような気がした。

飛行機の外に飛び下りた時、近くでわっと騒ぐ声が聞こえた。

佐々木はその声の方に走った。かがり火の光がわずかに届いて、園田中尉の九九双軽が見えた。

「もう一度、やってみて下さい」操縦席を見上げながら、安藤中尉が叫んだ。そして、手に持った携行灯《けいこうとう》で操縦席を照らした。隊員が次々に集まってきた。

急にガチャン！　と音がした。

わーっ！　と歓声が上がった。「ええぞ！　ええぞ！」安藤中尉は、携行灯を振って、踊るような動きをした。

佐々木は、「今の音は、爆弾を吊るす懸吊架《けんちょうか》のどこかが外れた音だ」と思った。懸吊架が音を立てたのは、電気回路が生きていたということであり、爆弾を落とすことも可能なのだ。

佐々木の肩に手がかかった。振り向くと、佐々木のひとつ上、二十二歳の奥原伍長が立っていた。

懸吊架が外れた音がしたことを佐々木が話すと、角の立った声で言った。

「阿部少佐は、外れないと言ったじゃないか。ばかにしているよ。こんなとこまできて、お前らの飛行機は体当たりだ、なんて。だまされたようなもんさ」

いつもは口数が少なく、おとなしい奥原伍長の激しい口調に佐々木は強い怒りを感じて驚いた。

園田中尉が飛行機から降りてきた。

「どうなったんですか。教えて下さい」安藤中尉が近寄ったので、他の操縦者もその周りを取り囲んだ。

翌二十五日、万朶隊はフィリピンに出発することができなかった。飛行機の故障が激しくなり、整備しきれなかったのだ。

この夜、万朶隊の将校五名は、嘉義飛行場の司令官が催《もよお》した壮行の宴に招待された。万朶隊が出発して、初めての特別扱いだった。それまでは、各務ヶ原でも雁ノ巣でも上海でも普通の部隊と同じようにそっけない扱いを受けていた。

佐々木たち下士官の待遇も一変した。宿舎は嘉義市内の一流の旅館に変わった。たくさんの料理も出た。

鉾田の貧しい料理に慣れていた下士官たちは「将校さんの分と間違えたんじゃないのか」と女中に何度も聞いた。

赤く熟《う》れたパパイアを佐々木は初めて食べた。北海道育ちの佐々木は、南国の果物の豊かな甘さに感動した。同時に、日本を離れて南方にきたことをはっきりと意識した。

そして、豪華な食事、一流の旅館の待遇は、自分たちの異常な任務が現実のことなのだと、あらためて全員に突きつけた。

下士官たちは、酒を飲み、思い思いに街に出て行った。盛り場には軍人専用の慰安所があり、朝鮮や台湾の女性がいた。狭く仕切られた、わびしい部屋で下士官たちは、自暴自棄のまま慰安婦を抱いた。

佐々木と奥原は、酒が飲めなかったし、若かったので、荒れた雰囲気の下士官たちに馴染めず、先に帰った。なんだか、二人は、取り残されたような気持ちだった。

16

『陸軍特別攻撃隊』を閉じて立ち上がった。テレビ塔の時計の数字が「13：25」と表示されていた。

お腹は全然空いてなかった。

　佐々木友次さんに会いたいと思った。まだ、読み始めたばかりだけど、とにかく、会って話を聞きたかった。

　突然、特攻隊になれと言われてどんな気持ちだったんですか？　嫌じゃなかったんですか？　特攻隊になることを拒否できなかったんですか？

　佐々木さんのいる病院は、札幌駅を挟んで、大通公園の反対側だった。地下鉄に乗り、最寄りの駅を出て、病院に向かいながら、足は自然と小走りになった。

　人気のない玄関を入り、消毒薬の匂いのする一階を過ぎ、トイレの臭いのする二階の廊下を半分ほど歩いて、入口に一番近いベッドまで来た。佐々木さんは、目を閉じて、仰向けの状態で寝ていた。ゆっくりと枕元に近づいた。心臓が高鳴るのが分かる。目の前にいる人が、本に書かれていたあの佐々木友次さんなんだ。

　ベッドが大きく感じた。佐々木さんは本当に小柄な人だった。身長一六六センチのぼくより明らかに小さい。一六〇センチあるかないか。この体で飛行機に乗っていたんだ。

　地下鉄の中で、佐々木さんの年齢を数えた。一九四四年に二十一歳で、二〇一五年の今は九十二歳。歳を取って、さらに縮んだのかもしれない。

「佐々木さん」

　緊張で、喉の奥がへばりつき、うまく声がでなかった。

　寝ている佐々木さんを起こしたくはなかった。でも、どうしても佐々木さんと話したかった。

「佐々木さん」

今度は少し大きな声が出た。

「誰？」

佐々木さんがもぞもぞと体を動かした。目は閉じたままだ。

「起こしてごめんなさい。佐々木さんとお話したいんです」

「××？」

佐々木さんはぼくの知らない名前を言った。

「いえ。萩原と言います。佐々木さん、特攻隊だったんですよね」

佐々木さんの動きが止まった。

「もう、その話はいいでしょ」

話すたびに息が口から漏れて、佐々木さんの言葉は少し分かりづらかった。前歯が何本か抜けているようだった。

「どうしてですか？」

思わず声が大きくなった。

「もう、目をやられてさ。歯も抜けて、こわいし、もう、その話はいいっしょ」

目を閉じたまま、佐々木さんは強い口調で言った。

「ぼく、中学二年生なんです。今度、特攻隊の事を調べて、発表したいって思ってるんです。特攻隊は、みんな、自分から希望して出撃したって言われてるんです。でも、違うんですよね？　佐々木さんは、特攻に行けって命令されたんですよね。ぼく、調べてみんなの前で発表したいんです！」

自分でも、どうしていきなりこんなことを言ったのか分からなかった。ただ、佐々木さんとの会話をこのまま終わらせたくなかった。

佐々木さんは、目を閉じたまま、ぼくの言葉を考えているようだった。

「おおごとにはしたくないのさ」

佐々木さんは、ぼくに話しかけるように言った。

「どうしても知りたいんです。そんなおおごとにはしません」

反射的に言葉が出た。言ってすぐに「おおごと」とはなんだろうと思った。佐々木さんの話を聞くことがおおごとになるんだろうか。今までおおごとになってきたんだろうか。

「なにが聞きたいのさ」

佐々木さんは寝たまま、ぼくの方に顔を向けた。目は開けなかった。本当に目が見えないんだ。

「岐阜の各務ヶ原飛行場で、初めて、ツノのある九九双軽を見た時は、どんな気持ちだったんですか？」

佐々木さんは目を閉じたまま、意外そうな顔をした。「九九双軽」という言葉に驚いたようだった。

「それは苦しかったべさ」

佐々木さんはゆっくり言った。

「切ない思いと、これで一発で撃ち取っていかなきゃならんべっていう二本立ての思いがあって、どっちも苦しいべよ」

「この時に自分たちは、特攻隊だと知ったんですよね？」

「いや。鉾田を出発する時には分かってた」

佐々木さんは、『陸軍特別攻撃隊』に書かれていることと違うことを言った。

「分かってたんですか？」

「ああ。特攻しないと日本はもうダメだべっていう噂がたってた。フィリピンに行けって言われた時に、もう分かっていた」

みんな知ってたんだ。だから、見送る人たちも、お葬式のような顔をしていたのか。

「その時の気持ちはどうだったんですか？」

「それは悲壮なもんさ」

「上手い方から選ばれるってみんな思ってたんですかね？」

「そう。それで、私が入ってたのさ」

「ということは、少しは嬉しい気持ちはあったんですか？」

「それはあるさ。日本陸軍の最初の特別部隊の隊員に選ばれたわけだし」

「でも、特攻だから困ったなって気持ちもあるんですか？」

「さみしい気持ちがね」

佐々木さんは目を閉じたまま、ぽつりと言った。

ベッドの佐々木さんは、用心深そうに話している感じだった。高齢だからとか、入院しているからではなく、慎重に言葉を選んでいるように見えた。

と言って、嫌々、話している様子でもなかった。なるべく誤解のないように、余計なことを言わないように、そんな匂いがした。同時に、「あなたには分からないでしょう」という諦めの空気も感じた。どんなに説明しても、分かるはずがないという気持ち。

「佐々木さん、特攻隊なのに特攻しないで戻ってきて、怒られなかったんですか？」

思わず声が大きくなった。失礼な質問だということは分かっている。でも、聞きたかった。

どうして友次さんは死なないで今、ここにいるのか。まだ、『陸軍特別攻撃隊』の本を読み始めたばかりだ。友次さんの気持ちは、後々、本に書かれているかもしれない。

でも、今、この場で聞きたいと思った。

目を閉じた友次さんの顔が一瞬、変わった。

その時、背後から声が飛んだ。

「友人《ともひと》君？　何してるの？」

驚いて振り向くと、伯母さんが立っていた。

「あ、あの」心臓がバクバクした。「えっと、その、札幌の最後に、美味しい物、食べたいと思って。伯母さんに聞けばいいかなって」

「どうして病室にいるの？」伯母さんは、誰も乗っていない車椅子を押しながら近づいた。

「伯母さんがいるかなって、ちょっと覗いたの」急いでベッドの傍を離れた。

「そう……」伯母さんは納得してない顔だった。

「最後に札幌らしいもの食べたいなって思ったんです。でも、どこがいいか分からなくて。伯母さん、どこかいい所、知っていますか？」

伯母さんの疑いがこれ以上膨らまないように早口でまくし立てた。

「友人君、ごめんね。伯母さん、今、仕事中なの。談話室でちょっと待っててね」

伯母さんはそのまま車椅子を押して、友次さんのベッドに近づいた。

「友次さん、お風呂の時間ですよ。さあ、入りましょうね」

伯母さんは友次さんの耳元に話しかけた。

友次さんは、目を閉じたまま、声を出してうなづいた。伯母さんは友次さんのベッドサイドに車椅子を置き、足元の方に移動して、さっと身を屈《かが》めた。そして、取っ手のようなものを握ってくるくると回し始めた。友次さんが寝ているベッドの背中の部分が徐々に起き上がってきた。

友次さんは、依然として目を閉じたまま、黙って身を任せていた。五十度ほどベッドを起こすと、伯母さんは、ベッドの横に戻り、サイドの鉄製の手すりを外した。てきぱきとした動きだった。

ぼくは伯母さんの背中越しに、友次さんを見ていた。

伯母さんは振り向き、「どうしたの？」と聞いた。

「いえ、黙って来てごめんなさい。一人で見つけます」ぼくはお辞儀をして廊下を走った。

「友人君」背中に、伯母さんの抑えた声が聞こえた。

頭が混乱し、心臓が口から飛び出そうだった。伯母さんに気付かれないように一刻も早く立ち去りたい気持ちと、もっと友次さんと話したいという気持ちがごつごつと心の中でぶつかった。

友次さんは、本の中だけじゃなかった。伝説でも歴史でもなく、ぼくの目の前にいた。特攻に飛び立ち、生きて帰ってきた友次さんがいた。

叫びだしそうになる気持ちを必死で抑えて、病院の玄関を飛び出した。

気がつけば、飛行機の時間が迫っていた。どうしていいか分からず、ウロウロと病院の周りを歩き、伯母さんに会ったらどうしようと友次さんと再会することを諦め、けれど、諦めきれず、駅に行ったり、戻ったりしているうちに、時間が過ぎていた。

生まれて初めて一人で飛行機に乗るために、余裕を持って空港に行くように、少なくともフライトの一時間以上前に空港に行くようにと母親に言われていた。

スマホには、母親からメールが、伯母さんからは電話がかかってきた。

伯母さんには、あらためて謝った。急に病院に行ってごめんなさい。自分でスープカレーを食べたから心配しないでと。

伯母さんは、「どこのスープカレーを食べたの?」と陽気な声を出した。あらかじめ調べていた店の名前を口にした。味の感想を聞かれて、ネットで読んだ文章をそのまま伝えた。とにかく、伯母さんに怪しまれることを一番、避けたかった。

札幌駅に向かおうとして、体が急に鉛《なまり》のように重くなった。

自宅に帰るのは、本当に嫌だった。駅から家までの間に、あいつらと出会ったらと思うだけで、胃の奥が痛くなって来た。フライト時間は夜の七時だから、家に着くのは、十時半頃だ。十時過ぎてあいつらとは死んでも会いたくない。いや、ぼくは臆病で弱虫だから昨日、死ねなかった。死んでも会いたくないと思いながら、死ねなかったんだから、会うかもしれない。死ねないと、地獄が続く。

死なないまま、札幌から帰る。

札幌駅に着いて、ホームで空港行きの列車を待っている間に吐き気が込み上げてきた。急いで、駅のトイレに駆け込み、吐いた。胃は空っぽで吐く物がなく、ただ胃がせり上がり、胃液が出た。伯母さんの手前、無理して食べた朝食は、もう消化されていた。空の胃が搾《しぼ》られるように縮み、とても痛かった。そのまま、下痢も始まった。水のような便だった。

ホームにもう一度立ち、「ここから飛び込もうか」と一瞬、考えた。青空ではなく、線路に飛ぶ。

「それもいい」と、頭のどこかで答える自分がいた。

でも、この本を読んでからにしよう。そう思って、カバンから『陸軍特別攻撃隊』を出した。

明日、浅井に「特攻隊ゲーム」をやれと言われたら、「特攻隊はそんなんじゃない」と言うためにいや、違う。そんなこと、できるわけがない。いじめる理由がまたできたって、あいつらを喜ばすだけだ。

九月の終わりから、殴られコンパスで刺される時間が戻ってきた。

いろんないじめ方をされて、心が折れたぼくはへらへら笑う。

飯島のアイスを断り、いじめが始まった次の日から、クラス全員がぼくと口をきかなくなった。目も見なくなった。ぼくは存在しない人間になった。

それでも、負けるもんかと踏ん張った。こんなバカバカしいいじめは許せないと怒った。

毎日、誰からも話しかけられず、誰にも見られず、誰も返事をしてくれない生活を二週間続けた結果、「誰かと話したい」「誰か話しかけて欲しい」「ぼくの目を見て欲しい」と必死に願っている自分に気付いてびっくりした。

クラスメイトが近づき、やっと何か言ってくれるのかと期待した瞬間「死ね」「キモイ」と言われ続けるうちに、コンパスで刺され、殴られ、教師に気付かれないように倒されるうちに、卑屈な気持ちになっている自分がいた。

自分で自分が許せなかった。自分はもっと強い人間のはずだった。萩原友人はこんな人間じゃなかった。アメリカで戦い、英語を克服し、日本人差別をはね飛ばした萩原友人はもっと強い人間のはずだった。

でも、今の自分はなんでもいいから話しかけて欲しいと思い、何をすれば気に入ってくれるのかと顔色をうかがい、怯えたようにヘラヘラと笑っている。

弱く卑屈な気持ちしかなかった。戦う強い気持ちなんかどこにもなかった。ぼくの知っている萩原友人はもういなかった。自分自身が大嫌いになった。自分が許せなかった。こんなの自分じゃないと思った。自分に絶望して、心が折れた。そして、いじめがさらにエスカレートした。

空港行きの列車がホームに入ってきて、自由席に座った。「線路に飛ばなかった」と思った。手に持った『陸軍特別攻撃隊』のページをめくった。また、佐々木友次さんのことを知ることができるのかと思ったら、少し、死ぬのを待とうと思った。

17

一九四四年（昭和十九年）十月二十五日、万朶隊《ばんだたい》が、機体整備に手間取り、台湾の嘉義飛行場からフィリピンに出発できなかった日、海軍の最初の特攻隊「神風特別攻撃隊」が出撃した。

第一号と報道されたのは、二五〇キロ爆弾を装着した零戦に乗り込んだ関行男《せきゆきお》大尉に率いられた「敷島隊《しきしま》」五機だった。戦果は「撃沈、空母一。撃破、空母一。撃沈、巡洋艦一」と発表された。

海軍の関大尉以下「敷島隊」のパイロットは、陸軍の万朶隊同様、歴戦のベテランだった。手慣れた零戦に乗り込んだこと。レイテの山々がレーダー波を遮《さえぎ》り、奇襲性を助けたこと。そもそも体当たり攻撃が米軍にとって意外な戦法だったこと。それが、「大戦果」を生んだ。

戦後判明した所では、空母三隻に四機命中、軽巡洋艦に一機命中。命中率は一〇〇パーセントだった。

しかし、空母は全て、商船を改装した、護衛空母と呼ばれる船体の弱い空母だった。正規空母の約半分の大きさ、排水量は三分の一、搭載機も正規空母が百機以上なのに比べて、二十機から三十機だった。この空母は、輸送船団の上空に飛行機を飛ばして、潜水艦からの攻撃を護衛するのが任務だった。

けれど、すべて正規空母をイメージする「空母」と発表された。零戦一機の特攻で空母を撃沈できるという「誤信」が生まれた瞬間だった。

この知らせを受けて、海軍の特攻隊を作ったと言われる大西瀧治郎《おおにしたきじろう》中将は「……甲斐《かい》があった」と独り言のように低い声で言った。目は潤《うる》み、興奮していたが、明るい感じだったという。

さらに「これでどうにかなる」とつぶやいた。

そして、特攻作戦を推し進めることを決意した。

けれど、その二日後、大西中将は部下にこう言っている。

「こんなことをせねばならぬというのは、日本の作戦指導がいかに拙《つたな》いか、ということを示しているんだよ。——なあ、こりゃあね、統率の外道《げどう》だよ」

関大尉以下、特攻の命令を忠実に実行したパイロットたちの心の中は葛藤していた。前述したように陸軍の万朶隊と同様、海軍は一回目の特攻を絶対に成功させるために、腕に自信のある熟練操縦者を選んだ。

関大尉は、出撃前、新聞記者に二人きりでインタビューされて次のように語った。

「報道班員、日本もお終いだよ。ぼくのような優秀なパイロットを殺すなんて。ぼくなら体当りせずとも敵母艦の飛行甲板に五十番（五〇〇キロ爆弾）を命中させる自信がある」

飛行場の傍を流れる川のほとりだった。

関大尉は言葉を続けた。

「ぼくは天皇陛下とか、日本帝国のためとかで行くんじゃない。最愛のKA（海軍の隠語で妻のこと）のために行くんだ。命令とあれば止むをえない。日本が敗けたらKAがアメ公に強姦《ごうかん》されるかもしれない。ぼくは彼女を護るために死ぬんだ。最愛の者のために死ぬ。どうだ、素晴らしいだろう！」

この言葉は報道されることはなかった。関大尉が戦死した後、「人間関大尉」という記事を書こうとしたこの記者は、軍部から怒鳴られ、書き直しを命令された。

「妻子を守るために戦う」という言葉は、非国民とされた。特攻隊員は、自分の愛する妻や家族を守るために死んだのではない、というのだ。

戦後、特攻を命じた参謀が書いた本『神風特別攻撃隊』では、特攻隊の隊長にどうだと聞かれた関大尉はしばしの沈黙の後、「ぜひ、私にやらせて下さい」と答えたと記述されていた。

だが、その場にいた人間は「一晩、考えさせてください」と答えたと証言している。けれど、時間がない、明日にも攻撃をかけなければと畳みかけられて「承知しました」と短く返したという。

関大尉と行動を共にした部下達は、一ヵ所に集められ、「特別攻撃は、必死の作戦である。したがって、まず志願をしてもらう。行きたくない奴は行かんでよろしい」という上官の説明を受けた。

いきなり特攻の話を持ち出された若い搭乗員達は唖然とした。みんな十九歳か二十歳だった。上官はとうとう血迷ったと思った人間もいた。全員が戸惑っていた。

その時、上官は雷のような大声を上げた。

「お前たち、行くのか行かんのか！　はっきりせい！」

全員が反射的に右手を上げた。それは、意志というより、突然の雷に対する条件反射だった。上官はその光景を見て「よし判《わか》った。志願をした以上、余計なことは考えるな」と答えた。全員が「自発的に志願」した瞬間だった。

新聞は、敷島隊の「大戦果」を「神鷲《かみわし》の忠烈　万世に燦《さん》たり」と報じた。「悠久の大義に殉《じゅん》ず」という表現も多く書かれた。

身を捨てて神風となり国を救うことは、崇高の極致であり、まさに神になったという、現在までの特攻隊の主流なイメージのひとつが第一回目から生まれたのだ。

この日、岩本隊長の妻、和子は鉾田を出て、父母と共に東京の家に帰った。

鉾田の家は、岩本大尉の同期生の辻《つじ》大尉に貸すことにした。

和子の日記。

「辻様に家の何から何までをお貸しして、父母と中野の家に帰る。

いつもの上京と違って、もの悲しくて、涙のにじんでくるのを、どうすることもできませんでした。やはり、あなたとお別れしたので弱くなってしまったのです。ご出張の時ならば、どんなに長くても、こんな気持ちにはなりませんでしたのに。

夜、中野の家で床にはいって、あなたと別れて暮らすさびしさに泣きました。ごめんなさい。

お手柄をお待ちしています」


翌二十六日、万朶隊が嘉義飛行場を出発しようとした時、鵜沢軍曹機が故障した。この飛行機の整備を担当している藤本《ふじもと》軍曹が調べると、スロットル・レバーが不調になっていた。藤本軍曹は、自分が整備した時は、なんの問題もなかったことに自信を持っていた。

鵜沢軍曹は、雁ノ巣を出発する時も事故を起こした。今度も出発しないですむように、自分でレバーを壊したとしか、藤本軍曹には考えられなかった。

初めは怒りを感じたが、やがて、藤本軍曹はやりきれない気持ちになった。

整備を続ける鵜沢機を残して、万朶隊員はフィリピンに向かった。

台湾とフィリピンの間にあるバシー海峡を渡る時、佐々木は心が躍《おど》った。小学校の時から、なぜか「バシー海峡」を知っていた。いつかは飛びたいと思っていたバシー海峡を、今、自分は飛んでいる。想像もしなかった命令を受けてフィリピンに向かっているが、それでも、心が躍った。

後から思えば、この時、銃座はすべて取り払われて丸裸の状態だった。九九双軽は、一発の弾丸も撃てなかった。もし、アメリカ軍の戦闘機と出会えば、ひとたまりもない。

けれど、佐々木はそのことを気にするよりバシー海峡を飛ぶことに心が騒いだ。台湾を目指した時と違って天候もよく、青い海と白い雲、そして太平洋の島々が眼下に広がっていた。空を飛ぶことが本当に好きだった。

バシー海峡を渡り終えた時、「本当にこれで日本とおさらばだ」と、佐々木は思った。

三時間ほど飛んで、フィリピンのリパ飛行場に着いた。飛行機を降りて、えび茶色の土を踏んだ時、佐々木は身震いするような緊張を感じた。「いよいよ、第一線に来た」という思いが沸き上がった。

けれど、飛行場からは整備兵も出てこず、なんの連絡もなかった。激戦のためか、連絡の不備か、何の特別扱いもなかった。普通の通過部隊の扱いで、宿舎も、粗末な小屋だった。

翌二十七日、佐々木は早く目を醒ました。窓の外にはうすく霧が立ち込め、窓を開けると、冷たく湿った空気が流れ込んで来た。さわやかな匂いがした。

佐々木は故郷の石狩平野の夏の朝を思い出した。ただし、目の前には、石狩平野のポプラ並木ではなく、たくましく伸びた椰子《やし》の林があった。珍しい風景に、自分は南国にいるとあらためて思った。

宿舎の前は一面の芝生だった。表面は霧に濡れて、水をまいたように光っていた。

奥原伍長も起きてきた。二人は、庭に降りる木の階段に腰を下ろして、タバコを吸い始めた。

「とうとう、フィリピンに来たな」奥原伍長が感慨を込めて言った。「すぐに出撃になるのかな」

「すぐかどうか分からんが、電磁器を動かして、爆弾を落とす方法を早く見つけておかないといかんな」佐々木ははっきりと言った。

嘉義飛行場で、爆弾を吊っておく懸吊架を動かした園田中尉も、詳しいメカニズムは分からなかった。動いたのは、結果的に偶然に近かった。

「佐々木、俺も考えたよ。特別攻撃隊だからといって、なぜ死ななければならないかということなんだ」奥原伍長は佐々木を見た。

「そうだ。死ぬことが目的じゃないさ。爆弾を必ず命中させればいいじゃないか。爆弾の落ちないような飛行機に乗せることはないよ。嘉義で爆弾が外れることが分かってから、体当たりをする必要はない、と思ってるんだ」

二人は同時にうなづいた。うかつに第三者には言えないことだった。

隊長がどう思っているか、それが問題だと佐々木は思っていた。園田中尉、安藤中尉は同じ考えでも、隊長がなんと言うか。

佐々木は岩本隊長が好きだった。大尉と伍長が、軍隊で親しく会話することはない。陸軍士官学校を出たエリートと下士官の一番下、伍長とは雲泥《うんでい》の差がある。それが軍隊の階級であり現実だ。けれど、佐々木は、岩本隊長が自分に一目置いてくれていることを感じていた。

陸軍飛行学校を出た下士官より、逓信省の養成所を出た佐々木の方がはるかに操縦技術が上だった。佐々木は特に、鉾田で荒っぽい操縦をした。さまざまに速度を変えて離陸してみたり、空中の速度を大胆に変えてみたりして、九九双軽を知り尽くそうとした。

それが、岩本大尉の目に留まった。万朶隊が結成されるまで、佐々木は直接、岩本大尉の指導を受けたことはなかった。だが、九九双軽の操縦の名手である岩本大尉が自分を信頼していることを佐々木は感じていた。

「佐々木、一緒に行こう」と万朶隊結成の時に声をかけてもらって、佐々木は感激した。将校が伍長に声をかけるなど、めったになかった。

また、二十八歳の岩本隊長は、理不尽な命令を出すことも、強引な鉄拳制裁を加えることもなかった。岩本隊長自身、万朶隊の運命に翻弄《ほんろう》されてそれどころではなかったのだが、それも佐々木が岩本隊長を好きになった理由だった。

朝、岩本大尉は、隊員たちに簡単な訓示と命令を与えた後、第四航空軍や飛行場大隊と連絡を取るために大隊本部に向かった。

鉾田を出発する時に、岩本大尉の顔に浮かんでいた激しい苦悩の色は、リパに着いて第一夜を明かすと、鋭く険しいものに変わっていた。二十八歳の青年には似つかわしくない、重苦しい深い影が現れていた。

隊員たちは、飛行場に出て、飛行機の点検と整備をした。

整備班長の村崎少尉の元に、後から出発した鵜沢軍曹がフィリピンのリンガエン海岸に不時着して負傷、そのまま入院したという知らせが入った。整備担当の藤本軍曹は、機体の調子は良くなかったけれど不時着するほどではなかったと、村崎少尉に答えた。嘉義飛行場を出る時に、スロットル・レバーが突然、壊れていた一件も伝えた。どう考えても、鵜沢軍曹が故意に機体を壊し、不時着したとしか考えられなかった。二人の表情は厳しくなった。

佐々木は自分の飛行機の座席で作業を続けた後、機体から出て翼の下に入って座り込んだ。熱帯の日光に直射された機体の内部は、四十度以上の熱気が充満していた。頭がぼんやりして、目が眩《くら》むようだった。

奥原伍長が上体を屈めて入って来た。

「えらい暑さだ。人間のビフテキができそうだな」

「そうか。俺はまた、俺が北海道育ちだから、余計に暑いかと思ってた」

奥原伍長は周りを注意深く見た。「分かったか？」

佐々木は小さくうなづいた。懸吊架が外れる音がしたということは、どこかに、操縦桿のスイッチで落とせる線があるはずだ、と話し始めた。

「今もやってみたのだが、なにしろ、この暑さだろう。配電盤のヒューズをいれる所は、七、八十ヵ所もある。目が眩んできて、一息入れていた所だ」

「早く見つけることだ」奥原伍長は、じっとしていられないといった調子で、翼の下を出て行った。

佐々木は、もう一度、操縦席に座った。熱風のような空気の固まりがいきなり全身を包んだ。

二十八日、万朶隊に対する待遇は一変し、椰子ぶきの家から、瓦《かわら》ぶきの設備のよい建物に移された。新しい防暑服も支給された。隊員たちは、鉾田を出発する時も、汚れたままの服だった。

二十九日、岩本大尉は突然、リパから約七〇〇キロ離れたネグロス島のシライに行くように命令を受けた。シライには、第四航空軍の富永恭次《とみながきょうじ》司令官がいた。

富永司令官は、儀式が好きだった。特攻隊がフィリピンに到着したことを知り、隊長に会いたいと言い出した。富永司令官は、兵隊を鼓舞し、手を握り、肩を抱き、握手をして激励することが得意だった。遠路を呼び寄せるのは危険だと、参謀達は止めたが、聞き入れなかった。

岩本大尉ははっきりと不機嫌だった。銃座を外した九九双軽たった一機で、アメリカ軍機が飛び交う中、七〇〇キロ遠くのネグロス島まで、わざわざ配属の申告に行く意味を見いだせなかったのだ。マニラの軍司令部に司令官がいなかったので、岩本大尉は代わりに参謀長にすでに申告をすませていた。組織的にはそれで充分だった。

軍司令部の参謀達は、富永司令官がマニラに戻って指揮を執ることを望んでいた。航空の素人だった富永司令官は、陸戦のイメージから、勇敢な司令官は最前線にいるべきだと思っていた。だが、航空戦では、情報が集中する場所に司令官はいるべきだったのだ。それが、フィリピンの首都、マニラだった。だが、富永司令官は、周囲の反対を押し切って、情報も途絶えがちで、作戦立案にもっとも不向きな最前線にいた。

どうして航空戦を全く知らない人物が、フィリピンの空を戦う第四航空軍の最高司令官なのか――もちろん理由がある。

富永司令官は、好き嫌いの激しかった東条英機首相（兼陸軍大臣兼参謀総長）のお気に入りで、その当時、陸軍次官と人事局長を兼任していた。陸軍次官は、陸軍大臣に次ぐ陸軍のナンバー2だ。

前述したように東条首相は、絶対国防圏であるサイパン陥落の責任を取って辞職した。その時、陸軍次官だった富永は、東条を陸軍大臣に再任するように要求した。責任を取って首相を辞職したのに、陸軍大臣を続けるというのは、あまりに非常識な要求だった。小磯首相がこれを拒否すると、富永は自分自身を陸軍大臣に推薦した。そして、拒否されると「では、陸軍は大臣を出さない」と居直った。なんとか小磯側は戦い、説き伏せたが、富永は次官のまま残った。

しばらくして、富永次官が陸軍省の自動車を、東条大将の私用に提供したことが問題になった。

東条派の影響を一掃したいと狙っていた反東条派は、これ幸いと富永をフィリピンの第四航空軍司令官に転任させた。

小磯内閣の杉山《すぎやま》陸軍大臣は「どうだ、うまい人事だろう」と得意気に語った。日本の陸軍本部から東条派の富永を、それなりの役職を与えて追い出し、なおかつ、航空の素人であるからフィリピンで死ぬかもしれない、というやっかい払いの意味だった。

東条の影響を排除したい人間たちからすれば、妙案かもしれないが、押しつけられる方はたまったものではなかった。

陸戦の経験さえほとんどなく、航空戦に関しては、全く無知で経験もない人物が、激戦のフィリピンの航空軍の総司令官になったのだ。

軍隊は階級社会である。命令は絶対だ。その命令がどんなに無意味でもトンチンカンでも不合理でも、絶対服従が軍隊のルールである。それが軍隊を軍隊たらしめている唯一の原則だ。

フィリピンに着いて以来、富永司令官は、航空戦に無知ゆえに不合理な命令を繰り出していく。冗談としか思えない指令で、多くの兵隊が死んでいった。上層部の派閥争いの割を食うのは常に末端の人間なのだ。

ネグロス島のシライで富永司令官に着任の申告を終え、なんとか無事にリパに戻った岩本大尉は、和子にあてて、次のような手紙を書いた。

「和子殿

其後、御壮健なりや。小生二十六日、無事比島到着。万朶部隊の名をもらい部隊長として、大いに張り切っている。

（中略）

其の名に恥じざるようにがんばるぞ。なにとぞ御安心下されたく。御父母様はいかに。精々孝養されたく、また御身の体は、くれぐれも大切にするようお願いする。

（中略）

今度の比島の生活は、この前と異り食欲もあり、涼気満ち、内地の秋のようで、至極好調なり。しばらく便りできぬかも知れぬ。御自愛のほどを。

十月二十九日」


そして、三十日は、熱帯の強い雨が降っていた。佐々木たちは、今日は休めると話し合っていると、岩本大尉は操縦者だけを航空寮の一室に集合させた。攻撃方法について研究する、ということだった。

壁には、フィリピン全図が張り出してあった。岩本隊長はその前に立った。緊張した顔でゆっくりと口を開いた。

「我々の任務は、レイテ湾のアメリカ艦隊を爆撃、撃沈させることにある。その攻撃方法を、今から研究するのだが、その前に、我々の飛行機について説明する。

我々のもらった九九双軽には、ツノが三本のもあれば、一本のもある。三本もつけたのは、爆発を確実にさせるためということだが、実際には、一本あれば充分である。また、あんな長いものが三本も突き出していては、飛行に差し障りが起こる。そこで、ここの分廠《ぶんしょう》に頼んで三本のものは一本にしてもらった」

操縦者たちは、思いがけない話に驚き、岩本隊長の鋭い目を見つめた。

リパには、マニラ航空廠の第三分廠があって、飛行機の修理、整備をしていた。岩本隊長は自分だけの判断で変更させたと言うのだ。

「もうひとつ、改装をした部分がある。それは爆弾を投下できないようになっていたのを、投下できるようにしたことだ」

佐々木たちは、思わず息を飲んだ。そして、お互いに顔を見合わせた。信じられない言葉だった。

「投下すると言っても、投下装置をつけることはできないので、手動の鋼索《こうさく》を取り付けた。それを座席で引っ張れば、電磁器を動かして爆弾を落とすことができる。それならば、一本にしたツノは、なんのために残したかといえば、実際には、なんの役にも立たない。これも切り落としてしまえばよいのだが、それはしない方がよい。

というのは、今度の改装は、岩本が独断でやったことだ。分廠としても、四航軍（第四航空軍）の許可がなければ、このような改装はできない。しかし、分廠長に話をして、よく頼み込んだら、分かってくれた。

分廠長も、体当たり機を作るのは、ばかげた話だと言うのだ。これは当然のことで、操縦者も飛行機も足りないという時に、特攻だといって、一度だけの攻撃でおしまいというのは、余計に損耗《そんもう》を大きくすることだ。要は、爆弾を命中させることで、体当たりで死ぬことが目的ではない」

岩本隊長は次第に興奮し、語調が熱くなった。

「念のため、言っておく。このような改装を、しかも四航軍の許可を得ないでしたのは、この岩本が命が惜しくてしたのではない。自分の生命と技術を、最も有意義に使い生かし、できるだけ多くの敵艦を沈めたいからだ。

体当たり機は、操縦者を無駄に殺すだけではない。体当たりで、撃沈できる公算は少ないのだ。こんな飛行機や戦術を考えたやつは、航空本部か参謀本部か知らんが、航空の実際を知らないか、よくよく思慮の足らんやつだ」

岩本隊長の怒りのこもった言葉を聞いているうちに、佐々木は体中が熱くなった。そして、心の中につかえていたものが、一度に消えるように感じた。

佐々木はずっと迷っていた。もし、爆弾を落とす方法を見つけたとしても、勝手に飛行機を改装することは許されない。もし見つかったら、いったいどうなるか。

その迷いを岩本隊長は一気に吹き飛ばしてくれた。

それから、岩本隊長は、攻撃要領の説明を始めた。想像を超える対空砲火を浴びることを覚悟すること。防御火器がないことを肝《きも》に銘じること。

両手を使って、急降下の角度、方向も丁寧に説明した。

急降下は、まっすぐ一直線に、船の「軸線《じくせん》」に沿って突入すること。船を横からではなく、縦に一本の線として見る。その方向を「軸線」と称した。

艦船の横側から急降下してしまうと、艦船との近接は一瞬で終わってしまう。だが、「軸線」に沿って急降下すれば、一定の時間、近接が可能になる。小さな艦船でも一〇〇メートル、大きければ上甲板は二〇〇メートルになる。これだけ長くなれば、爆弾が命中する可能性は高くなる。

ただし、敵戦艦の艦尾の方向から急降下しなければならない。なぜなら、いくら「軸線」に沿っていても、艦首から接近してしまうと、自分の速度と相手の速度が合算され、上甲板に接近する時間が短くなってしまうのだ。

「急降下の時に、不幸にして、その上空で被弾しても、軸線に入っていれば、最後の処置として体当たりも容易であるから、無駄に死ぬことがない。しかし、これぞと思う目標を捉えるまでは、何度でも、やり直しをしていい。それまでは、命を大切に使うことだ。決して、無駄な死に方をしてはいかんぞ」

岩本隊長の言葉がさらに熱を帯びた。操縦者たちは身が引き締まる思いだった。

岩本隊長は謄写版《とうしゃばん》で印刷したフィリピンの要図を配った。そこには、日本軍が使っている全飛行場の位置と地名が記されていた。

部隊や燃料のある飛行場や敵が近く危険な飛行場など、百を超える飛行場が示されていた。それは、どんな状態であろうと、とにかく着陸できる場所、ということだった。

岩本隊長は、それらを詳しく説明してから力強く言った。

「出撃しても、爆弾を命中させて帰ってこい」

集会室には異常に緊迫した空気が満ちていた。あきらかに命令違反であり、抗命の重罪だった。軍隊では死刑に相当する発言だった。

全員が黙って岩本隊長を見つめた。

18

それから五日間、万朶隊は出撃命令を待ちながら、毎日、激しい訓練を続けた。岩本隊長は、急降下だけではなく、着陸訓練も繰り返した。時には、不安定な着陸を見せた奥原伍長を叱りつけもした。

十一月一日には、リパ飛行場に各新聞社の特派員が来ていた。陸軍最初の特別攻撃隊を取材するためだった。生きて帰らぬはずの万朶隊が、急降下訓練だけではなく、着陸訓練を繰り返すことに疑問を持つ者はいなかった。ただ、佐々木たち隊員だけが、その意味を知っていた。

十一月三日の訓練の後には、奥原伍長が佐々木に、自分はヘボだから急降下爆撃は苦手だと弱音を吐いた。

佐々木は、思い切って突っ込めば大丈夫だと自信に満ちた声で返した。五〇〇メートル以上で爆弾を落とせば自分の飛行機は安全だが、必ず命中させるためには、五〇〇メートル以下に突っ込む必要がある。ギリギリまで近づけば必ず命中する。

「それで、うまく離脱して逃げられればいいけどな」奥原伍長は不安な表情を見せた。

「投弾してすぐに飛行機を引き上げたら、後ろからモロに撃たれると思う」佐々木は答えた。だから投弾したら、そのまま、上昇しないで艦船の舷側《げんそく》に滑り込めばいい。舷側は死角になっているから絶対に安全だ。そこから海面すれすれに離脱するんだと、佐々木は力強く言った。

奥原伍長は「五〇〇メートル以下に突っ込んで、機体をひねるのが一秒でも遅れたら海に突入してしまう」と心配そうに言った。

佐々木は、自分はやれると思うと胸を張った。さらに不安な顔をする奥原伍長に、生きて帰るためには、これしか方法はないんだと佐々木は念を押した。その言葉を聞いて、自分もそれで行くと奥原伍長は答えたが、自信はなさそうだった。佐々木も、奥原には無理かもしれないと内心感じていた。だが、口には出さなかった。

十一月四日、岩本隊長以下五名の将校は、マニラに来るように命令を受けた。ネグロス島にいた富永司令官がようやくマニラに戻ることになり、儀式好きの司令官は、陸軍最初の特攻隊員と宴会をしようと決めたのだ。

もうひとつ、岩本隊長が九九双軽を許可なく改装したという情報が届き、マニラの司令部で直接参謀たちが事情を聞こうという理由もあった。だが、司令部はそれを深刻なものとは考えず、副次的な扱いだった。

主要な目的は、岩本隊長たちをマニラの料亭『広松』に招き、芸者を見せ、酒を飲ませ、富永司令官自らが激励することだった。

その夜、佐々木と奥原伍長が将棋を指すつもりで集会室に行くと、将校たちがいた。思わず立ち止まると、安藤中尉が「遠慮せず入れ」と声をかけた。

リパに来てからは、将校と下士官の垣根が低くなっていた。特攻隊という死が前提の部隊に放り込まれ、心と心を寄せ合う気持ちになっていたのだ。

園田中尉が、明日、岩本隊長以下、空中勤務者（操縦や通信）の将校は全員マニラに行くから、隊長におみやげを頼むといいと軽口を叩いた。岩本隊長は笑って、二人をたきつけることはないと返した。岩本隊長の久しぶりの笑顔だと佐々木は思った。

翌五日、午前八時。岩本隊長は、午前中は飛行機の整備、午後は飛行訓練を実施するようにという訓示を佐々木たちに与えた後、将校四名と共に九九双軽に乗り込みマニラに向けて離陸した。

ルソン島は快晴だった。太陽はすでに高くなり、日差しは皮膚に痛いほど強かった。アメリカ軍の空襲が、毎朝、定期便のように始まる時刻だった。

制空権はアメリカがとうに握っていた。アメリカ空軍は、このころ、一ヵ所の目標に対して、一度に百五十機から二百機の集団で攻撃してきた。

岩本隊長たちが乗っている九九双軽は、一門の機関砲もなく、一機の護衛もつかない状態で、単独でマニラを目指した。

岩本隊長が離陸してしばらくして、リパ飛行場は二度、アメリカ軍の空襲を受けた。佐々木が経験する、初めての激しい攻撃だった。爆弾が空気を切り裂いて落下する音が聞こえ、続いて凄まじい爆発が連続して起こり、地面が揺れた。

佐々木は、椰子の根本にしがみつくように伏せるしかなかった。機銃掃射《きじゅうそうしゃ》が椰子に当たる音がして、大きな葉が佐々木たちの上にばさばさと落ちた。

万朶隊の隊員一名が死亡し、二人が重傷を負った。

午前十一時過ぎ、第四航空軍司令部から、万朶隊宛てに無電が送られてきた。

「岩本隊長は出発せしや。状況によりては、地上、自動車にてこられたし」

リパとマニラの直線距離は九〇キロ、九九双軽なら、二十分足らずで到着する予定だった。岩本機は、午前八時に出発したのだ。

午後になって、もう一度、「岩本隊長は出発せしや」という無電が届いた。

万朶隊全員が暗い予感に怯えた。ただ、岩本隊長は操縦の名手であり、もし、アメリカ機と遭遇しても、どこかに逃げきったに違いないと思い込もうとした。

夜九時過ぎ、万朶隊に、岩本隊長の乗った九九双軽がグラマン戦闘機に襲われて墜落、岩本隊長以下四名の将校が戦死したという知らせが届いた。

午前八時を少し過ぎた時間に、海軍の若い操縦者が偶然、一部始終を目撃していた。九九双軽は、マニラ近くを高度四、五〇〇メートルで飛んでいた。その高度は、マニラ周辺の飛行場を探しているためかと、目撃した操縦者は思った。

突然、九九双軽の後上方から、二つの黒点が落下するのが見えた。グラマン戦闘機二機だった。二機は後上方から急降下しながら射撃を続け、急上昇した。九九双軽は急旋回しながら、バイ湖の岸の方に隠れた。そして、その方向から黒煙が上がった。

すぐに、救助隊が編成され、急行した。そして、マニラ近く、バイ湖のほとりで岩本隊長以下四名の遺体を発見、回収した。通信担当の中川少尉だけは重傷だった。四名の将校操縦者はグラマンの機銃掃射を受けて、即死状態だった。

万朶隊員たちは、祭壇を作って、その前で通夜をした。

誰もが泣いた。そして、マニラに呼び寄せた命令の理不尽さを罵った。岩本隊長たちは、富永司令官の宴会のために死んだのだ。

陸軍最初の特攻隊は、隊長だけではなく、将校の操縦者を一気に失ってしまった。

前夜、集会室で岩本隊長はこう言っていた。

「飛行機乗りは、初めっから死ぬことは覚悟している。同じ死ぬなら、できるだけ有意義に死にたいだけさ。敵の船が一隻も沈むかどうかも分からんのに、ただ体当たりをやれ、『と』号機（特攻用飛行機）を作ったから乗って行け、というのは、頭が足りないよ」

佐々木は、歯噛みしながら岩本隊長の無念を思った。涙が溢れて止まらなかった。

19

地元の駅に着いたのは、夜十時半近かった。『陸軍特別攻撃隊』に熱中して、思わず、降りる駅を乗り過ごしそうになった。

岩本隊長が死んだ。これは物語じゃない。一九四四年十一月五日にマニラで起こった事実だ。佐々木友次さんたちに起こった事実だ。岩本隊長は「死ぬな、生きろ」と言って、死んだ。それも、たぶん、一番、有意義じゃない死に方だ。死んだ人にこんな言い方はとても失礼だけど、でも、岩本隊長にとって一番不本意な死に方だと思う。

ぼくが、札幌のマンションから飛んだとしても、それはぼくが選んだ死に方だ。でも、岩本隊長の死は自分が望んでない。

それも、儀式が好きな富永司令官のせいだ。ぼくはなんか分かる気がする。

松田が雨の日にベランダから飛んだ後、校長は全校集会で命を大切にしようと言った。思わず、ふざけるなって叫びそうになった。松田の地獄を、薄っぺらな言葉で片づけることが許せなかった。松田の思いをスルーしたぼくには、叫ぶ資格はないけれど。

それから、校長は何度も集会を開き、そのたびに、友情の大切さだの絆だの思いやりだのを語った。以前とは比べようもないくらいさかんに校内を歩いて、生徒に話しかけた。押しつけがましい微笑みがものすごく嫌だった。話しかけている自分に酔っている感じがした。物分かりのいい大人をアピールしているようで、気持ち悪かった。

偉い人は富永司令官も校長も、みんな、同じなんだ。相手のためという振りをして、自分のために演説するんだ。

改札を出ると、母親が待っていた。母親はぼくの顔を見るとホッとした表情になった。一人で大丈夫だったのとか先に帰ってごめんなさいとか父親は大丈夫とか、母親はしゃべり続けた。

素早く駅前に目を走らせる。あいつらがこんな時間にいるはずがない。頭で分かっていても見てしまう。母親が横にいるから、いきなり、からまれる心配はない。そう思う自分が情けない。

帰ってきてしまった。あいつらがいる街に帰ってきてしまった。札幌で飛ばなかった自分が悪いんだ。

しゃべり続ける母親の言葉はなにも入ってこない。ただ、耳元で声が鳴る。早く家に戻りたくて心臓がドキドキする。

駅前の駐車場には、高校生の不良が数人、たむろしていた。駅ビルから吐き出された人たちは、彼らを無視して家路を急いだ。バス停に急ぐサラリーマンやタクシー乗り場に向かう人もいた。

内心の焦りを隠しながら、母親の車に乗り込んだ。ほっとして力が抜けた。

「そうそう。今日、お昼過ぎにお友達が来たわよ」

母親は車を発進させながら言った。

「浅井さんて男の子。友人君、いませんかって。一緒に遊ぼうって誘いに来たって」

一気に体中がカッと熱くなり、息が止まりそうになった。全身に鳥肌が立った。次の瞬間、吐き気が沸き上がった。せり上がってくる胃液をぐっと飲み下した。喉の奥が焼けるように痛かった。吐いちゃいけない。母親の前で吐いちゃいけない。全身に力を込めた。心臓が胸を突き破るように打ち始めた。

母親の問いかけに何も答えられないまま、シートで身を固くした。母親がどう思うか、考える余裕はなかった。ようやく家に着き、一直線に自分の部屋に駆け込んだ。背中にまとわりつく母親の声に、もう寝ると叫ぶように返した。

ベッドのフトンの中にもぐり込んだ。体の震えが止まらない。浅井が来た。自宅まで来た。とうとうこの日がやって来た。浅井は母親と話した。叫びそうになって、思わずフトンを口にくわえて声を殺した。

夏休み中に、中根たちが家の前に来たことがあった。二階にある自分の部屋の窓からたまたま見つけて、心臓が止まるかと思った。すぐに、身を伏せて隠れた。

いつからいたのか分からなかった。家から出なくて本当によかったと思った。出たら終わっていた。

見つからないように、身を隠しながら観察していると、LINEで呼びかけられた。「ワラ、どこだ？　家？」浅井からだった。

LINEで話しかけられるのは珍しかった。いや、リアルでも話しかけられることはほとんどなかった。彼らがリアルやLINEで話しかけるのは、ぼくをいじめる時だけだ。

文章が表示されたスマホを見つめて動けなかった。LINEをすぐに返さないと、次の日、いじめはきつくなった。

「今、札幌の親戚の家にいる」反射的に書き込んだ。本当は札幌にいるはずだった。部屋の中で震えているはずじゃなかった。

浅井は、札幌という地名にムカつき、ふざけるなと返してきた。それで終わりだった。全身の力が抜けた。何があっても、残りの夏休みは家から出ないようにしようと決めた。

それからは、まず、注意深く窓の外を見るのが日課になった。いてもいなくても、安心できなかった。

一週間ほどして、また奴らは家の前に来た。二十分ほどたむろした後、浅井がインターホンを押した。家にはぼくしかいなかった。チャイムの音はいつもより、びっくりするほど刺々しく感じた。二度、チャイムが鳴るのをじっと聞いていた。

もし母親がいたら対応していた。そして、ぼくは呼ばれる。母親の手前、拒否はできない。そして、ぼくは終わる。

八月十六日のことだった。中根のLINEの問いかけに、「ごめん。まだ、札幌にいる」と返した。それからぼくは、母親の仕事が休みの日は朝八時に家を出て、夜八時に帰る生活に変えた。母親には図書館に行くと言った。図書館で勉強すると。

それは嘘じゃなかった。ただ、バスに乗って隣町の図書館に行った。JRの駅にも、自分の街の図書館にも、図書館がある中心街にも行きたくなかった。どこで中根たちにばったり会うか、怖くてしかたがなかった。二度バスを乗り換えて、なるべく通常では彼らが出歩かないルートを選んだ。時間はかかったけど、図書館は九時から開くのでちょうど良かった。

夜八時に家に帰るのは、ものすごく怖かった。玄関のドアを開けると、浅井が「おじゃましてます」とリビングから出てくるんじゃないかという妄想が頭から離れなかった。その後ろから中根や関川が優等生の顔をして、「札幌は、どうだったの？　萩原君の部屋で聞かせてよ」と微笑む風景を想像して足がすくんだ。

あいつらが不良っぽい外見をしてくれていたらどんなに良かったかと何回も思った。そしたら、学校や街で囲まれていても家に押しかけられても、大人たちはすぐに気付いただろう。でも、関川はスポーツ少年に見えるし、中根は真面目そうに、他のやつらは優等生か普通の中学生に見えた。背の低い、ずるそうな浅井だって外見は普通だった。

ドアを開け、母親が何も言わず迎え入れてくれると、全身の力が抜けた。今日、誰も訪ねてこなかったと心からホッとした。

夏休みの最後の二週間、結局、奴らは来なかった。ＬＩＮＥで一度、聞かれたが、ぼくはずっと札幌にいると答えた。どうして本当に札幌にいないのかと、悲しくてたまらなかった。

母親がいる時も、母親がいなくて自宅にこもっている時も、ここにいる自分は本当の自分じゃないと感じた。見つかる前に、早く消えてしまいたかった。家でも図書館でも、バスの中でも道を歩いている時でも、心が休まる瞬間は一瞬もなかった。

フトンにもぐっても、震えは続いた。これから、休みのたびに奴らは来るんだろうか。どうして、急に連休に来たんだろう。九月の日曜日はなにもなかったのに……。

突然、嫌な予感がした。ハッとして、スマホをポケットから取り出した。まさか、そんな。手が震える。フトンの中で、非表示にしていたLINEを見た。

連休の初日、札幌に着いた昼に、浅井が「ワラ、遊ぼうぜ」と書き込んでいた。

それから今日まで、浅井だけではなく、中根や関川や他の連中たちが何十回も発言していた。「ワラ、返事しろよ」「キモワラ、無視かよ」「しーポテ、いい度胸してるな」「アメワラ、死にたいの？」「しょんべんポテト、もう死んでるの？」「キモワラ、死ぬまで遊ぼうよ」「アメワラ、特攻隊ゲーム、はやくやろうぜ」

返事がないことに苛立ち、だんだんと書き込みはエスカレートし、今日の夜、八時過ぎまで続いていた。「ワラ、ずっと無視したな。明日、楽しみだな」関川の文章が最後だった。

いきなり吐き気がせり上がってきた。ベッドを飛び出し、階段を駆け下り、トイレに飛び込んだ。堪えきれず、口から溢れたものを便座の上にまき散らした。涙も同時に溢れ出た。母親に気付かれないように声を殺して泣きながら、便座と床をトイレットペーパーで拭いていると、激しい便意も襲って来た。

奴らのLINEを無視してしまった。まさか、こんなに呼びかけられるとは思わなかった。

明日、どうなるんだろう。「特攻隊ゲーム」か。そうだ。奴らは、「特攻隊ゲーム」をやりたくて、連休中、ぼくを呼び続けたんだ。

どうして札幌で死ななかったんだろう。札幌のあのマンションの踊り場で、このLINEを見ればよかった。そしたら、ためらわないで手すりから右側に落ちれたのに。

「友君、どうしたの？」トイレのドアがノックされ、母親の心配そうな声が聞こえた。

「なんでもない」答えた声が荒くなった。普通に話したら、涙声になりそうだった。

水のような便を出し、吐き出したものを拭き、トイレの中で顔を洗った。

早く終わらせよう。ぼくの人生を終わらせよう。もう、いいんだ。「特攻隊ゲーム」をさせられるぐらいなら、ぼくは自分で自分の人生を終わらせる。

母親のからみつくような視線を無視して、部屋に駆け込んだ。ベッドに仰向けに寝ころがり、天井を見つめた。

今晩、両親が寝たら部屋を出よう。マンションを見つけて飛ぼう。駅前に、いくつか心当たりのビルがある。青空じゃなくて、夜空だけど、我慢して飛ぼう。松田は雨の日に、ぼくは夜に飛ぶんだ。決めたら、心がスーッと軽くなった。その変化に自分でも驚いた。もう死ぬんだ。悩むことも苦しむこともない。

両親が寝るまで、まだしばらくある。それまで、何をしていよう。そんなことを考える心の余裕も生まれた。

ベッドから起き上がって、バッグから『陸軍特別攻撃隊』を取り出した。死ぬ前に佐々木さんのことを知りたい。岩本隊長が死んで、友次さんはどうしたんだろうか。どうして、札幌の病院にたどり着いたんだろう。

20

一九四四年（昭和十九年）十一月八日、万朶隊はリパ飛行場からマニラ市の隣にあるカローカン飛行場に移された。パイロットの将校を全員失い、作戦行動も充分にできないので、第四飛行師団の指揮を受けるために、マニラに近い飛行場に移ったのだ。

残された下士官操縦者で健在なのは佐々木を入れて五名だけだった。五日の空襲で二人が負傷し、不時着した鵜沢軍曹は、入院したままだった。

十一月十日、残された万朶隊は富永司令官に呼ばれた。

「諸子は先般、敬愛する上官を失ったが、たわむことなく、上官の分まで任務達成に努力されよ」富永司令官は、佐々木以下九名の万朶隊に向かって演説を続けた。

「とくに注意しておきたいのは、早まって犬死にをしてくれるな、ということである。目標が見つかるまでは、何度でも引き返してさしつかえない。また、それまでは体を大事にしてもらいたい」

佐々木は雲の上の存在である司令官の顔をじっと見た。

「最後に言っておきたいことがある。それは、諸子だけを体当たりさせて死なせるのではないということである。諸子のあとからは、第四航空軍の飛行機が全部続く。そして、最後の一機には、この富永が乗って体当たりをする決心である。安んじて大任をはたしていただきたい」

佐々木はこの言葉に感激した。岩本隊長の死の原因を作ったのは富永司令官だという思いもあったが、佐々木は富永司令官の言葉に温情と勇気を感じ、力を得た。

十一月十一日、アメリカ軍機動部隊発見の報がもたらされた。万朶隊は緊急待機の状態になった。出撃予定機は四機だった。残された出撃可能な操縦者は五名。操縦の腕ではなく、階級と経歴から最下位になるのは、佐々木だった。当然、第一回目の出撃から、佐々木は外されることになる。

だが、佐々木は岩本隊長の言葉を実行したいと思った。体当たりするのではなく、爆弾を落として戦艦を沈めろという岩本隊長の願いをなんとしても実現したかった。

佐々木は現在の万朶隊のリーダーになった田中曹長に出撃したいと申し出た。田中曹長は驚き、その真意を問うた。佐々木は、「岩本隊長の仇《かたき》を討ちたい」と言いたかったが、ためらい、「みんなと一緒に行きたいのです」と答えた。田中曹長は、「そうか」とうなづいた。

夜になって、明朝出撃の命令が伝えられた。「レイテ湾の敵艦船に必殺攻撃を実施すべし」というものだった。

すぐに、日本料理屋で送別の宴が催された。出撃する佐々木を含めた五人の隊員は床の間の上座に座らされた。向かい合った下座には、第四飛行師団参謀長の猿渡《さるわたり》大佐をはじめ、飛行場勤務の将校たちが並んだ。

十一月十二日、午前三時。カローカン飛行場の片隅にあるテントに、富永司令官と猿渡参謀長、そして万朶隊の攻撃隊員と残留隊員たちが集まった。その姿を、ヤシ油を燃やした赤黒い光が浮かび上がらせた。

白布をかけたテーブルには、中央に一升瓶が三本、その周りにはのりまきや紅白の餅、たばこなどが並べられていた。

佐々木たち攻撃隊員の胸には、白布に包んだ小箱が吊るされていた。残留隊員が用意した遺骨の箱だった。小箱を包む白布の端は、佐々木たちの首の後ろで結ばれていた。

それぞれの小箱の前には、五日に亡くなった将校たちの名前が小さく書かれていた。遺骨はマニラの東本願寺に納められたので、箱の中には分骨の意味で霊位を記した紙片が入っていた。

佐々木の首から吊るされた小箱には「川島中尉之霊」と書かれていた。「岩本大尉之霊」と書かれた小箱は、田中曹長の胸に吊るされていた。

富永司令官は激励の訓示を語った。諸君は必ず大戦果を挙げることを確信していると始めた後、「必ず、空母を狙え。空母が見当たらなければ、戦艦をやれ。それでも格好の獲物がない時は、ためらわずに引き返して再挙をはかれ。決して小型艦などに体当たりをしてはならない」と先日と同じことを繰り返した。

猿渡参謀長は、日本酒で乾杯した後、「のりまきでも餅でも十分に食べて腹ごしらえをしてもらいたい」と勧めた。

田中曹長は「はい」と答えたが、手を出さなかった。田中曹長の一番機に同乗する通信手の生田曹長は「腹一杯ですから」と言ったが口元が震えていた。久保軍曹の顔色も変わっていた。

誰も物を食べる気持ちになれないようだった。

さらに酒を勧める猿渡参謀長の声に、奥原伍長の手が震えてテーブルの上のコップを倒した。酒が流れ、コップは下に落ちて割れた。

佐々木は、その姿を見て、奥原伍長がお互いの約束通り、敵を爆撃して生還することは難しいかもしれないと感じた。

佐々木は自分でも意外に思うほど、冷静な気持ちだった。身が引き締まり、闘志が燃えるのを感じていた。

「人間は、容易なことで死ぬもんじゃないぞ」日露戦争を生き延びた父親の言葉を何度も胸の中で繰り返した。

田中曹長は、隊員に整列を命じ、四機の飛行機に乗るパイロット四人と通信手一人、万朶隊五人は闇の中に走り出た。

暗闇の中に、点々と赤い小さな火が燃え上がり、長い二本の線を作った。地上勤務の兵たちが、ヤシ油の標識灯に火を付けたのだ。二列の赤い点線が、暗闇の中に幅三〇メートル、長さ一二〇〇メートルの滑走路を浮かび上がらせた。

激しい爆音が響いて、掩護《えんご》（援護）戦闘機の隼《はやぶさ》が二十機、始動を始めた。海軍の誇る戦闘機は零戦、そして陸軍が誇るのが隼だった。

特別攻撃隊の九九双軽は銃火器を取り外して、丸裸の状態だ。なおかつ、五五〇キロ爆弾が、最大定量なのに八〇〇キロを積んでいる。速度も遅くなり、動きも鈍くなる。だからこそ、アメリカ軍の攻撃から特別攻撃隊を守る掩護の戦闘機は絶対に必要だった。

佐々木は操縦席に乗り込み、首にかけた川島中尉の遺骨箱を傍に置いた。目の前では、さまざまな計器が深海魚のように、弱い、冷たい光を放っている。ガソリンの量は、タンク一杯を示していた。

佐々木は機械や計器類を一通り点検してスイッチを入れ、フラップ（補助翼）を下げた。定員四名の九九双軽の操作を、たった独りでやらなければならない。

なおかつ、八〇〇キロの爆弾に三メートルの死のツノだ。通常の飛行とはまったく違う。離陸は容易ではない。

佐々木は興奮し、同じぐらい緊張した。

夜はまだ明けず、下弦の月が高くかかっていた。熱帯の月なので、細くても明るく輝いている。夜明け前で暑くもない。日本で言えば、初秋ぐらいの気温だった。

爆音が響き、最初に万朶隊を戦場に誘導する「百式司偵《ひゃくしきしてい》」と呼ばれる高速の飛行機が夜空に舞い上がった。

次は、万朶隊の田中曹長の一番機と久保軍曹の二番機だ。三番機は奥原伍長、四番機が佐々木だった。

佐々木は操縦桿を握りしめて、前方を睨んだ。暗闇の両側にヤシ油の標識灯が二本、遠く長く続いている。

後ろから、後に続く掩護の隼戦闘隊の爆音が近づいてきた。

全身が震えるほどの緊張感に佐々木は襲われた。十七歳の時に仙台で初めて飛行機に乗って以来、こんなに緊張したことはなかった。

前方で光の輪が動いた。出発の合図だ。田中曹長機と久保軍曹機が、排気ガスの青白い炎を流しながら滑走路を走り出した。

「しっかりやれ!」「隊長殿の仇を頼むぞ!」残された万朶隊のメンバーと第四飛行師団の兵たちが声の限りに叫ぶ。

佐々木は両手を顔の前で振って合図をした。整備員がすぐさま車輪止めを外した。

佐々木はブレーキを押さえながら、レバーを入れた。ブレーキをゆるめると、機体はまっすぐに走り出した。

前方に見える赤い点々が後ろに流れ、すぐに一本の線になった。機体が重い。八〇〇キロ爆弾の抵抗が操縦桿を握る佐々木の手にはっきりと伝わって来る。八〇〇キロ爆弾は大きすぎて、機体の爆弾倉に入りきらず、下の部分がはみ出している。その分、予想外の空気抵抗を受けている。さらに死のツノも複雑な抵抗を生む。

佐々木は操縦桿を握りしめ、懸命に計器に目を走らせた。ブースト、プラス二〇〇。速度、一四〇、一五〇、一六〇。

機体の車輪が大地を離れた。地上のヤシ油の赤い線が急速に暗黒の底に流れ去った。

通常ならここで操縦者の仕事は一区切りつくが、独りだと続けてやることがある。フラップを閉じる。車輪を上げる。緊張の時間は終わらない。

やり損なえば、失速して墜落する。離陸した瞬間は、一番危険な時間なのだ。

操縦桿を握っている右手を慎重に離し、素早く左手に持ち替えた。右手でフラップを上げると機体は急に軽くなった。次に全身の力を込めて車輪を引き上げた。飛行服の下に汗が吹き出した。

佐々木は周りを見て僚機《りょうき》を探した。月が近かった。高度計の針は二〇〇を指しながら震えている。

一面の星空だった。その中に、動いている赤い星があるはずだ。それが僚機の翼灯だ。探しながら、機体は一直線に上昇し続けた。

夜、空中集合は難しかった。編隊が空中でお互いを確認できず、攻撃を中止することもあった。夜間、視界が悪い中、レーダーを持たず、自分自身も高速で飛びながら、仲間を探し、集合することは、ある一定以上の技量が求められた。

しばらくして、佐々木はひとかたまりの青白い炎を見つけた。排気管の炎だった。佐々木はそれを目指して星空の中を飛んで行った。

カローカンはすでに遠くなり、大地は深い暗闇の下にあった。

佐々木の前方と左方に三機の赤い翼灯と排気ガスの青白い炎がはっきりと見えた。危険な離陸上昇の時期を過ぎ、空中集合も終わった。エンジンは調子よく回転している。佐々木は後ろを振り返った。

万朶隊に続いて離陸したはずの掩護の隼《はやぶさ》二十機の位置は分からなかった。

高度三〇〇〇メートル。午前四時三十分。星空。まもなく夜は明けるだろう。戦場の上空に着くまでに、まだ二時間近くある。室内灯の小さな光を受けた自分の顔が、風防ガラスに映っている。

「しっかりやれよ」佐々木は自分に呼びかけた。岩本隊長の仇を取るんだ。

訓練の時に「佐々木を見習え」と言ってくれた岩本隊長の声をはっきりと覚えている。岩本隊長のためにも、絶対に成功させなければいけない。爆弾を敵艦船に当てて、生きて帰って来るんだ。

空が明るくなってきた。薄い朝の光の中で、佐々木は異常に気付いた。自分の前方と左方に三機いるはずの僚機が二機しかいないのだ。ぐるりと周りを見渡したが、どこにもいない。

二機の位置から見て、いなくなったのは、奥原伍長の三番機だった。なにか事故を起こしたのか、エンジンが不調になったのか。編隊を見失ったのか。それとも、ただ引き返したのか。

佐々木ははっと、奥原伍長の不安な顔を思い出した。奥原伍長は「急降下爆撃は苦手なんだ」と言った。テントでは手が震えるほど緊張していた。

レイテ湾に行くことは、死と向き合うことだ。ひょっとしたら、奥原伍長は耐えられなかったのかもしれない。死を前にして、思わず引き返したのかもしれない。佐々木は奥原伍長が急に不《ふ》憫《びん》になった。

空は徐々に明るさを増して来た。佐々木は上空の点々とした黒い機影に気付いた。掩護の隼戦闘機の編隊だった。万朶隊より三〇〇〇メートルほど高く高度を取り、左右に飛びながら、アメリカ軍を警戒していた。短い翼がきらきらと光った。

その姿に、佐々木は興奮し、体が熱くなった。奥原伍長のことは自然に気にしなくなった。

遥か遠くの下の方で、太陽が雲を分けて現れ、強烈な光の線を伸ばし始めた。

「この戦闘隊の目の前で、見事八〇〇キロ爆弾をぶち当ててやるんだ」佐々木は心の中で誓った。

佐々木は前方の田中曹長機を見つめた。編隊飛行中は、隊長機に七、周囲に三の注意が必要と教えられた。

翼の下には、白い波が打ち寄せる海岸線が見えていた。それが、なめらかに光っている海と、濃い緑の樹林に覆われた陸地を区切っていた。大きな島だった。サマール島だと、佐々木はすぐに分かった。この島の南の端が目標のレイテ湾だ。

青空を飛ぶのは本当に気持ちいいと佐々木は思った。いや、夜も気持ちいい。だが、朝日の中、青い海を下に見て、青空を飛ぶのは、本当に幸せだった。

たとえ、今から死と直面すると分かっていても、空を飛ぶことが自分は大好きなんだと佐々木はあらためて思った。

自分が奥原伍長のように緊張しないのは、生来の負けん気と操縦の自信と父親の「人間は、容易なことで死ぬもんじゃないぞ」という言葉のせいだと思っていたが、ただ単純に空を飛ぶことが好きだからかもしれないと佐々木は思った。

高度五〇〇〇メートルに上昇した。しばらくして、前方の低い雲の下に灰色がかった青い海が見えてきた。

レイテ湾だ。

佐々木は操縦席に取り付けた二本の鋼索の取っ手の一つをつかんだ。岩本隊長が航空分廠に頼んで改装したものだった。

これで、鋼索のもう一つを引けば、爆弾はいつでも投下できる。

佐々木はぐいっと引っ張った。投下する爆弾を吊るしている電磁器の安全装置が解除された。

レイテ湾に近づいたということは、危険空域に突入したということだ。佐々木がレイテ湾を見ている時、アメリカ軍もレーダーによって日本軍の編隊をとらえていると思って間違いない。いつ、どこからアメリカ軍の戦闘機が襲いかかるか分からない。佐々木は全身が引き締まるのを感じながら、絶えず、警戒の目を動かした。

その時、掩護の隼戦闘機の編隊が形を崩した。隼機はそれぞれに離れて、前後左右に飛んで行った。その翼の下から黒く丸いものが落ちていく。ガソリンの搭載量を増加させるためにつけた補助タンクだ。

そのまま、ぐんぐんと上昇していく隼機もいた。隼の編隊は、戦闘隊形に移ったのだ。

佐々木は素早く時計を見た。五時四十分。上半身を伸ばして下を覗いた。高度一二〇〇メートルから一三〇〇メートルの所に、白い断雲が広がっている。その間に濃紺の海面が見えた。

田中曹長機、久保軍曹機は、間隔を崩さずにレイテ湾に向かって突進を続けている。万朶隊の特攻機三機は、レイテ湾のまさに上空に達した。

「俺は今、敵の頭上にいる」

非常な緊張感と気力に体が震えた。

海面に黒い影がちらりと映って、すぐに断雲の下に隠れた。佐々木は目を離さずじっと見つめた。断雲の層が流れ去った。

「いた！」

一隻、二隻、三隻。戦艦か。いや、少し小さい。だが、軍艦には間違いない。レイテ湾の外に向かって、一列の単縦陣で進んでいる。白い航跡が伸びていく。

田中曹長も気付いているらしく、その方向に進路を変えた。佐々木は後を追いながら、なお海面を探した。だが、空母の姿は見えない。

田中曹長は艦船に対して、艦首の方向から軸線に入ろうとしていた。久保軍曹も続いている。理想的な突入は、艦尾からだ。艦首からだと、岩本隊長が説明したように、自分の飛行機の速度と敵艦の速度が合算されてしまう。

さらに、太陽を背にして突入するのが最も望ましい急降下爆撃だ。艦船からの砲撃が、太陽の目くらましでいくらか精度が落ちるからだ。だが、うまく太陽の位置が合わない。

もうひとつ、高度が高すぎることも佐々木は気になった。現在の高度は五〇〇〇メートル。鉾田飛行場以来、急降下爆撃の訓練の時には、高度は三〇〇〇メートル。それ以上の高度から突っ込んだことは、一度か二度しかなかった。

高度が高ければ、突入の角度が浅くなる。結果、目標を捉えるのが難しくなる。

三機は艦隊の真上に迫ろうとしていた。艦首からの突入になってしまったので、数秒の後には、艦隊と飛行機が行き違って、攻撃のチャンスを逸してしまう。

その時、田中曹長機が翼を振って突入の合図を出した。久保軍曹機も続いた。二機は機首を下げて、急降下に入った。

佐々木が目標を見定めようとして下を向いた時には、軍艦はかなり下方に来ていた。「少し、入りすぎたか」佐々木は一瞬、不安になった。が、同時に操縦桿を力一杯、押し倒した。目標は三番艦だ。急降下の圧力で、全身が引き裂かれそうな強い衝撃に包まれていく。大きな音をたてて、操縦席の後ろに何かが飛び上がった。川島中尉の遺骨箱だ。

艦首からとは言え軸線に入っても、そもそも艦船は真っ直ぐに逃げたりしない。艦船は空襲を受けるとジグザグの回避行動に出る。時速五〇〇キロ以上の速度で急降下する飛行機は、ジグザグ行動の未来を予想して突っ込まなければいけないのだ。

読みを誤れば、艦船ではなく海に突進することになってしまう。実戦での急降下爆撃は、はるかに難しい。

突入角度は四十度前後だったが、体感としては、垂直に落下していく感覚に近かった。

佐々木は歯を食いしばり、必死になって目を見開いた。頭の上に海が青い幕のように広がっていく。

目標はどこだ。軍艦はどこだ。操縦桿を押しているが、軍艦を捉えられない。苦痛と不安と焦りが沸き上がってくる。

速度計の針は、五〇〇キロから五五〇キロ、そしてついに六〇〇キロを超えた。

全身の血液が頭に充満し、吹き出しそうだった。これ以上速度を上げると、九九双軽は空中分解する。圧力に負けまいと力む頭で佐々木は考えた。

急に飛行機の中が蒸し暑くなり、目の前の風防ガラスが曇った。海面が近いのだ。佐々木はほとんど無意識に頭の上の天蓋《キャノピー》を引き上げた。

さっと風防ガラスの曇りが取れると、目の前に白い波が動いていた。反射的に操縦桿を引き起こした。全身が投げ出されそうな衝撃をうけると、目の前の海面が青空に変わった。両翼の下から、海面が流れ去り、遠ざかっていった。

気がつけば、激しく呼吸していた。胸と肩が大きく上下した。操縦桿を握っている手がけいれんしている。

アメリカ機は近くにいるのか？　狙われているのか？　自分はどこにいる？　敵はどこだ？

機首の前方に白い断雲が続いていた。あの中に隠れよう。咄嗟《とっさ》にそう思った。

高度一二〇〇メートル。佐々木は雲に隠れながら海面を探したが何も見えなかった。艦首から突入したので、すでに艦隊は遠く離れたに違いなかった。翼を傾けて、飛んできた方向を確認したが、三隻の艦船はどこにも見えなかった。

「田中曹長はどうしただろう。久保軍曹は……」

空には何も見えなかった。命中していれば、黒煙が上がっているはずだった。だが、海面には何の痕跡《こんせき》もなかった。

敵の艦隊が射撃してきた動きはなかったから、撃墜されたとは思えなかった。

田中曹長は攻撃のタイミングを誤ってしまった。数秒、遅れてしまったんだ。佐々木はそう考えるしかなかった。

翼を水平に戻すと、前方に濃い緑の山が見えた。レイテ島のようだった。地上部隊が地獄を見ているレイテ島だ。

レイテ島のタクロバン飛行場から敵の戦闘機は出てくると、佐々木は素早く四方を見渡した。掩護の隼機は、どこにもいなかった。

気がつけば、佐々木は戦場の上空で、ただ一機だった。敵が出てくる前に一刻も早く、ここを離脱しないといけない。

佐々木は八〇〇キロ爆弾を落とすために必死で艦船を探した。

すると、小さな船を見つけた。船首が箱型に切り立ったようになっていた。部隊を輸送、上陸させる揚陸船《ようりくせん》だった。

佐々木は機体をすべらせて、艦尾から船の軸線に入った。船は回避行動を取らず、ただ一直線に逃げていた。

佐々木は操縦桿を左手に持ち替えて、右手で鋼索の取っ手を摑んだ。八〇〇キロ爆弾の信管は、投弾後、二秒で爆発するようにしてある。

「今だ！」佐々木は操縦桿を強く前方に倒した。三メートルの死のツノをつけた九九双軽の機首は深く下がり、機体は吸い込まれるように急降下していった。

五〇〇キロの速度から来る圧力が、全身を歪め、血を逆流させた。

高度八〇〇メートル。佐々木は夢中で鋼索の取っ手を引いた。その瞬間、急に軽くなった機体は弾み上がるような衝撃を受けた。初めての実戦では、佐々木は五〇〇メートル以下まで待てなかった。

すぐに操縦桿を引き起こした。翼の下を船体が流れ去った。佐々木は急上昇しながら、振り返った。船体から少し離れた海面に大きな白い波紋が沸き立っていた。

「しまった」思わず、言葉が出た。

佐々木は急上昇を続けた。九九双軽は身軽になった。早く逃げろ。撃たれる。佐々木は背中が寒くなった。前方に断雲があった。佐々木はその中に飛び込んだ。

ミンダナオ島に逃げようと佐々木は計画していた。生還するために前もって考えていた場所だ。レイテ島のアメリカ空軍の飛行場から遠く離れて安全な場所だった。

この場所を教えたのはもちろん、岩本隊長だった。

佐々木は五〇〇メートルに高度を下げて海上を一時間飛び続け、アメリカ軍のレーダーに発見されず、ミンダナオ島のカガヤン飛行場に無事に着陸した。

21

本を読みながら、何度か声が出た。つらいんじゃなくて、嬉しくて泣きそうになったのは、いつ以来だろう。

佐々木友次さんは死ななかった。岩本隊長の命令を守って爆弾を落とし（外れたけれど）、ミンダナオ島に生きてたどり着いた。

田中曹長や久保軍曹は死んだんだろう。けれど、友次さんは生き延びた。

信じられなかった。札幌の病院で会った、あの小さな体の老人が追い詰められながら生き抜いた。偉い人達はみんな、死ぬことが当然だと思っていたのに、友次さんは生きることを選んだ。

どうしてそんなことができたんだろう。

ベッドに横たわっていた友次さんは優しそうな顔をしていた。厳しさよりも穏やかさが表情に表れていた。けれど、心の奥底に、なにか、固いものがあるように感じた。なんだろう。なんて言うんだろう。頑固という言葉は知っている。でも、何か違う。頑固は、悪いイメージがある。そうじゃない。決めたことをやり通す強さ。

覚悟。

そうだ。覚悟だ。そんな言葉があることを忘れていた。友次さんには、覚悟があった。生き抜くという覚悟だ。

ぼくにはない。

ぼくは死のうとしている。黙って家を出て、死ぬにはちょうどいい高さのマンションを見つけて、夜空に飛ぼうと思っている。学校が始まる前に。今日、中根や関川、浅井達に会う前に。

目覚まし時計を見た。二時少し前だった。どうしよう。どうしたらいいんだろう。友次さんのように覚悟を持って、生き抜くのはどうしたらできるんだろう。

ベッドに仰向けに寝ころがった。天井をじっと見つめる。死のうと決めると心がすーっと軽くなる。死ねば、全てが楽になると感じる。もう苦しまなくていいんだと安心する。

でも。もうひとつの気持ちをずっと押し殺している。自分で分かっている。怖い。死ぬのはすごく怖い。死にたくない。死にたくない。死にたくない。

十四歳で死ぬのはくやしい。あいつらのせいで死ぬのは、本当にくやしい。ぼくが死んだら、あいつらは笑うだろう。楽しかったと言い合うだろう。

そのくせ、悲しそうな顔をしてぼくの葬式に出るんだ。泣きまねをするクラスメイトも間違いなくいるだろう。何にも悲しくないのに。心の中では楽しんで、笑って、バカにしているのに。とうとう死んじまった。もっと遊びたかったなあ。次のオモチャは誰にしよう。そんなことしか思ってないのに、つらそうな顔をして、ぼくの葬式に出るんだ。それがくやしい。胸が張り裂けるぐらいくやしい。

ぼくに覚悟があったら。友次さんのように、何を言われても、どんなことが起こっても、生き抜いてやるんだという覚悟があったら。

天井がにじんだ涙でぼやけてきた。目の端から、涙が筋になって落ちた。

両親は寝ている。今なら、家を出ても見つからないだろう。でも。

生きたいのか。そう思った途端、体が重くなった。口の中に嫌な味の唾がわいて、吐き気が戻って来た。心臓のドキドキが高まって来る。

耐えられるのか。死なないでいられるのか。

叫びそうになって、枕に顔を埋めた。そのまま、声が出た。枕を突き抜けて、うめき声が漏れた。

友次さんも急降下の時に叫んだだろうか。頭に血が上り、体が千切れるような重圧を感じながら、叫び続けただろうか。

覚悟。覚悟。覚悟。

また、仰向けになって天井を見つめた。

死ぬ。生きる。死ぬ。生きる。死ぬんだと思えば心は軽くなる。生きると決めると心はずしんと重くなる。

友次さんのように心が強ければ。でも、ぼくは奥原伍長のように、自分に自信がない。いや、鵜沢軍曹のように自分で自分を傷つけて逃げようとしている。友次さんの強さがうらやましい。自信が欲しい。戦う力を持ちたい。

夜空に飛ぶのか。学校に行くのか。部屋を出るのか。部屋にいるのか。夜明けを見るのか。夜明けを待たないのか。覚悟するのか。あきらめるのか。死ぬのか。生きるのか。さよならか。おはようか。飛ぶのか。踏ん張るのか。

考えがまとまらない。心が乱れる。気持ちが動く。迷う。ためらう。惑う。怯える。怖い。震える。悩む。痛い。つらい。分からない。死ぬ。生きる。死ぬ。生きる。死ぬ。生きる。迷い続け、考え続け、感じ続け、震え続け、ためらい続け、怯え続けた。

母親の声が聞こえた。はっと目を開けると、窓の外が明るかった。反射的に目覚まし時計を見た。七時二十分だった。考え疲れ、集中し疲れ、悩み疲れ、いつの間にか眠っていた。

一気に全身に鳥肌が立った。今日まで、生き延びた。今から、学校へ行かなきゃいけない。中根や関川、浅井達が待っている。

連休の間、無視していたと思われているから、放課後、間違いなく「特攻隊ゲーム」をやらされるだろう。

考えたくない。考えないようにしようとすればするほど、考えてしまう。

母親にもう一度呼ばれて、ようやく服を着替え、リビングに顔を出した。

父親がゆっくりと朝食を取っていた。父親はぼくの顔を見ないまま「おはよう」と言い、ぼくも反射的に返した。

食欲はなかった。けれど、少しは食べないと母親が気にするだろう。焦げ色のついたトーストをバターもジャムもつけずに、無理に口に押し込んだ。ふと、視線を感じて目を上げた。目玉焼きの皿を持った母親がじっと見ていた。

思わず顔を背けた。

「友ちゃん、具合、悪いの?」母親は皿をテーブルに置きながら、のぞきこむようにぼくを見た。

「べつに」口にトーストをほおばったまま、小さく答えた。

「だって、顔色、良くないよ。ねえ」母親は父親に同意を求めた。父親は「ん?」という顔をした後、コーヒーを一口すすり、立ち上がった。

「俺の風邪菌が家の中に残ってたかな」父親はしんどそうに言った。

「じゃあ、行くわ」玄関に向かう父親に「無理はしないようにね」と母親が後を追った。

その間に、自分の部屋に戻り、教科書をカバンに入れた。風邪だと嘘をついても、休み続けることはできない。いつかは、学校に行かなければならない。

あんまり休んで、中根や関川、浅井達が見舞いに来たらどうしよう。母親は当然のように、この部屋に彼らを入れるだろう。母親が出た後、この部屋で何をされるか。ちょっと考えただけで、胃が痛くなって来る。

学校に行くしかない。行かないと母親は心配する。本当のことなんか、絶対に言えない。

父親はなんと言うか。情けないと言うだろうか。戦えと言うか。一昨日、四十度の熱を出しても、今日、会社に行く父親だ。父親は会社で戦っているんだろうか。

ベッドの横に置いてある『陸軍特別攻撃隊』の表紙が目に止まった。

ゆっくりと手に取った。表紙は、死のツノが突き出た九九双軽の写真だ。友次さんが乗った飛行機だ。

死ねという偉い人の指示に従わず、岩本隊長の言葉に従った友次さん。それは、岩本隊長の言葉の方が、偉い人の命令より、納得できたからだ。そうしたかったからだ。だから、どんなことがあってもやり遂げようと覚悟したんだ。

ぼくは誰の言葉を聞くんだろう。ぼくは中根や関川、浅井達の命令だけを聞いている。岩本隊長の言葉は、友次さんが望んだことだ。だから、友次さんは覚悟を持てた。

ぼくは、誰の言葉を聞くのだろう。……決まってるじゃないか。そんなこと、昨日の夜から、いや、『陸軍特別攻撃隊』を読み始めた時から分かっていた。札幌の病院で小さな友次さんを見た時に納得した。

ぼくは、友次さんの決心に従う。生き延びたこと、死を選ばなかったことが、そのまま友次さんのぼくへの言葉だ。

たった一回しか話してない人の言葉に従うなんて、おかしいと自分でも思う。でも、ぼくは地獄から生き延びた人を信じる。死を裏切った人の言葉を受け入れたい。

そうだ。ぼくは生き延びたいんだ。友次さんのように。生きる覚悟をするんだ。

『陸軍特別攻撃隊』のページを開けた。最初の数ページには、白黒写真が載っている。その中に、出撃の朝、テントで行われた送別の宴を写した一枚があった。

万朶隊の五人は、胸に白布に包まれた小箱を吊るしたまま、乾杯しようとグラスを掲げていた。『川島中尉之霊』を吊るした二十一歳の友次さんは、とても幼い顔をしていた。中学生は言い過ぎでも、高校生と言って通じるぐらいの童顔だ。

でも、友次さんは覚悟した。万朶隊五人の中で、一番若く見える友次さんが、覚悟した。

友次さんの写真をじっと見た。思わず、顔の部分を撫でた。友次さん、守って下さい。ぼくに覚悟する勇気を下さい。

ぼくは、ぼくに命令する奴らの言葉を無視します。そして、「特攻隊ゲーム」なんかしたくないんだと言います。何を言われても、何をされても、ぼくはぼくが言いたいことを言います。

そう思っただけで、体が震え始めた。胃の奥がギューンと痛くなってきた。お腹が鈍く痛みだした。

覚悟。と、もう一度心の中でつぶやいて、『陸軍特別攻撃隊』をカバンの中に入れた。


「大丈夫なの?」という母親の声に、黙ってうなづいて家を出た。学校へ向かう道を歩きながら、心臓の鼓動が高まってくる。体が浮いて、ふわふわとした感覚。地面を歩いている実感がない。

制服姿の中学生を見るたびに、どきりとする。学校に行く途中で、あいつらに会ったら。

通学途中で浅井に会い、コンパスを手の甲に突きたてられたことはあった。その時、浅井は朝から機嫌が悪かった。親と喧嘩《けんか》したとかブツブツ言っていた。

自然に足が早くなる。誰もいない道で出会いたくない。多くの人が歩く広い道でなら、あいつらもいきなりひどいことはしないかもしれない。

校舎が見えてきた。もうすぐ、中根や関川、浅井達と会う。足が止まった。横を、同じ制服が通りすぎていく。

肩にかけたカバンを右手でギュッと抱えた。中には、『陸軍特別攻撃隊』が入っている。友次さんの戦いの記録が書かれている。

深呼吸しようとして、浅い呼吸しかできなかった。何回か、浅いまま、呼吸を繰り返した。ゆっくりと正門を入っていった。

ただ前を見ていた。背筋を伸ばし、カバンをしっかりと抱えて、ゆっくりと歩いた。覚悟。覚悟。覚悟。覚悟。心の中で、ずっと繰り返した。

教室に入った。誰もぼくを見ない。透明人間のぼくは、誰からも話しかけられない。ぼくが見えた奴は、透明人間の仲間にされるんだ。

自分の机に近づいて、カバンを肩から下ろそうとした時、声がした。

「ワラ、よく学校に来れたな」

背の高い中根が見下ろしながら近づいて来た。

「お前、なめてんのか？」

怒った表情の関川が隣にいた。

「キモワラ、なにして、遊ぼうか」

後ろから声が聞こえた。振り向くと、浅井がニヤニヤと笑っていた。

「放課後まで待てないよなあ」浅井はコンパスを取り出した。「無視した罰を与えないと」

中根が突然、腕を肩に回してきた。そのまま、窓際まで連れていかれた。窓の外を見るように、回した手が荒く動いた。

窓からは、正門が見えた。たくさんの生徒が登校してきていた。

「ワラ、出撃だ」中根が腕を回したまま、耳元でささやいた。

「ここで見てるからよ、登校して来る一年生に特攻してこい。誰でもいいや。とにかく一年生な」

「中根、優しいなあ。一年生でいいんだ」関川の声が後ろから聞こえた。

左手に激しい痛みを感じた。

「特攻隊の成功を祈る」浅井がコンパスを持ったまま、にやりと笑った。

「倒せよ」中根が回していた腕を外して、教室の出口に向かって背中を押した。

勢いで、二歩歩いて、ぼくは止まった。

「ワラ、出撃だよ」浅井の声が背中で響いた。

けれど、ぼくは動かなかった。肩にかけたままのカバンのストラップを握りしめた。

「ワラ、お前、何やってんの？」関川の声が近づいてきた。

「ほら、カバンを置いて出撃だよ」浅井がカバンを取ろうとした。

ぼくはストラップを持つ手にギュッと力を込めた。

「ワラ、なにしてんだよ」中根の声が真後ろからした。

「……だ」

言葉にならなかった。

「はあ？　なんて言ったんだ？」浅井が苛立ったような声を出した。

「……いやだ」

かろうじて、言葉になった。口の中が急に乾いた。舌が口の上の部分に張りついた。

「えっ？　聞こえなかったけど」浅井の声がトゲトゲしくなった。

中根と関川が正面に回ってきた。

「もう一回、言ってみろ」中根が低い声を出した。

汗が吹き出して、心臓が痛いほど速くなった。特攻なんかしたくないと言おうとした。

「もう一回、言ってみろ」関川がにらんだまま、ぐいと近づいた。

「ワラ、もう一回、言え」中根の顔が目の前に来た。

体がカーッと熱くなり、吐き気が込み上げてきた。吐くな。こらえろ。言うんだ。必死に力んで、唾を飲み込もうとした。喉の奥が乾いてひくひくした。しゃべろうと口を開けた時、急に下腹部が痛くなった。顔を上げて、中根を見た瞬間、ブボッという音と共に、下痢便が吹き出した。お尻に力が入らなかった。ブボボボボッという音と共に大便が出続けた。止められなかった。

「信じらんねー！　こいつ、クソした！」中根が叫んだ。

「キモ！　くせえ！」関川がぴょんぴょんと飛び上がった。

尻から太股《ふともも》にかけて、不快な感触が降りていく。大便の臭いが広がっていくのがはっきりと分かった。

教室のあちこちから悲鳴が上がり、教室が大騒ぎになった。「えー⁉」「ヤダー！」「気持ちわるー！」浅井達が後ずさり、その後ろからクラスメイトが遠巻きに見つめた。

どうしていいか判らなかった。パニックになって、叫びながら教室の出口に向かって走り出した。見ていたクラスメイトが悲鳴を上げて逃げ出した。避けようとして、転び、机を倒した生徒もいた。怯えて泣きだす女子生徒もいた。

涙で前がよく見えなかった。廊下を走り、階段を走り、校舎を飛び出て、叫びながら正門を駆け抜けた。

気がついたら、家の前に立っていた。どこをどう走って帰ってきたか、覚えてなかった。

ドアを開けようとしたら、鍵がかかっていた。母親は今日は仕事だということを思い出した。自分の鍵で玄関を開けた。靴を脱ごうとして、嫌な音が聞こえた。靴の中に下痢便が流れ込んで、音を立てていた。少し足を引き抜くと、靴下にもべっとりと大便が付いていた。足を靴に戻して、そのまま、お風呂場まで廊下を歩いた。薄く泥の靴跡が付いた。

制服を着たまま、シャワーを浴び始めた。上着も大便の臭いがした。靴を脱ぎ、ズボンとパンツも脱いだ。茶色の汚れが残っていた。靴下も脱いだ。シャワーを強くして、全部を流そうとした。風呂場に大便の臭いが広がった。

涙が溢れてきた。止まらなかった。声を上げて泣いた。何も考えられなかった。ただ泣いた。大声で泣いた。泣いても泣いても、涙は止まらなかった。

しばらく動けなかった。体が冷えきって、ようやく、ジーパンとトレーナーに着替えた。濡れた制服は洗濯機に放り込んだ。母親は、臭いに気付くかもしれないが、どうでもよかった。もう、どこにもいる場所がない。学校には絶対に行けない。家にもいたくない。

母親がとりあえずのお金を置いてある場所は分かっていた。リビングのチェストの引出しの奥には、二万円あった。

玄関を出ると、カバンがあった。まったく記憶がなかったが、学校からずっと、肩にかけたまま、走っていたらしい。家に入る時、鍵を取り出し、そのまま、置きっぱなしにしたんだ。

カバンをどうしたかさえ、考える余裕がなかった。友次さんの戦いの記録を入れたカバンなのに。玄関先で見つけるまで、まったく忘れていた。

ぼくは友次さんになれなかった。

のろのろとカバンを開けて、『陸軍特別攻撃隊』を取り出した。

どこで飛ぼう。飛ぶ場所を見つけよう。

22

万朶隊の攻撃が行われた一九四四年（昭和十九年）十一月十二日の午後、戦果の発表がマニラの軍司令部で行われ、新聞記者達が集まった。

軍の発表を元に新聞記事は書かれた。新聞社に送る前に、新聞記事は検閲《けんえつ》され、軍の意向を無視した記事は許されなかった。

万朶隊の戦果は、「戦艦一隻、輸送船一隻を撃沈」と発表された。

田中曹長の一番機が輸送船に体当たりをして撃沈。佐々木の四番機は、「戦艦に向かって矢の如く体当たりを敢行して撃沈」させた。

新聞記者は、その発表を元に、勇壮な記事を書き、二日後、内地の各新聞の一面に華々しく掲載された。

「万朶隊が必死《ひっし》征途《せいと》にのぼる日、紺青《こんじょう》の海に点々たる島々の景色はすがすがしきばかり。万朶隊の機影が堂々の轟音すさまじく、レイテ湾上に現れたのは八時すぎであった」という、新聞記事というより劇画調・講談調の文章が続く。

田中曹長が体当たりした輸送船は「紅蓮《ぐれん》の炎に燃えて轟沈《ごうちん》し」、佐々木が突入した戦艦は「ものすごい火焔《かえん》をあげて、のたうちまわっていた」りした。

「ああ尽忠《じんちゅう》無比《むひ》とやいわん、七生《しちしょう》報国《ほうこく》死して皇国を護らんとするわが大和魂は、昔の元寇《げんこう》をはじめ日清日露の戦場においてはもち論、大東亜戦争においても、あらゆる戦場で挺身隊《ていしんたい》として出現、今なおわが皇国の全将兵この意気にて善戦しつつあるのであるが、この闘魂こそは、まさに国難を打開すべき至高至誠というべきであろう」

軍の検閲があるから、こういう記事を書いたというより、こういう記事を書いた方が国民が喜んだ、つまり、売れたから書いたと考えた方がいいだろう。売れるのなら、売れる方向に記者は熱を入れる。筆を競う。それが、さらに次の特攻を用意した。

大本営は、翌日十三日午後二時に正式に陸軍の第一回特別攻撃隊の戦果を発表した。海軍の第一回特別攻撃隊は、空母を沈めたが、陸軍は戦艦を沈めた。空母に優るとも劣らない戦果だった。

田中曹長ではなく、佐々木が沈めたと発表したのは、佐々木の操縦の腕が特別優秀だったからだろう。佐々木なら、戦艦を沈められるという説得力があったのだ。

ちなみに、『米国海軍作戦年誌』によれば、レイテ湾のこの日の被害は、「揚陸舟艇修理艦エジャリア、同アキリーズ、特攻機により損傷」だけである。船の形からみて、佐々木が攻撃した艦型と一致する。それ以外は、なんの被害の記録もない。

大本営発表のしばらく後、ルソン島のカローカン飛行場の上空に、三メートルの死のツノを突き出した九九双軽が現れた。

着陸体勢に入った時、万朶隊だと分かった地上勤務兵達は逃げ出した。八〇〇キロ爆弾を積んだまま着陸しようとしている、死のツノに触れたら簡単に爆発してしまう、と怯えたのだ。

やがて、無事に着陸した九九双軽に人々は殺到した。

座席の天蓋が開いて、佐々木が姿を現した時、全員が信じられないものを見たという、驚きの声を上げた。

佐々木は、その反応が不思議だった。佐々木はミンダナオ島のカガヤン飛行場に不時着した時、すぐに無線の連絡を頼んでいたのだ。だが、それは届いていなかった。

人々は、口々に佐々木をほめた。戦艦一隻を沈めたという大本営の発表を信じていたのだ。

佐々木は、「やったかどうか、分からんよ」と熱狂する人達に正直に答えた。

そして、万朶隊のメンバーには、詳しく語った。その中に、奥原伍長がいた。

奥原伍長は「発動機が不調で、途中から帰ってきた」と伏目がちに佐々木に言った。佐々木は、エンジンの不調なら気にすることはないのにと思ったが、奥原伍長は元気がなかった。

しばらくして、第四航空軍から「翌日、報告に来るように」という命令が佐々木に届いた。

石渡軍曹が重苦しい表情で「四航軍（第四航空軍）は慌てているんじゃないか。佐々木伍長は体当たりせり、なんて大本営へ報告したところへ、本人が帰ってきたんだから」と言うと、通信員の浜崎曹長が、「明日、軍司令部へ行くとしぼられるぞ」と脅かすように付け加えた。

「自分が狙ったのは、確かに揚陸船だったと思うんです。出発の時に、富永閣下も、輸送船なんかに体当たりするな、と言われましたから、実際の通りに報告してきます」

佐々木はつとめて冷静に答えた。

しかし、整備の村崎少尉が、爆弾を落とせるように改装したことを、軍司令部は正式に許可していないことを心配した。それを問われたら、岩本隊長がやられたことで、帰還する時に八〇〇キロ爆弾を抱えては危険だからと答えるといいとアドバイスした。

「しかし、佐々木が帰ってきてよかった。今夜は生還祝いをやろう」村崎少尉が明るい声で全員を見た。

万朶隊のパイロットには、特別の食事が用意されていた。夕食の数に、佐々木を加えなければいけない。昨日の夜から佐々木の分はなかった。炊事に連絡して、用意してもらわないと。浜崎曹長が言った。

佐々木は、その言葉で、自分の存在が消されていたことを実感した。


翌十四日、佐々木の生まれ故郷、石狩郡当別村は前日の大本営発表のラジオ放送を聞いて大騒ぎになっていた。

緊急に招集された村議会は万歳を三唱し、黙禱し、「神鷲の偉業を顕彰するための委員会」を可決した。佐々木の生家に、村の人々は、雪を踏み、馬そりに乗って、弔問に来た。

同じ日、第四航空軍に呼ばれた佐々木は「大本営で発表したことは、恐れ多くも、上聞《じょうぶん》に達したことである。このことをよく肝に銘じて、次の攻撃では本当に戦艦を沈めてもらいたい」と参謀から言われた。

上聞、つまり、天皇に報告したことは、絶対に訂正できない。天皇に嘘の報告をしたことになれば、司令官の責任問題になる。だから、分かっているな、という暗黙の命令だった。「本当に戦艦を沈めてもらいたい」は、「本当に体当たりして死んでもらいたい」を意味した。

そして、夕方、翌日の特攻出撃が慌ただしく告げられた。石渡軍曹、近藤伍長、奥原伍長、佐々木の四名だった。

十五日。午前四時。再びテントの中に万朶隊は集合した。第四飛行師団の参謀長、猿渡大佐が佐々木に向かって「どういうつもりで帰ってきたのか？　佐々木は死ぬのが怖くなったのではないか」と詰問した。

佐々木は「犬死にしないように、やりなおすつもりでした」と答えた。

隊長を務める石渡軍曹は夜間飛行に慣れていなかった。攻撃の打ち合わせをしている時、顔がこわばり、声もかすれ気味で聞き取りにくかった。近藤伍長も、興奮し過ぎているのか、歪んだ表情だった。奥原伍長も落ち着かない様子だった。

上空は、月の薄明かりに照らされていたが、雲が多かった。夜間の出撃には不向きのコンディションだった。

戦果確認の百式司偵機が離陸し、万朶隊四機、直掩《ちょくえん》の隼八機が続いた。

死のツノが出た、丸裸の飛行機に乗って特攻に出撃すると分かっていても、佐々木はやはり興奮した。空に舞い上がれば、ただ、それだけで感動した。

上空で旋回を続けながら、佐々木はなかなか、僚機を見つけられなかった。空中集合を終えなければいけない時間になっても、奥原機が見えなかったのだ。

目の前に見えた石渡軍曹の一番機は、後続を待たず、直進して行った。懸命に後を追い、雲の中に入り、そして出た時には、周りに赤い翼灯も排気管の青白い炎もまったく見つけられなかった。佐々木は、機体を一八〇度、旋回させた。

その時、闇の底に強烈な光が閃き、赤い火柱がたった。大きな爆発だった。

佐々木は素早く四方を警戒した。アメリカ機の攻撃かもしれないと考えたのだ。だが、旋回しながら見下ろした飛行場は無事だった。

僚機は一機も見つからず、佐々木は空中集合を諦め、着陸した。

しばらくして、奥原伍長機も降りて来た。旋回をしながら空中集合しようとしたが、爆発が見えたので帰ってきたと報告した。同じく旋回を続けていた佐々木は、奥原機は見えなかったと不審に思った。

マニラ市の南部に墜落して爆発したのは、近藤伍長機だった。飛行機の原形も分からないほど飛散し、搭乗員の死体は跡形もなかったが、近くの椰子の木に焼け千切れて引っかかっていた千人針の布切れに「近藤」の文字が見えた。

石渡軍曹機と百式司偵はついに帰って来なかった。全機の空中集合を待たず、一直線に飛んで行った石渡軍曹が、その後、どうなったか誰も分からなかった。

大本営は、第四航空軍司令部の報告を受けて、佐々木を特攻戦死として、二階級特進させる予定になっていた。司令部は、二回目の特攻の失敗を受けて、やむなく、佐々木の生還を明らかにし、感状《かんじょう》（栄誉を讃《たた》える文章）と特進の手続きを取り消すことにした。

この日、佐々木の故郷、当別村はさらに大騒ぎになっていた。昨日より多くの弔問客が佐々木家を訪ね、日露戦争を生き延びた六十四歳の父親、藤吉は羽織袴《はおりはかま》、六十歳の母親、イマは紋付きで迎えた。

この地区の最高の行政官である石狩支庁長が部下をつれてやってきた。藤吉は、「あれは、言い出したらきかん奴でした。泣いて帰ったら叱ってやるつもりでしたが、一度も泣いてきたことがござりませんでした」と気丈に答えた。

浄土真宗の信者らしく「飛行機に乗る時は、お念仏を唱えるように、よく言いきかせましたから、今ごろはやすらかに成仏したことでござりましょう」とも語った。

弔問の人達は、「友次さんはえらいことをなさりました」「これで友次さんは神様におなりなんした」と繰り返した。

ただ、友次が飛行機乗りになることに反対した母親のイマは、弔問の人達がいなくなると、おろおろして泣いた。神様になるより、生きて帰ってほしかったと心の中で思った。

万朶隊の攻撃以降、続々と特攻隊が編成された。出撃のたびに、新聞の一面を勇壮に飾った。転進と玉砕が続く戦果の中で、特攻隊の「物語」は、国民が唯一熱狂できるものだった。

新聞記者の作文によって、特攻隊員は全員、微笑みながら国のために飛び立っていった。特攻隊が存在するからこそ、国民の戦争への意志が高い水準で保たれたとも言える。一九四四年十一月以降の新聞の一面を見ると、特攻がなぜ続いたのかよく分かる。特攻がなければ、戦意高揚のために勇壮に報道できるものはなかったのだ。

新しい特攻隊、靖国隊が十九日、カローカン飛行場に着いた。割り当てられた宿舎に着いた時、飛行服を着た少年兵のような伍長が訪ねてきて、万朶隊の佐々木伍長ですと名乗った。

全員が驚いた。戦艦を沈めた万朶隊の佐々木の名前は記憶に新しかった。佐々木は、特攻隊員と話をしたかったのだ。

「死場所がなくて、帰ってきたのですが、生きているのに死んだことにされると、おかしな感じです」佐々木はこだわらずに笑った。

靖国隊の下士官達は、佐々木の存在に強い感銘を受けた。


二回目の出撃から一週間あまり、佐々木に次の命令は出なかった。万朶隊のパイロットは、不時着して入院している鵜沢軍曹、空襲で負傷した社本軍曹の二名を除けば、佐々木と奥原伍長だけになった。

佐々木は、何度も第四航空軍や第四飛行師団の参謀達から「お前は員数外だぞ。この次の出撃の時には、必ず死んでこい」と言われた。

当別村では、弔問の人が絶えず、駅から佐々木家まで「軍神の家」として道しるべが立てられた。さらに、友次の幼い頃の帽子やかすりの着物などを納める忠霊堂の建設や伝記編集が計画された。

友次の母校の小学校の生徒達は、佐々木家を集団で拝礼し、家の前で「海行かば」を歌った。


十一月二十四日、明日、出撃すべしという三度目の特攻命令を佐々木は受けた。奥原伍長と佐々木、二機だけの万朶隊の出撃だった。

二十五日、正午近く、大きな口髭《くちひげ》をつけた猿渡参謀長は、厳しい顔で「佐々木はすでに、二階級特進の手続きをした。その上、天皇陛下にも体当たりを申し上げてある。軍人としては、これにすぐる名誉はない。今日こそは必ず体当たりをしてこい。決して帰ってきてはならんぞ」と叱りつけるように言った。

直掩機の隊長、作見《さくみ》中尉が、佐々木に燃料をどれぐらい持っていくかとたずねた。佐々木はできるだけ一杯にして行くと答えた。さらに爆弾は落とせるのかと作見隊長は聞き、佐々木は落とせるようにしていると返した。

作見隊長はうなづいた。同じパイロットとして、特攻隊に選ばれるか、直掩機の担当になるかで運命は大きく変わった。

直掩機のパイロットは、特攻隊のパイロットに対して複雑な心境があった。自分達は最後の最後、特攻機を残して帰って来る。それが、どうにもやりきれなかった。

「それにしても、嫌な時間だな。こんなあぶない時間に出撃させるなんて、乱暴だな」作見隊長は青空を見上げた。白昼はレイテ湾に飛ぶことはもちろん、空襲の危険も多かった。

三度目の出撃の宴で乾杯を終え、佐々木は操縦席に着いた。エンジンを回し点検しようとした時、天蓋が激しく叩かれた。整備員が上空を指さし、大声で叫んでいた。見上げれば、黒い編隊の機影がまっすぐに飛行場に向かっていた。佐々木はスイッチを切り、機体の外に飛び出して走り始めた。

奥原伍長も走っていた。二人は必死になって走りながら、目は上空の機影から離せなかった。

上空一〇〇〇メートルから、アメリカ艦載機は爆弾を落とした。佐々木達は、滑走路脇に立つ兵舎の前の溝に飛び込んだ。

その瞬間、猛烈な爆発が起こった。熱気と振動と爆風が佐々木の体を襲い、振り回し、叩きつけた。その上に、土砂が水のように流れ落ちた。

アメリカ艦載機が爆弾を落とし終わると、グラマン戦闘機が急襲して砲撃を加えた。

佐々木と奥原伍長の九九双軽は火を吹き上げた。直掩機も燃え上がった。

佐々木は必死で起き上がり、滑走路から宿舎の方向に走った。

やがて、空襲が終わり、人から言われて、顔から血が流れているのに気付いた。汗だと思っていたら、べっとりと顔に血がついていたのだ。

佐々木は急に腹が立ってきた。こんな真っ昼間に飛行機を並べて出そうとしたら、やられるのは当然だ。危険な時間帯に、ノンキに出撃の儀式の乾杯までするとは。参謀どもはバカではないのか。

宿舎に戻ると奥原伍長はいなかった。しばらく待っても、帰って来ない。滑走路を探しに歩くと、飛行服の袖と白い手が土の中から突き出しているのが見えた。

慌てて掘り起こすと、すでに奥原伍長は死んでいた。爆弾の破片が胸を大きくえぐっていた。

佐々木が倒れ込んだ場所から三メートルほどの所だった。その短い距離が、二人の生死を分けた。

佐々木は激しい衝撃を受けた。いたたまれない悲しみと淋《さみ》しさだった。

同じ日、当別村の小学校では、レイテ湾攻撃のニュース映画の映写会が開かれていた。吹雪だったが、郷土の軍神、佐々木友次の姿が見られるというので、遠方からも多くの人が集まった。

藤吉とイマは軍神の家族として特別の席を設けられていた。

途中で映写が中断され、友次が生きているというニュースが入ったと拡声器が放送した。

場内に拍手と歓声が沸き起こった。

「佐々木伍長は残念にも獲物を見失い、ホモホン島西南方で輸送船一隻を見つけ、低空爆撃を加えて爆破すると共に、同夜遅く、基地に生還した」

拡声器の声は続けた。「伍長は今、淡々として、最高の死場所の来るのを待っている」激しい拍手が起こり、人々は熱狂した。

取材のために来ていた新聞記者がすぐに藤吉に感想を聞いた。「あいつが戦艦をやっつけなかったのは残念でした。次の機会には必ず、立派に責任を果たしてくれるだろうと思います」

母親のイマは、何を聞かれても喋れず、ただ、涙を拭いてばかりいた。


十一月二十八日。空襲から三日後。頭に包帯を巻いた佐々木に四度目の出撃命令が出た。

朝、命令を受けたが、出発はその日の午前十時だった。三回目と同じく、白昼に近い時間だった。

佐々木ただ一機での出撃命令だった。

万朶隊の生き残りで、操縦できるのは佐々木のみだったが、特攻隊は他にも陸続と続いていた。他の特攻隊と一緒に編成しなおすという方法もあった。だが、佐々木はただ一機での出撃を命令された。

カローカン飛行場では、佐々木に同情が集まっていた。佐々木を殺すために、無理に出撃させていると思う人が多かったのだ。

佐々木が本部で天気図を見ると、レイテ湾は雲が多かった。出撃には悪い条件だった。

「レイテ島は今や北東貿易風吹きつのり、本格的雨季に入るらし」と気象情報が添えられていた。本格的雨季は、作戦をますます困難にすることは明白だった。

滑走路脇の指揮所に佐々木が行くと、猿渡参謀長が待っていた。

「今日の直掩隊は必ず、敵艦船の上空まで誘導する。そして、佐々木の突入は必ず確認することになっている。晴れの舞台だ。万朶隊の名に恥じないよう、立派に体当たりをするんだ」

猿渡参謀長はしわがれ声で威圧的に言った。

第四航空軍から特別に来ていた佐藤作戦参謀が話を続けた。

「佐々木伍長に期待するのは、敵艦撃沈の大戦果を、爆撃でなく、体当たり攻撃によってあげることである。佐々木伍長は、ただ敵艦を撃沈すればよいと考えているが、それは考え違いである。爆撃で敵艦を沈めることは困難だから、体当たりをするのだ。体当たりならば、確実に撃沈できる。この点、佐々木伍長にも、多少誤解があったようだ。今度の攻撃には、必ず体当たりで確実に戦果を上げてもらいたい」

天皇に上聞した以上、佐々木は生きていては困る。後からでも、佐々木が特攻で死ねば、結果として嘘をついたことにならない。そのまま、佐々木は二階級特進することになる。上層部の意図ははっきりしていた。

佐々木は答えた。

「私は必中攻撃でも死ななくてもいいと思います。その代わり、死ぬまで何度でも行って、爆弾を命中させます」

伍長が大佐や中佐に向かって、こう言うのは軍隊ではあり得なかった。軍法会議の処分が当然のことだった。

さらに、軍隊用語では一人称を「自分」と言わなければいけなかった。佐々木は、それを「私」と言った。それは、佐々木の始まりが軍隊ではなく逓信省航空局の航空機乗員養成所出身だったからだ。腹を据《す》えて反抗しようという時、佐々木は軍隊ではなく、養成所出身ということを意識したのだ。

猿渡参謀長は厳しい顔で答えた。

「佐々木の考えは分かるが、軍の責任ということがある。今度は必ず死んでもらう。いいな。大きなやつを沈めてくれ。戦闘隊とは、よく打ち合わせて行け」

佐々木は納得しなかった。「佐々木伍長、出発します」それだけ言って、その場を離れた。

六機の直掩隊と共に、佐々木はただ一機の特攻隊として出発した。

天気図では雲量が多かったが、レイテ島に接近すると快晴だった。四方の空には積乱雲が壁のように続いていた。

レイテ湾が前方に見えてきた。先頭を飛んでいた直掩隊の隊長機が翼を左右に振ると、急に旋回してやって来た方角に向いた。

佐々木は敵かと警戒して四方の空を見回した。アメリカ軍機は見えなかった。隊長機が方向を変えたので、僚機もそれぞれに旋回した。佐々木も続いた。理由は分からなかった。しかし、隊長機が引き返すのだから、佐々木が単独でレイテ湾に突進することはなかった。

カローカン飛行場に戻った後、佐々木は直掩隊の下士官達に聞いた。けれど、彼らも何故引き返したのか分からないと答えた。

やがて、直掩隊の隊長が佐々木に同情し、わざわざ殺すことはないと、適当な場所まで飛んで引き返したのだと分かった。猿渡参謀長へは、レイテ湾上空は気象情報通り雲量が多く、敵艦船を発見できなかったと報告していた。

佐々木の四回目の出撃は、こうして終わった。

23

十二月四日、佐々木に五回目の出撃命令が出た。四回目の出撃から六日後だった。

十一月二十九日には、マリアナ基地を出発したB29が初めて、東京を夜間爆撃した。神田や日本橋などが、焼夷弾《しょういだん》で燃え上がった。

フィリピンでは続々と特攻隊が出撃していた。十月二十五日、海軍の最初の特攻隊、敷島隊が護衛空母に体当たりして以来、この日までに、海軍、陸軍あわせて、大和隊、菊水隊、朝日隊、山桜隊、彗星隊、若桜隊、忠勇隊、義烈隊、誠忠隊、純忠隊、神武隊、至誠隊、葉桜隊、天兵隊、神兵隊、鹿島隊、富嶽隊、朱雀隊、神崎隊、桜花隊、梅花隊、白虎隊、時宗隊、聖武隊、正行隊、山本隊、百戦隊、靖国隊、高徳隊、吉野隊、笠置隊、香取隊、疾風隊、強風隊、右近隊、春日隊、八紘隊、等々が出撃していた。

アメリカ軍は、特攻隊対策として、空母に載せる急降下爆撃機の数を半減させ、艦上戦闘機の数を二倍にした。そして、戦力再編を行い、空母の前方六〇カイリ（約一一〇キロメートル）に、レーダー警戒駆逐艦を配備した。

これによって、近づく特攻隊をいち早くレーダーで発見し、何百機という艦上戦闘機で迎え撃つ態勢が整った。通常、それは、三波態勢が取られていた。一波が約百機。それが、時間差で三回、特攻機を迎え撃つ。

その攻撃を、重い爆弾を抱え、迎え撃つ銃器もないまま、かいくぐった特攻機だけが、アメリカ艦船に近づけたのだ。

佐々木の五回目の壮行式のテーブルにはもう、酒さかなの用意はなかった。猿渡参謀長は現れず、代わりに若い参謀が来て、一房のバナナを差し出した。

「これは富永司令官閣下から、特に佐々木伍長に賜《たまわ》ったものである。閣下は、佐々木伍長の勇戦に感銘し、大いに期待しておられた。このバナナをありがたくいただき、今日こそ、体当たりによって大きな戦果をあげてもらいたい」

午後三時、佐々木は万朶隊としてたった一機で飛び立った。直掩は隼二機だった。

天気図は、ルソン島からレイテ島にかけて快晴を示していた。

高度四〇〇〇メートルを飛びながら、佐々木はバナナを食べた。爆弾を命中させることに不安はなかった。ただ、アメリカ軍の戦闘機が現れた時、逃げきれるかは不安だった。

出発して三時間、燃えるような夕焼け空は、下の方から暗く陰り始めていた。前方に、夕日を受けて、金属のように光るレイテ湾の海面が見えてきた。高度を五〇〇〇メートルに上げると、右斜め下の海上に百を超える無数の艦船が確認できた。

その時、佐々木は、小さな点が近づいて来るのに気付いた。アメリカ戦闘機の編隊だった。

前を飛ぶ直掩隊の隊長はまだ発見していないようだった。佐々木はすぐに直掩二機との編隊飛行を離脱し、低空に降りた。逃げきるために、身軽になろうとして八〇〇キロ爆弾を海上に投下した。

カローカンに引き返そうと思ったが、猿渡参謀長の怖い顔が浮かんだ。佐々木はレイテ島の上空をまっすぐ西に飛んで、ネグロス島に向かい、バコロド飛行場に着陸した。

佐々木はそこで自分の生還が話題になっていることを知った。バコロドの兵隊達は、空中戦の激しさやレイテ島に飛ぶ危険をよく知っているので、佐々木を悪くは言わなかった。英雄とはいわないまでも佐々木は人気者だった。

バコロドの宿舎で休んでいると、電話がかかってきた。「佐々木が不時着したのなら、すぐにマニラに帰せ」第四航空軍の作戦参謀からだった。

すでに、夜になっていた。佐々木は、明日の朝帰りますと伝えてほしいと答えた。気持ちが進まないのもあったが、なによりも疲労していた。

約六時間、飛び続けた。その間、編隊飛行を続けながら、常に集中し、周りを警戒し続ける。集中し疲れて、一瞬でも寝てしまったら、それは死を意味する。四人乗りの九九双軽を一人で操縦するというのは、そういうことだ。

身体的にも狭い機内では、じっとしたまま同じ姿勢を続けなければいけない。当然だが、機内にはトイレはない。もし、尿意をもよおせば、そのままする。それは当り前のことだった。

空を飛ぶことは佐々木は大好きだったが、長時間の飛行は、精神的にも肉体的にも過酷なものだった。

夜、迎えの自動車が来て、シライという近くの場所に連れていかれた。かつて富永司令官が、マニラを離れて指揮した場所だった。

そこでは、特攻隊である石腸《せきちょう》隊と一宇《いちう》隊の壮行会が開かれていた。両隊とも、隊員同士がにぎやかに語り合っていた。その光景を見ながら、佐々木は、自分には話す仲間がいない、自分は一人だということを痛感した。

十二月五日、早朝、佐々木はマニラに向けて飛び立った。昨夜からマニラ周辺は空襲が続き、今なお、警戒警報が発令されているという情報を得て、佐々木は用心しながら飛行した。

マニラ湾近くのルバング島に一度降り、情報を得ようとしていると、マニラ空襲の知らせが入った。昼食を取り、空襲が止むのを待って、カローカン飛行場に戻った。

飛行機を降りると、万朶隊の村崎少尉が駆け付けて来た。佐々木が報告をしようとすると、あわただしくさえぎり、

「報告はいい。すぐに出発せよ、と参謀殿が言っておられる。あの軍偵（九九式襲撃機）について行け。あれは特攻隊の鉄心隊だ」と興奮した表情を見せた。

「ネグロスから帰ったばかりですし、体の調子も悪くて、空中勤務に耐えられそうにありませんから、休ませて下さい」今日佐々木はすでに、五時間ほど飛んでいた。

村崎少尉は苦渋の表情で、とても難しいと答えた。猿渡参謀長が大変な剣幕だと言うのだ。

九九式襲撃機は、内地から来たばかりで、二五〇キロ爆弾を針金で胴体にくくりつけていた。佐々木の乗る九九双軽に比べて、航続距離は短く、速度も遅いので、あれではレイテまで行けない、行けば簡単にアメリカ軍に食われてしまうと佐々木は主張したが、聞き入れられなかった。

村崎少尉に言ってもムダなので、佐々木は直接、猿渡参謀長に会おうと決めた。

第四飛行師団の本部に恐れずに入って行くと、髭面の猿渡参謀長は陰険な目つきで睨み付け

た。佐々木が報告を終えた後、疲労が激しいことを理由に休養を頼むと、猿渡参謀長は大声を上げた。

「いかん！　絶対に許さんぞ！　すぐに、鉄心隊について出発しろ。目標はレイテ湾の艦船だ。船はどれでもいい。見つけ次第、突っ込め。今度帰ったら、承知せんぞ！」

佐々木は黙ったまま、猿渡参謀長の言葉を聞いていた。「船はどれでもいい。見つけ次第、突っ込め」という言い方は、とにかく死ねと言っているのと同じだと佐々木は思った。腹立たしかったが、もちろん、軍隊で反論は許されなかった。

佐々木が飛行場に戻ると、九九双軽はすでに燃料を補給され、五〇〇キロ爆弾が装着されていた。今までの八〇〇キロ爆弾は、もう飛行場にはなくなっていたのだ。

午後三時過ぎ、鉄心隊の三機が離陸し、佐々木が続いた。六回目の出撃だった。直掩の隼九機が特攻隊を先導した。

マニラから東海岸に出ると、攻撃隊は高度四、五〇メートルの低空を飛んだ。アメリカ軍のレーダーにつかまるのを避けるためだった。

日没の迫ったレイテ湾が近づいて来ると、直掩戦闘機隊は高度を上げ、佐々木達も続いた。

レイテ湾の上空に来ると、機体の両側に無数の船が見えた。左側に、中でも一番大きく見える船があった。鉄心隊の松井隊長機がまっすぐにその方向に飛んだ。佐々木も後を追い、攻撃を決意した。

が、すぐに、機体は大型船と行き違いになった。佐々木は機体を傾けて左旋回し、大型船が右側に見えてきた時に攻撃態勢に突入した。

高度一〇〇〇メートル。大型船と平行の位置を取った時、突然、佐々木の後方で爆発が起こった。機体に損傷はなかったが、黒い砲弾の煙の固まりが後方に流れ去った。アメリカ艦船が高射砲を撃ってきたのだ。

佐々木があたりを警戒すると、機体の後方に黒煙が炸裂した。続いて、機体の左右に黒い固まりが上がって流れた。

あっと言う間に、高射砲の弾幕で、夕焼け空が曇ってきた。至近距離で起こった炸裂が、機体を強く揺すった。佐々木は背筋が寒くなった。

佐々木は左手に操縦桿を持ち、右手で爆弾投下の鋼索を握った。

高射砲に気を取られて、機体の頭を押さえるのを忘れて、五〇〇メートルほど上昇していた。目標船は、機体の軸線に入っていたが、ジグザグの回避行動を続けていた。

佐々木は機体を傾け、そのまま斜めに急降下させた。高度一五〇〇メートル、角度六〇度、時速四五〇キロ。

操縦桿を倒し続けると、時速が五〇〇キロに上がっていく。全身がゆがむような重圧を感じる。目標船が急速に大きくなり、今にもぶつかりそうになる。二〇〇メートルから三〇〇メートルに近づいた時、佐々木は必死に鋼索を引いて投弾した。その瞬間、目の前を黒い大きなマストが通りすぎた。

佐々木は目標船の舷側を海面すれすれに抜けると、機体を蛇行させた。海面から一〇メートルの高度だった。

佐々木が振り向くと、大型船が傾いているのがはっきりと分かった。

そのまま、佐々木はミンダナオ島のカガヤン飛行場を目指した。一回目の特攻出撃の時にも着陸した飛行場だ。

カガヤン飛行場に着いて、飛行場大隊長に「レイテ湾で大型船を撃沈しました」と報告した。電報班に頼んで、カローカンの村崎少尉に報告すると、早急に戻って来いという電報が返ってきた。

一回目にカガヤン飛行場に着陸した時、人々は幼い顔をした佐々木が特攻隊員であることに驚き、話を聞こうと取り囲んだ。カガヤン飛行場には、常備の飛行機はなく、特攻隊に接するのは初めてだった。

カガヤンの人達は、死のツノが突き出て、銃座がなくなった九九双軽にも、操縦席に置かれた白木の箱にも衝撃を受けた。

そして、佐々木の言葉も重く受け止めた。一回の体当たりで死ぬことはいかにもバカげていると思っている。何回でも出撃して、帰還できなくなった時には体当たりするつもりだ。佐々木はそう話していた。

二度目に見る佐々木は疲れた顔をしていた。人々は佐々木を歓迎し、大隊の幹部は会食に招き、佐々木のために宿舎の当番兵は特別にドラム缶の風呂を用意した。

喜んで入浴していると、自分の耳が聞こえなくなっていることに佐々木は気付いた。「連日の飛行の疲労のためだろうか」と不安になった。

二日間、佐々木はカガヤン飛行場の宿舎で休んだ。兵隊達は、佐々木をゆっくり休ませるためか、二日間かけて、丁寧に九九双軽を整備した。

24

屋上に腰を下ろし、壁にもたれかかって、ずっと、『陸軍特別攻撃隊』を読み続けている。曇り空で、暖かくも寒くもない。

駅前のスーパーの最上階の駐車場。七階だから、たぶん、死ねると思う。

心当たりのビルの中で、誰にも止められないで、簡単に上がれる屋上を探していたら、駐車場スペースが屋上にあるスーパーにたどり着いた。

エレベーターで上がった屋上はガランとしていた。なんの仕切りもなく、ただ、黒い線で一台ずつの間隔が仕切られ、緑の線で駐車スペースと通行スペースが区別されていた。

百台以上、駐車できる広さの片隅に、黒いバンが一台だけ停まっていた。開店してすぐの時間は、こんなものなんだろうか。

屋上には、ロフトのような、二メートルほど高くなった高台のスペースがあった。そこに上るスロープの両側も、駐車スペースになっていた。

高台にも、十台ぐらい駐車できるスペースがあった。その真下に屋上に出るエレベーターが設置されていた。

エレベーターを出て、屋上の端をぐるりと歩き、スロープを数メートル上り、高台の隅、コンクリートの床に腰を下ろした。

高台の隅は、一・五メートルほどの壁に囲われて屋上全体から死角になっていた。高台まで上がって来ない限り、見つからない場所だった。

ただ、スーパーの隣に立つマンションからは見下ろされた。クリーム色の外壁のマンションのベランダが、ひとつの階に三つならんでいた。それが、三階分だから、八階から十階まで。半分ぐらいのベランダには、洗濯物が干されていた。

見つかったら面倒だという気持ちと、どうでもいいという気持ちが混じりながら、ずっと『陸軍特別攻撃隊』を読んだ。

高台の壁は低かったので、いつでも飛べると思っている。

ただ、友次さんの結果を知りたかった。友次さんはどうして生き延びたのか。それを知ってから死のうと思った。

屋上はいつでも死ねる場所だった。死がとても身近にある。端に立ち、ほんの少し体をせり出すだけで終わる。そう思うだけで、妙に安心した。ざわつく心の奥が、少し静かになった。

一度、ぼくは札幌で失敗している。今度は絶対に失敗しない。

25

一九四四年（昭和十九年）十二月八日は、三度目の開戦記念日だった。ようやく耳が回復した佐々木は、カガヤン飛行場にあった短波ラジオで、開戦記念の大本営発表を聞いた。

それは、十二月五日、万朶隊の一機が特攻攻撃により、戦艦か大型巡洋艦一隻を大破炎上させたという放送だった。

万朶隊として、佐々木と石渡軍曹の名前が挙げられた。

佐々木は烈《はげ》しく混乱した。佐々木にとって、二度目の戦死発表だった。今回はカガヤンにいることはちゃんと無線で連絡し、返電も来ている。

さらに、発表の内容も理解できなかった。「万朶隊の一機」が大破炎上させたと発表しながら、十一月十五日、二回目の出撃で一番機として飛び立ち、行方不明になった石渡軍曹の名前が加えられていた。

放送を一緒に聞いた整備担当の少尉は、「十二月五日の攻撃を、今日発表したのは開戦記念日の景気づけだよ。そのために、佐々木伍長をもう一度殺したのさ。その方が気勢が上がるからな」と、うがって言った。

佐々木は、「あの時、爆弾は確かに当たっていた。あれは、間違いなく撃沈している。それを大破炎上ぐらいに言うとは、なんということだ。だいいち、どうして石渡軍曹と一緒に発表するんだろう」と憤慨した。

そして、「二度も戦死を発表されたということは、猿渡参謀長達は、今度こそ自分を戦死させようとして、ますます厳しく出撃させるようになるだろう」と考えた。そして、そう思えば思うほど「俺は決して死なないぞ」と心の中で歯を食いしばった。

十二月九日の朝日新聞は「三度目の出撃奏功。佐々木伍長戦艦に体当たり」という見出しを一面に掲げた。

記事は、「万朶隊佐々木友次伍長が石渡俊行軍曹とともに単機憤怒の殴り込みだ」と書いた。一機に二人搭乗していたという設定のようだった。

そして、「(中略) 待ちに待った今日の攻撃だ。翼も怒りにふるえるかに見えた。殺気がひしひしと機を包んでいた。髪の毛は一本一本怒りのために硬直していただろう。直掩機にちらりと目を配ったのが最後だった。そのまま吸われるように敵戦艦(または大巡)に飛行機雲の尾を引いて突入して行った。猛炎と轟音の中に佐々木伍長の若い肉体がパッと万朶の桜と咲いた。瞬間上空にあって同機の敢闘状況を確認していた直掩機は伍長の烈しい攻撃精神をはっきりと心に受け止めていた」

新聞が事実を報道することが仕事なら、これは報道ではなく作文である。それも、事実のふりをした作文は、悪質な嘘だ。大本営の虚偽の発表を受けて、それを検証するのではなく、さらに新聞は嘘を拡大させた。

戦後、大本営発表の嘘を軍部の責任のように、マスコミは言い続けたが、大本営の嘘をチェックできなかったマスコミ(新聞)にも同じだけの責任がある。大本営の発表した撃沈空母数を冷静に数えれば、アメリカ軍の保有数をはるかに超えていることぐらい自明のことだった。だが、新聞はそれを指摘しなかった。

そして、佐々木の故郷、当別村は大本営発表と新聞記事によって、再び、大騒ぎになった。二度目の大がかりな葬式が行われたのだ。

九日午後四時、佐々木はカローカンに戻るためにカガヤン飛行場を離陸した。兵隊が大勢出て、激励しながら見送った。誰もが、佐々木の童顔を見るのは、これが最後だろうと思った。

佐々木は直進を避け、ネグロス島の南部を迂回しながら飛んでいくうちに雨が烈しくなってきた。マニラのあるルソン島の手前、ミンドロ島に近づくと悪天候のために航路の測定が難しくなった。

雨雲を抜けようと高度を上げ下げしているうちに、目の下に見えたのがルバング島だと気付いた。すぐに機首を東北に変更した。すでに日没になっていた。

雨はますます烈しく、なにも見えなかった。計器だけが手がかりの計器飛行を続けているうちに、たくさんの赤い電灯が頭の上で点滅した。カビテ軍港の無線塔の標識のはずだが、どうして、頭の上なのか、自分は背面飛行をしているのかと混乱したまま、高度計を見ると、針はゼロを示していた。

その瞬間、佐々木はゾッとした。自分がかつて経験したことのない危険な状況に陥っていることを感じた。

すぐに風防ガラスの外に目を凝《こ》らすと、黒い波が翼にぶつかりそうになっていた。機体は海面すれすれを飛んでいたのだ。佐々木は慎重に操縦桿を握り、高度を上げた。高度三〇〇メートルになった時、カビテ軍港が急傾斜して見えた。急いで機体の姿勢を修正して、さらに高度を上げるとマニラの街の光がかすんで見えてきた。

ホッとして燃料計を見ると、赤い警報灯が四つ光っていた。それは、燃料がほとんどなく、あと十五分か二十分しか飛べないことを示していた。

カローカン飛行場はマニラの北にあった。すぐに場所が分かれば、なんとかなる。だが、マニラ市街以外は一面の暗闇だった。雨の中、佐々木は旋回を続けながら、着陸の合図である飛行機の前照灯を点滅させた。だが、飛行場の応答らしい灯は返って来なかった。

不時着しかないと佐々木は思った。佐々木の頭の中には、マニラからカローカンにかけての地形図があった。それを暗黒の底に投射して、国道を見つけ出した。

闇の中から電灯の光が近づいてきた。速度は二〇〇キロから二二〇キロに抑えた。機体の脚は引っ込めたままにしている。

電灯の光が一瞬のうちに後ろに流れ去り、前照灯の光の輪の中に、地面がぐっと浮き上がった。着陸の姿勢を取ると、すぐに大きな衝撃が起こり、機体は烈しい音を立てて地面を跳ね上がり、ぶつかり、胴体が地面の上を滑った。烈しい衝撃に佐々木は意識を失った。九九双軽は止まった。

佐々木が意識を取り戻した時、辺りは闇の中で静まり返っていた。どれぐらい意識を失っていたか分からない。

今にもフィリピン人ゲリラが襲ってくるような恐怖に襲われた。日本兵が彼らに捕まると、なぶり殺しにされると言われていた。

佐々木は操縦席から飛び出し、機体の陰で様子をうかがった。体にはかすり傷もなかった。雨はやんでいて、遠くに電灯の光が見えた。辺りはまばらに耕した田畑のようだった。佐々木は灯に向かって走り出した。途中で、溝に落ちてずぶ濡れになったが、そのまま走った。

やがて、家の床下にもぐり込んだ。ゲリラの村かもしれなかった。近くで犬が吠えた。向かいの家の窓が開いて、フィリピン人が上半身をのぞかせた。その窓の光が、佐々木の体を照らし出した。男と佐々木は目があった。体の大きな、荒っぽい感じのフィリピン人だった。佐々木は恐怖に身構えた。自分は素手で、何の武器もない。

男は大声を出して佐々木を手招きした後、広場に案内した。

そこには、日本語が分かる若い男がいた。電灯のついた家に案内されると『ボカウェ村役場』という日本語の看板がかかっていた。けれど、常駐の日本人も日本軍もいなかった。同時に、幸運なことに、佐々木を狙うゲリラもいなかった。その夜、佐々木はフィリピン人村長の家に泊めてもらった。マニラから北に十五、六キロの所にある村だった。

翌日、佐々木はボカウェ村から三キロほど離れた所にいた日本軍の小部隊まで馬車で送ってもらい、さらに、日本軍に自動車でカローカン飛行場に運ばれた。

飛行場大隊長は佐々木の顔を見て驚いた表情になった。カガヤン飛行場を出発したという連絡があったが帰って来ないから、今度こそ佐々木もやられたとみんなで話していたのだ。

佐々木が不時着機の収容を頼むと、すぐに村崎少尉が整備員を集めた。佐々木も現場に向かうトラックに同乗した。

不時着現場は田んぼの中だった。機体は頭部を土に突っ込み、尾翼を逆立てていた。両翼は、鳥の死骸のように、左右に落ち崩れていた。操縦席の前蓋がぐしゃぐしゃに潰れているのを見た時、佐々木は自分が無傷で助かったことが心底不思議で、そしてゾッとした。

夜間飛行で、飛行場以外の場所に不時着した場合は、パイロットのほとんどは死ぬか重傷を負うことが多かった。それが、軽い打撲だけで助かったのだ。

機体が接地して停止するまでの滑走距離は、三〇〇メートルほどだった。田んぼに稲がなく、地盤が固かったから、なんとか機体は止まったのだ。雨と暗闇の中、無傷の胴体着陸は奇跡としか言いようがなかった。

村崎少尉も地面が見えないまま胴体着陸したことに心底驚いていた。「この状態じゃあ、燃料が残っていたら、いっぺんに火葬になるところだったな」村崎少尉は冗談めかして言ったが、佐々木の技量と勇気に感心しているようだった。

佐々木がカローカンに戻ると、司令部から出頭の命令が来ていた。すぐに出向くと、猿渡参謀長が頭から怒鳴りつけた。

「この臆病者！　よく、のめのめと帰ってきたな。貴様は出発の時になんと言われたか覚えているか！」

佐々木は黙って参謀長の顔を見返した。

参謀長はさらに激昂した。

「レイテ湾には、敵戦艦はたくさんいたんだ。弾を落としたら、すぐに体当たりをしろ。出発前にそう言ったはずだ。貴様は名誉ある特攻隊だ。弾を落として帰るだけなら、特攻隊でなくてもいいんだ。貴様は特攻隊なのに、ふらふら帰ってくる。貴様は、なぜ死なんのだ！」

猿渡参謀長は、佐々木が大型船を撃沈したという戦果にはまったく触れなかった。

「その上、貴様はカガヤンまで逃げて、二日も三日も隠れておった。ようやく帰ってきたかと思えば、飛行機を壊してしまう。貴様、飛行機を壊せば、特攻に出ないですむと思ってやったのだろう。貴様のような卑怯未練な奴は、特攻隊の恥さらしだ！」

他の参謀達も、佐々木を見つめた。

佐々木は涙が出るほど悔しかった。だが、怒りを抑え、ゆっくりと、カガヤンでは体の調子が悪くて寝ていたと説明した。

佐々木の言葉が終わる前に、猿渡参謀長は吐き捨てるように叫んだ。

「弁解などするな！　それより、明日にでも出撃したら、絶対に帰ってくるな。必ず死んでこい！」

佐々木は少しの反論も許されなかった。


司令部を出た後、佐々木は直掩隊の操縦士に会った。佐々木が体当たりをしたと報告した操縦士だった。彼は佐々木の顔を見て絶句した。生きているとは思わなかったのだ。

事情を聞けば、操縦士は、佐々木が爆弾を落とした所までは見ていたが、その後、大型船が爆発したのか、沈んだのかを見る前に引き返していた。

彼は、自分も気がついたらたった一機になっていたので、急いでその場を離れたと正直に言った。

佐々木は、操縦士の事情も理解したが、自分が命懸けでやったことを正確に見てもらえなかったことが腹立たしかった。


宿舎に戻ると、鉾田飛行場時代に知りあった津田少尉に会った。津田少尉は九九双軽を空輸しろという命令を鉾田で受けてフィリピンに来たら、いきなり特攻隊にされたと憤慨していた。

佐々木は、自分も似たようなものですと答えた。

津田少尉は「佐々木は戦艦を沈めたそうだが、本当か」と尋ね、佐々木は「戦艦ではないが、自分は二隻は沈めたと見ています」と返した。

津田少尉は感心し、けれど、特攻隊がどうして帰ってこられるんだと、不思議そうに尋ねた。

佐々木は「体当たりをしなければいいんです」とあっけらかんと答えた。津田少尉は驚いた顔で佐々木を見た。

「万朶隊は五人の将校さんが、攻撃に出る前に戦死したんです。佐々木は将校五名分の船を沈めるまでは、死なないつもりです。最後の六番目は自分のものですから、このときは、どうするか、まだ分かりません」佐々木の表情は真剣だった。

「体当たりをしないで、戦艦を沈めるにこしたことはない。しかし、特攻隊が体当たりしないで生きていたら、うるさいだろう」津田少尉は正直に聞いた。

「いろいろ言われますが、船を沈めりゃ文句ないでしょう」佐々木は人懐《ひとなつ》っこい目を細くして、笑いを浮かべた。

佐々木は、この頃には、同じようなことを上級下級の区別なく、また新聞記者にも率直に、公然と語り始めていた。

誰がなんと言おうと、どんなに参謀たちに怒鳴られようと、体当たりでは死なないということをはっきりと宣言しているかのようだった。

佐々木は、死ぬか死なないかは、命令ではなくて、自分の意志にあると決意していたのだ。

26

十二月十四日、七回目の出撃命令が佐々木に出た。胴体着陸をしてから五日後だった。

百式重爆撃機九機が菊水隊という名前で特攻に出撃することになり、それに万朶隊として一機だけで参加せよという命令だった。

直掩機が三機と聞いて、佐々木は驚いた声を出した。百式重爆は通称「呑竜《どんりゅう》」と呼ばれ、まさに爆撃専門の飛行機である。最高速度は五〇〇キロに足りない。

迎え撃つアメリカの艦載機、例えばＦ６Ｆヘルキャットは最高速度は六〇〇キロを、Ｐ51マスタングは七〇〇キロを超える。

動きの遅い大型の重爆撃機が掩護も少なく敵空母に近づけば、結果は火を見るより明らかだ。ちなみに、直掩の一式戦闘機隼の最高速度は五五〇キロ前後である。そもそも、不利な戦いなのだ。

「どうして呑竜なんか出すんでしょうかね」佐々木は理解できない顔を村崎少尉に向けた。特攻にはまったく不向きな飛行機だった。

呑竜が所属する第五飛行団の小川《おがわ》団長は、特攻に反対だった。呑竜は、特攻ではなく呑竜本来の使い方で、つまりは爆撃で活躍させたいと願っていた。だが、第四航空軍の富永司令官は、「全力をもって特別攻撃隊を編成すべし」と命令した。

富永司令官は、航空についてよく分かっていなかった上に、戦局の劣勢に混乱し、冷静な判断ができなくなっていたのだ。

小川団長は、何度も抵抗したが特攻隊としての出撃を拒否できなかった。

菊水隊の隊員に対して、小川団長は、攻撃には万朶隊の佐々木伍長が一緒に行くと告げ、佐々木のやり方が正しいと思うと話した。

「特攻をやる覚悟で行って、船を沈めて帰ってきたら、立派なものだ。もしまた、状況が悪ければ引き返して、何度でもやりなおすのがいい。佐々木のやっていることは、これこそ特攻隊の最良の模範であると信じている」

午前七時、佐々木はいつもの手慣れた操作で滑走を始めた。と、急に機体が動揺し、尾部が左右に振れ動いた。尾輪が固定していないと気付いて、佐々木はフットバーを踏んで、方向舵を動かそうとしたが、機体はあっという間に滑走路を外れて、野地に飛び出してしまった。

整備の見落としだったが、佐々木としては初めての失敗だった。

整備員達が駆け付けて来た時、重い爆音が響いて、呑竜の九機編隊が上空に現れ、大きく旋回し始めた。佐々木と空中集合するためだった。佐々木は見上げて手を振ったが、どうにもならなかった。

しばらくして、呑竜は南に向かって飛び去った。その後、菊水隊は「敵戦闘機と交戦中」の無線を打った後、連絡がつかなくなった。「目標発見」の無線ではなかった。それは、目標の戦艦までたどり着く前に撃ち落とされたことを意味していた。

呑竜を失った小川団長は、自らの『所感録』に、はたしてこれでよかったのかと書きつけた。「壮烈」「名誉」「旺盛《おうせい》なる責任観念」「任務に邁進」などという精神主義を満足させただけではないのか。指揮官や参謀達にとって、それは、壮烈な快感と言えるだろうが、少しも科学的ではなく、組織として努力していない、なんのための戦いなのだ、司令官達は恥じるべきであると痛烈に批判した。

また、ミンドロ島に連合軍が飛行場を作るのを予測して、「菊水隊ノ九機ヲ健在ナラシメバ、敵ノ飛行場設定ヲ三、四日オクラシメ得ルノハ確実ニシテ、使用ヲ誤リタリ。四航軍ノ特攻ノ使イ方ハ、子供ガカナダライノ水ヲタタキテ顔ヲビチャビチャニヌラシ快哉ヲ叫ブノタグイニ思エテナラナイ」とまで書いた。

翌十五日夜、八回目の出撃命令を佐々木は受けた。旭光隊と共に出撃せよというものだった。十六日早朝、佐々木は一機で西回りでミンドロ島に向かいサンホセを目指すように言われた。旭光隊の二機は東回りでサンホセを目指すという。

ただ一機で出発する佐々木には、直掩機は一機もつかなかった。これでは掩護するどころか、戦果の確認も不可能だった。

佐々木は司令部の扱いに憤った。「神鷲」と神様扱いまでした特攻隊を、今では、その最後を見届けることとさえしない。

猿渡参謀長は姿を見せなかった。整備の村崎少尉が肩を叩いた。

「佐々木、今日は尾輪をしっかりさせておいたぞ。安心して行け」

一時間ほど飛んで、ミンドロ島の上空に近づいてきた。すでに明るくなった大空を、たった一機で飛んでいると強烈な孤独感に襲われた。

島の山ひだにそって飛び続けると、島の南岸が見えてきた。山裾《やますそ》が海岸に沿って傾斜している中に、一部分、土砂崩れが起こったかのような場所があった。

その周辺の海に小さな点が集まっていた。アメリカ軍の上陸地点だった。無数の点は、上陸用の輸送船団と艦船だった。

日本機が接近したことに、まだ気付いていなかった。もうすぐ、上陸地点の陸上と海上から、圧倒的な砲火が上がり、大空は花火を連発したような火煙に包まれるだろう。

そこに突っ込んでいくのは恐ろしいけれど、それより、佐々木にはなにか、虚《むな》しく馬鹿げているように感じられた。強烈な孤独が佐々木の全身を包んでいた。命懸けで突進する姿を、味方は誰も見ていない。自分の最後を誰も確認しない。二百隻近い敵船団に対して、たった一機で突っ込むことに、どんな意味があるのか。

佐々木は、戦闘機に発見される前に戻ろうと決意して、機首を旋回させた。

それから三日後の十二月十八日、九回目の出撃命令が佐々木に出た。富永司令官は滑走路の横で、出発していく特攻隊に対して、日本刀を抜き、振り回しながら、「進め！　進め！　進め！」と叫んでいた。

九九双軽が一機、直進せずにふらふらと蛇行し、富永司令官とその後ろの見送りの列に突っ込んできた。大混乱になり、富永司令官は必死になって走って逃げた。

十数分後、操縦していた若い軍曹は、富永司令官に烈しく叱責《しっせき》された。「特攻隊のくせに、お前は命が惜しいのか」

叱られている隊員は、土色になった顔で頬の筋肉をピクピクと痙攣させていた。何か言いたそうにみえたが、言葉にならないようだった。

「早く用意せい！」富永司令官は、再度の出発を命令した。

軍曹は敬礼をして、飛行機に向かって走って行った。整備兵と打合せをした後、駆け戻って来て富永司令官にもう一度敬礼した。そして、しばらく口ごもっていたが、やがて、はっきりした声でこう言った。

「田中軍曹、ただいまより自殺攻撃に出発いたします」

富永司令官はこわばった顔のまま、何も言わなかった。


佐々木が出発する時、富永司令官が近づいて来て「佐々木伍長」と声をかけた。

佐々木は気付いて天蓋を開けた。富永司令官は、日本刀を抜いて佐々木伍長の方に突き出して叫んだ。

「佐々木、がんばれ。佐々木、がんばれ」富永司令官は、日本刀を頭上で振り回した。

佐々木は、敬礼を返し、出発した。

マニラ上空を南に向かっている時に、爆音が異常になった。空気と燃料の混合比を示すブースト計の片方に不調が現れていた。これ以上、飛ぶことは危険だと判断した佐々木は、旋回してカローカンに戻った。出発してから四十分後だった。

戻ってみれば、飛行場に誰もいなかった。飛行場大隊長に事故の報告をして、宿舎に戻ると急に熱が出て苦しくなった。

宿舎で寝ていると、鵜沢軍曹が現れた。リンガエン湾の海岸に不時着して火傷を負い、野戦病院に収容されていたが、とうとう退院して来たのだ。

十二月二十日、再び万朶隊に出撃命令が出た。ただ、佐々木は高熱が続き、鵜沢軍曹だけが出撃した。佐々木は全身がだるく、歩くとふらつくほどに足に力がはいらなかったが、見送りに来ていた。

「長いこと病院で寝ていたが、腕は鈍ってはおらんよ」鵜沢軍曹は笑ったが力がなかった。

特攻機を故障させたり、わざと不時着したとしか思えなかった鵜沢軍曹は、ここに来て、生きることを諦めたように見えた。

「軍曹殿、死ぬことはないですよ。信念を持てば、必ず帰れます」佐々木は他の者に聞こえないように、鵜沢軍曹にささやいた。

鵜沢軍曹は急に目を輝かせて「そうだ。忘れ物をした」と元気な声で駆け出した。戻ってきた時には、腰に拳銃をさげていた。体当たりをして死ぬのなら、必要のないものだ。不時着をした時、フィリピン人ゲリラから身を守るために、つまり、生きて帰るために必要なものだった。

鵜沢軍曹と若桜隊の二機に、直掩の一機がついて出撃した。一機しかいない直掩機では、掩護できない。戦果を確認できればいい方だ。けれど、何百機というアメリカ戦闘機を相手にして、一機が戦果を見届け、帰還する可能性はないと言ってよかった。

鵜沢軍曹を見送った後、佐々木は全身がだるく、ふしぶしが痛んできたので寝てしまった。

この後、佐々木の記憶はあいまいになる。この日、寝込んだ直後に、出撃命令を受けているのだ。

それを目撃した若桜隊の池田伍長の手記がある。

「ぼくらは毎日、万朶隊の佐々木伍長の部屋に行き、話し合いました。彼は何度か出撃し、戦果を上げて帰還していました。ぼくらはその考えを何度も難詰しました。彼は『死んで神様になっているのに、なんで死に急ぐことがあるか。生きられれば、それだけ国のためだよ。また出撃するさ』と、淡々としておりました。

そんなある日、彼が四十度の熱を出してマラリアで休んでいる時に、出撃の命令が来ました。命令伝達に来た四航軍の将校が、本人が起きることもできないでいるのに、『貴様は仮病だろう』と、聞くに堪《た》えない悪罵《あくば》を残して帰って行きました。彼は『軍神は生かしておかないものなあ』と言って、さびしく笑っていました」

池田伍長は、佐々木が将校に罵られている様子を見た時の気持ちを次のように書いた。「この光景は、若い私達に大きい衝撃となって心に焼き付いてしまいました。この時のことを、一生忘れることはないと思います。ぼくはこの時、はっきりと、特攻隊という言葉から来る重圧感から解放されて、命のある限り戦うことに固く心に決めました。死ぬことの苦悩から解放された後は、案外さっぱりした気分になって過ごしたものです」

池田伍長は、翌二十一日、特攻隊として出撃した。が、体当たりすることなく、生還した。鵜沢軍曹は、帰って来なかった。最後の状況は誰にも分からなかった。特攻を回避しようと思う前に、アメリカ戦闘機にやられた可能性が高かった。

十二月二十二日。佐々木はマラリアの激しい発作を繰り返していた。悪寒《おかん》がして全身に震えが起こり、それが一、二時間も続くと、その後には四十度前後の高熱が出た。それから、長い時には五時間も汗が流れ続け、水を浴びたようになった。そのために高熱が下がり、悪寒が始まってから十時間ぐらいたって、平熱に戻る。そして、また全身に震えが起こる。

村崎少尉が、佐々木を宿舎から医務室に移した。飛行場の近くの民家を接収して、野戦病院にしたものだった。軍医が二人いた。二人とも、佐々木のことを知っていて、好意的な反応だった。社会人としての経験を積んだ後に召集されて、軍隊に入った医者からすれば、死なせるために出撃させようとする司令部はいかにも非常識でバカバカしいと思えたのだ。

二十三日。依然としてマラリアの悪寒と発熱に苦しんでいる佐々木に「感状」が出て、全軍に布告された。

十二月五日の「体当たり」に対しての栄誉である。天皇に報告され、陸軍省から新聞と放送を通じて全国に公告された。

二十四日。二階で寝ている佐々木は言い争う険しい声に気付いた。階下の軍医室のようだった。しばらくして、正城軍医が顔を見せた。

軍医は、佐々木に、また参謀が来た、攻撃に出すというから、まだ使い物にならないと答えたと笑った。

「参謀は佐々木は仮病だろう言うから、二階へ行って見てみい言うてやった。参謀のことや、むちゃでもなんでも、攻撃すればええと思うとるから、また、きっと狩りだしに来る。参謀がここへ来おったら、苦しそうにして、うなっておれ」

正城軍医の心遣いは佐々木の気持ちを軽くしたが、依然としてマラリアの激しい発作は続いていた。

二十五日。故郷当別村では、五百名近くの人達が佐々木家を訪れ、神鷲に敬弔《けいちょう》を捧げた。そして、母校の国民学校のグラウンドで、次々と「神鷲に続かん」の決意の作文を朗読し、「神鷲友次兄さん」の武勲《ぶくん》を讃えた。勉学にも鍛練にも励んで、必ず「第二、第三の友次さん」となり、神鷲友次さんの英霊に続かんと堅く心に誓いあう集会だった。

27

友次さんが寝ていたベッドは空っぽだった。急に退院したのかと慌てて、病室の外にある名札を確認した。「佐々木友次」の名前はそのままだった。

どうしていいか分からず動けないまま、誰もいないベッドを見つめていると、後ろから声をかけられた。反射的に振り向くと、女性看護師さんが微笑んでいた。佐々木さんのお見舞い？　と聞かれて、慌ててうなづいた。

今、佐々木さんはお風呂に入っているから、ちょっと待っててねと、看護師さんは言った。伯母さんよりずっと若い人だった。

伯母さんじゃなくてホッとした。伯母さんに見つかったらなんと言うか、考えてなかった。いや、考えられなかった。昨日、帰ったはずなのに、今日もまた札幌にいることは、絶対に説明できなかった。


スーパーの屋上でずっと『陸軍特別攻撃隊』を読み続けた。駐車する車は少なく、一段高くなった場所には、誰も人は来なかった。

屋上の壁にもたれ掛かり、何時間、読んだのだろう。

猿渡参謀長に何度も怒鳴られ、それでも九回目の特攻から生きて帰ってきた部分を読んだ時、絶対に友次さんに会いたいと思った。会わなければダメだと思った。ぼくの人生の最後に、特攻隊を生き延びた人に会いたいと思った。

どうしてこんなに友次さんが気になるんだろう。どうしてたくさん知りたいと思うんだろう。

屋上の壁にもたれたまま、曇り空を見上げて考えた。強いからだけじゃない。特攻隊という特殊な状況だけじゃない。

大変な状態の中で、強さを見せた人はたくさんいるだろう。でも、ぼくが友次さんに惹かれるのは、それだけじゃない。

その時、答えがポンと浮かんで、思わず声がでた。

日本人らしくないからだ。

そうだ。そうなんだ。友次さんは、ぼくのイメージする日本人と違っていた。ぼくの知っている日本人は、大きなものに従って、じっと黙っている人達だ。

独りでは絶対に多数とは戦わない。戦う時は、いつも集団だ。アメリカのクラスメイトみたいに、いじめる奴に独りで戦いを挑む奴は誰もいない。空気を読んで、ムードに流されて、みんな周りの顔色をうかがう。そして、黙って、教室の空気に従う。

それは、先生も同じだ。空気に対して、誰も独りで戦うことはない。

雨の日に飛んだ松田が、本当はいじめられていたなんて、どの先生も薄々気付いていたはずだ。でも、誰も言い出さない。独りで学校と戦う人はいない。友次さんのように、大きなものに独りで戦う人はいない。

もっと小さいこと、例えば、校則だってそうだ。先生は、本当に必要だから校則に従えって言ってるんじゃなくて、ただ昔からそうだから言ってるだけなんだ。

下校時の買い食い禁止の理由を誰も説明できない。「どんなにノドが渇いていても、下校途中は絶対に飲み物を買ってはいけない」「ただし、一度家に帰った後なら、制服姿でも買い食いはしていい」

そんな無意味な校則に対して、誰も「もうバカバカしいからやめないか」とは言い出さない。みんなが従っている理由は、ただ、昔からあるからだけだ。昔からあって、みんなが従っているから、お前も従えと命令する。それだけが根拠だ。大人なのに、それがどんなにバカバカしいことか、どんなに無意味なことなのか気付かない。いや、気付かないふりをしている。

誰も独りでは反抗しない。誰も単独では抗議しない。誰もただ一人では文句を言わない。それが日本人だ。そして、ぼくも、そんな日本人そのものだ。松田の地獄に、独りではなにもしなかった。なにもできなかった。

でも、友次さんは独りで反抗した。猿渡参謀長の命令に背いた。国家に従わなかった。すごい。ただ、すごい。日本人でもこんな人がいるんだ。

自分で見つけた答えに、自分で驚いた。そして、納得した。ぼくが友次さんに強烈に惹かれる理由はこれだったんだ。

本を閉じて、スマホを取り出して、「札幌　飛行機　チケット」と検索した。「格安航空券」というものが見つかった。羽田空港じゃなくて、成田空港から出発する飛行機で、五八九〇円と表示されていた。クレジットカードでしか買えないかと不安に思ったら、コンビニという欄があった。クレジットカードは持ってない。でも、コンビニには行ける。

屋上でスマホを使って予約し、スーパーの近くにあったコンビニで予約番号を入力し、お金を払った。あっと言う間だった。航空券は中学二年生でも簡単に手に入れることができた。成田空港で独りで飛行機に乗る時、周りの目に少しドキドキした。学校は？　と聞かれるかもしれないと身構えた。創立記念日と言おうと決めて、心の中で何回か練習した。でも、これぐらいのドキドキは「特攻隊ゲーム」を命令された時の緊張に比べればなんでもなかった。

札幌駅に着いて、地下鉄で病院に来た。そのまま、入口を通り消毒薬の匂いのする一階を抜け二階に行けば、また、トイレの臭いが漂っていた。

「面会の名前、書いた？」

若い女性看護師さんに再び聞かれた。一瞬、戸惑った顔を見せると、看護師さんはぼくを導いた。二階の端にある看護師さん達専用の部屋に、小さな窓口が見えた。彼女は、そこに置いてあるノートを示した。

「ここに、書いてね」

見れば、時間・患者の名前・面会者の名前・関係を書き込むようになっていた。

「佐々木さんのお風呂、もうちょっとかかるから、談話室で待っててね」

ボールペンを持ったぼくに看護師さんは去りながら言った。

少し迷ったが、本名を書くことにした。べつにやましいことをしているわけじゃない。ただ、「関係」をどう書くか、手が止まった。何も浮かばず、しょうがないので、「友達」にした。大人なら、こういう時、なんて書くんだろう。

談話室には誰もいなかった。椅子に座り、バッグの中から『陸軍特別攻撃隊』を出した。友次さんが経験した地獄も、いよいよ、大詰めの予感がした。

28

一九四四年（昭和十九年）十二月二十五日、佐々木友次がマラリアの熱と悪寒に苦しめられ、故郷で盛大な行事が開かれている日、レイテ島での日本軍全体の組織的戦闘が終わった。

レイテ決戦を指揮する第十四方面軍が「自活自戦永久に抗戦を持続せよ」という最後の命令を出したのだ。自分で食料を調達し、自分で武器をなんとかして戦えという、命令になってない命令だった。「降伏」という概念がない以上、これしか言えなかったのだ。

そして、翌日（アメリカ時間の二十五日）アメリカ軍が、十月二十日の上陸以来、約二ヵ月にわたったレイテ戦の終結を宣言した。派手好きなマッカーサー元帥のアメリカ国民に対するクリスマスプレゼントだった。

だが、レイテ島にはまだ多くの日本兵が残っていた。マッカーサーの終結宣言以降、ジャングルの中で、アメリカ兵ではなく、飢《う》えと病気が主敵になった。そして、レイテ島に送り込まれた将兵のうち九六パーセントが死亡した。

十二月十五日、マニラから一〇〇キロほど南にあるミンドロ島にアメリカ軍は上陸。そのまま、島を制圧した。

ルソン島にアメリカ軍が上陸するのは、時間の問題と思われた。

朦朧《もうろう》とした記憶で、日付がはっきりとしないのだが、この前後で、佐々木は隣の寝台に、新しい患者が寝ていることに気付いた。

マラリアと下痢を患い、佐々木よりはるかに重体のようだった。

夜、その患者は眠りについた後、異様な声を出して佐々木を驚かせた。病気のためというより、なにか悪夢を見ている気配だった。

翌日、患者に名前を聞かれて、佐々木は名乗った。

「君が佐々木か」患者は、佐々木をしげしげと見た。「おれも特攻隊だ。靖国隊の出丸中尉だ」

佐々木には言える、という風だった。面長の顔が、憔悴《しょうすい》して、やせ細っていた。

以前、佐々木は靖国隊を訪ねたが、その時は下士官達と話しただけだった。

出丸中尉は、靖国隊の隊長として、十一月二十六日にネグロス島シライ飛行場から特別攻撃に出撃した。二度目の出撃だった。そして、マスバテ島に不時着。その後、ルソン島に渡り、約二週間かけて、四〇〇キロ離れたマニラに戻っていた。

「靖国隊はどこにおるのですか？」佐々木は何も知らなかったので、素朴に聞いた。

出丸中尉は目を閉じてしばらく黙っていた。

「俺も出撃して、引き返した。しかし、俺は特攻隊長だから、死ななければならんのだ」

佐々木は自分の考えていることを話した。死ぬことを焦る必要はないこと。無茶な命令で死ぬつもりはないこと。偉い人達も、無茶な命令では死なないだろうと思うこと。

「そうだな。操縦者の身になってみたら、とてもできないことがある。それを特攻隊だからやれというのは、無茶な話だ」

出丸中尉は、苦悩に満ちた表情で答えた。抗議ではなく、死ねなかったことへの絶望に満ちていた。

二十六日。カローカン飛行場の医務室の正城軍医は、診察を終えた後、小康状態の佐々木と出丸中尉に、自分の若い頃の南アメリカ旅行の話をした。白人や黒人の女の話を陽気に喋り、佐々木は珍しい内容をとても楽しんだ。だが、出丸中尉は元気のない顔で笑うこともなかった。

この日、出丸中尉の靖国隊に感状が出され、上聞に達したという発表が陸軍省からあった。出丸中尉も、佐々木と同じように、生きていながら死んだと発表されたのだ。天皇に報告された内容は、訂正できない。それは軍隊の絶対のルールだった。

数日間、佐々木と出丸中尉は寝台に横になっていた。二人とも、マラリアの熱はひいていたが、高熱が続いた後なので、体力はまだ回復していなかった。

正城軍医は「師団の参謀が来たら、苦しげな顔をして唸っておったらええ。まだ、重体やということにしてあるからな」と繰り返した。

見舞いに来た村崎少尉からアメリカ軍のマニラ襲撃の噂を佐々木は聞いた。村崎少尉は、各航空部隊も地上軍と同じように北部の山岳地帯に逃げ込み、飛行機で台湾に脱出するだろうと予想していた。

その時、佐々木を猿渡参謀長はつれて行くだろうかと村崎少尉も佐々木も懸念した。佐々木はすでに死んでいる存在だ。

何度目の特攻から帰ってきた時だろうか、猿渡参謀長は、佐々木に向かって「貴様は戦死しているんだ。今日からは、残飯給養《ざんぱんきゅうよう》だから、そう思え！」と叫んだ。生きていない者には食事の割り当てがないから、残飯を食えという罵声だった。

この機会に、佐々木を戦死させようとするのじゃないかと、村崎少尉も佐々木も考えた。

十二月三十一日。一年の終わりに、足音も荒々しく、師団の参謀が入ってきた。もう一人の軍医、影山《かげやま》軍医が追いかけて止めようとした。

「出丸中尉殿は、まだ動けませんよ」

だが、参謀は出丸中尉の寝台の横に立ちはだかり、今から出撃せよと命令した。

出丸中尉は仰向けに寝たまま、黙っていた。髭が伸び、一層、やつれたように見えた。

参謀はいきなり手を伸ばして、出丸中尉の胸元を摑んで引き起こした。

「出丸中尉、すぐに飛行場に行け！」

出丸中尉はしばらく参謀の顔を睨んでいた。佐々木は隣の寝台で、息を凝らしながら、出丸中尉と一緒に出されるのだろうと思っていた。

その時、出丸中尉が叫んだ。

「よし、死んでやるぞ！」

泣くような、だが、必死の声だった。出丸中尉は立ち上がったが、足に力が入っていなかった。

出丸中尉が飛行服を着るのを、参謀は冷たく見ていた。影山軍医は、もう、どうすることもできずに、黙って立っていた。参謀は、佐々木には何も言わなかった。

支度が終わった出丸中尉は、歩き出して佐々木の方を見た。その顔は、険しく、ゆがんでいた。

「佐々木、俺は行くぞ」

部屋を出て行く出丸中尉の足は、まっすぐに歩けないでよろめいていた。参謀は、それを後ろから追い立てるように急かした。

二人の靴音が聞こえなくなった時、影山軍医がつぶやいた。

「かわいそうに。無理に殺さなくてもいいものを」

しばらくして、飛行場に爆音が起こった。佐々木は起き上がり、窓際に寄って、滑走路のある方向を見ていた。隼が一機まっすぐに離陸して行った。それだけだった。直掩機も他の特攻機も空中集合する飛行機もなく、出丸中尉はたった一機で飛び立った。

これは特攻飛行ではなく、処刑飛行だと佐々木は思った。


一九四五年（昭和二十年）一月一日、佐々木はようやく歩けるようになった。佐々木は二人の軍医と雑煮や餅を食べた。軍医達は佐々木をもう病人扱いしていなかった。だが、佐々木を医務室から退院させようとはしなかった。

新年になって、空襲は、一日一日と激しさを増していった。

二十隻以上の空母を初め、戦艦、輸送船、揚陸船など、七百隻近くのアメリカ軍大船団がルソン島に近づいていた。先頭から最後尾までの船団の長さは、数百キロに達したという。

一月六日、マニラの北西にあるリンガエン湾に、アメリカ艦隊は侵攻し、激しい艦砲射撃を開始した。上陸は目前だった。

カローカンの医務室にいた佐々木の耳にもこの情報は伝わってきた。

佐々木は出丸中尉の次は自分だと思っていた。同じ参謀がやってきて、胸元を摑み上げられ、強引に飛行機に乗せられる。そうなったら、爆撃して帰ってくるだけのことだ、と思っていたが、大船団の情報を聞いて佐々木は気持ちが重くなっていた。

まともに飛び込んだら、間違いなく撃墜されるだろう。

けれど、二人の軍医もいつまでも佐々木をかばえるはずもなかった。出撃は時間の問題のように思われた。

一月七日、富永司令官の第四航空軍は司令部をマニラから約三〇〇キロ北にあるエチャーゲに移動することを発表し、即日、移動を始めた。

もともと、富永司令官は、マニラに立てこもり、最後は竹槍《たけやり》で突撃することを主張していた。第四航空軍の司令部には、充分な火器がなかった。参謀達は、マニラを出ることを強く勧めたが、富永司令官は頑強に拒んだ。

立てこもり、最後に突撃するのは、歩兵の発想だった。富永司令官には、最後まで航空の発想がなかった。

感情的に不安定になり、命令を頻繁に変えることも多くなった。部下を怒鳴り、鞭《むち》で打ちつけることが日常になった。「呑竜」を筆頭に特攻に不向きな飛行機を部下の反対を押し切って、次々と出撃させた。

宿舎の前を通る車がうるさいと言って、重要な道路なのに通行止めにした。部屋に入る部下の足音もうるさいと怒鳴り、殴りつけた。宿舎の周りの鳥の声もうるさいと怒鳴り、兵隊を出して、鳥をみんな獲れと命令した。ただ、新聞記者にだけは依然として、愛想がよかった。

体調を崩したと自分で言い、宿舎を出なくなり、十二月三十日、司令官を辞任したいと言い出した。第四航空軍の参謀達は呆れ、南方軍の総司令官は、認めなかった。その間も、三人の若い女性看護師が交代で世話を焼き、マッサージ専門の准尉を従え、毎日、戦争中のマニラとは思えない豪華な食事を続けた。

そして、アメリカ軍の上陸が目前に迫った時に、突然、富永司令官は司令部の移動を認めた。あまりに急であり、なんの準備もなかったため、第四航空軍は大混乱になり、各部隊は連絡が取れなくなった。

第五飛行団の小川飛行団長は『所感録』にこう書いた。

「『ルソン』ニ敵近ヅクト聞イテ四航軍モ四飛師（第四飛行師団）モ所在不明トナル。イワンコッチャナイ。『マニラ』デ王侯ノ生活ヲ楽シンデイタ奴ラノザマハナンダ。『エチャーゲ』ニ行ッタラシイ。通信ハスベテ杜絶《とぜつ》シテイル。コレデ指揮ガデキルノカ。特攻隊ノ命令ダケダシテイルノデアロウ。（中略）コレガ全軍ニ体当リ戦法ヲ呼号スル天下ノ第四航空軍、第四飛行師団ノ真ノ正体カモ知レズ」

富永司令官は、三人の看護師と世話役の准尉をつれて、車の後部座席に布団を敷かせて、そこに寝ながらマニラを脱出した。


カローカン飛行場の村崎少尉は、万朶隊に対する指示や命令が途絶えたことを不思議に思い、マニラの司令部に藤本軍曹を行かせた。

が、司令部には将兵の姿がなく、書類や調度品が持ち去られていた。第四航空軍がマニラから去ったことを残った兵士から聞いた藤本軍曹は、将校を見つけ出し問いただした。将校は、カローカン飛行場で待機せよとしか言わなかった。

同じ頃、佐々木は影山軍医からカローカン全体が撤退するから、原隊に帰るようにと言われた。二人の軍医は、飛行場大隊と行動を共にして、山に立てこもるという。そこから、飛行場大隊は、アメリカ軍に斬《き》り込みをかける。

佐々木は二人の軍医に深く感謝した。二人が守ってくれなければ、自分はふらふらのまま、出丸中尉のように無理やり飛行機に乗せられていただろう。

軍医のこれから先を佐々木は心配した。百人や二百人で、たいした武器もない飛行場大隊が斬り込むのは無謀に思えた。

「軍医殿が、もし逃げる時には、佐々木の飛行機に乗せてあげますよ。どんなことをしても、乗せていきます」

そう言わないではいられなかった。

「ありがとう。その時には、頼むよ」影山軍医は微笑んだ。

万朶隊はこの時点で十一名残っていた。操縦者は佐々木と十一月三日の空襲で負傷し入院したままの社本軍曹だけだった。

村崎少尉以下、整備隊の全員は飛行場大隊と行動を共にする予定になっていた。

だが、佐々木にだけは北部ルソンに行けという命令が出ていた。操縦者はすべて、北部ルソンに集結して、今後の航空作戦に当たるということらしかった。

カローカン飛行場には、もう一機の飛行機もなかった。

慌ただしく撤退の準備をしている中、通信手の浜崎曹長が、拳銃を出して佐々木に渡した。飛行機のあるエチャーゲに向かうということは、リンガエン湾から上陸してくる敵とぶつかるだろう。その時に使えと、浜崎曹長は言った。

「これでも、ないよりはましだ。せっかく、今まで死なずにきた命だ。大事にせいよ」

佐々木は万朶隊の整備手、通信手と別れて、本当に独りになった。

飛行場大隊の出したトラックに佐々木は便乗した。カローカンを出て、国道五号線に入ると、人と車で大混雑していた。マニラを出て、北に逃げようとしている日本軍人と一般邦人だった。

エチャーゲは国道五号線を北上した先にあった。

一月九日、いよいよ、アメリカ軍は上陸を開始した。

一月十日、富永司令官はエチャーゲに着いた。

佐々木の乗ったトラックは十一日の早朝、サンタフェに着いた。行程の半分ほどにある町だった。トラックはすし詰め状態で、立ったまま山道を揺られてきたので、全員が起き上がれないほど疲労困憊《こんぱい》していた。

佐々木達は、ここで二、三日、休むことにした。

エチャーゲでは、操縦者が数百名、台湾からの迎えの飛行機を待っていた。フィリピンでは、もはや乗る飛行機がなくなってしまったので、台湾に操縦者を集め、反撃に出ようという方針だった。

フィリピンから逃げたいと思っている一般邦人も、飛行場の周りに何百人と待っていた。なんらかの理由をつけて、なんとか乗り込める奇跡を探していたのだ。

ただし、制空権はアメリカ軍が握っているので、なかなか、台湾からの飛行機は来なかった。

空襲はますます激しさを増し、上陸したアメリカ軍はルソン島各地を制圧し始めていた。

十六日、アジア・太平洋戦史に長く記録されるであろう、信じられないことが起こった。

富永司令官が、エチャーゲ南飛行場から台湾に逃亡した。同行したのは、マッサージなどの身の回りの世話をしている准尉だけだった。

飛行場で、日がな一日、台湾からの飛行機を待っていた新聞記者に目撃された富永司令官は「台湾への出張を命じられた」とあっけらかんと答えた。

ある新聞記者は、「これはおかしいと感じなかった私たちもうかつであったかも知れない」と書き残している。

第四航空軍の最高司令官が、供の参謀も連れず、ただ一人で、この時期に台湾に出張に行くはずがないのだ。

戦後、生き延びた富永司令官は、電報で命令を受けたのだと強弁した。電報は、二通が混信し、文字崩れが起き、判読できないものだった。

もちろん、大本営も南方軍も、出張の命令など出していなかった。富永司令官は、そういう命令が来たのだと言い張り、飛行機を用意させた。

新聞記者達は、富永司令官の乗る飛行機が叢林《そうりん》の中から現れた時、どこに隠していたのだと驚いた。飛行機は二人乗りだったので、一機に富永司令官、もう一機に世話係の准尉が乗った。そして、掩護の隼二機と共に台湾に飛び立った。

富永司令官の単独逃亡の計画を、事前に気付いている参謀達もいた。だが、止めなかった。司令官が台湾に逃げれば、部下である自分達も堂々と司令官を追って、フィリピンを脱出できるからだ。

しかし、この日、天候が悪く、飛行機はバシー海峡を越えられず、エチャーゲのさらに北のツゲガラオ飛行場に引き返した。

次の日、掩護の隼を二機増やして、富永司令官は台湾に渡った。護衛を増やさせたのは富永司令官だった。

ツゲガラオの将兵達は、怒りに身を震わせた。ガソリンが欠乏し、飛行機を飛ばすことは厳しく制約されていた。それを、富永司令官は無視した。さらに、特攻では直掩機も戦果確認機も出さなくなっていたのに、自分だけは、四機の隼を掩護につけた。

富永司令官の飛行機を整備した下士官は吐き捨てた。

「こんなやつが軍司令官だなんて、盗人《ぬすっと》みたいなもんだ。軍司令官が逃げるんなら、おれ達も台湾へ行きゃいいんだ。今度、台湾で見つけたら、富永のやつ、たたっ斬ってやる」

儀式が大好きだった富永司令官は、特攻隊員を前にして、必ず、この言葉を繰り返した。「決して諸君ばかりを殺しはしない。いずれこの富永も後から行く」


二十三日、陸軍省は佐々木を含めた特攻隊の何人かの戦死に対して感状が出て、上聞に達したと発表した。佐々木は、これで二度、天皇に生きたまま死んだと報告されたのだ。こんなことは前代未聞であり、これ以上、天皇に嘘をつくことは許されなかった。

二十四日、ようやく佐々木はエチャーゲに着いた。

途中で待機したり、空襲にさまたげられたり、ゲリラから逃げたり、別の車を探したりした結果だった。

すぐに、第四飛行師団の司令部に行った。そこには、猿渡参謀長がいた。

猿渡参謀長は、険しい顔で佐々木をにらみつけた。

「佐々木、お前は死んだんじゃなかったか」

「はい、生きております」佐々木は参謀長の目を見て答えた。

「カローカンの軍医は、佐々木は重体で今にも死にそうだと言っておった。あれは仮病だったのか？」

「本当にマラリアで寝ていました」

「お前には、死なねばならんことを、よく言いきかしたはずだ。それなのに、言うことをきかんで、こんなところまでふらふらとやって来る。お前のような奴がおると、うちの師団の面汚しだ。もう、面倒は見てやれんから、勝手にしろ」

佐々木は不愉快な気持ちになって部屋を出た。

エチャーゲに行けという命令があったから、空襲やゲリラに追われながら、ようやくたどり着いたのだ。それが、なんで師団の面汚しになるのか。

二十五日、佐々木の母、イマは札幌市に行った。三人以上の子を航空部隊に送った母として、大日本国防婦人会から表彰されることになっていた。

福井県から開拓農民として北海道に渡って四十年。イマは夫の藤吉と共に原始林を切り拓き、畑を作り、十二人の子供を産み育ててきた。六十歳になったイマは一五〇センチに足りない小さな体で腰が曲がっていた。

表彰式の後、新聞記者に囲まれて、イマは軍神友次について語った。

「どんなに立派に死んでも、うれしいと思うのは、ひと泣き泣いて、おちついてからです。私は初めの発表の晩、お悔みの方がみんな帰られて、ひとりぼっちで仏壇の前に座り、友次の写真を見つめているうち、写真の中の顔が生きていて話しかけてくるように見えました。（中略）私は子供のように泣きじゃくりながら、微笑んでいましたが、友次の写真も笑っているようでした」

この年の冬、北海道の雪は例年になく多かった。


佐々木は、他の操縦者と一緒にエチャーゲの地区司令部に泊めてもらっていた。ここにも、台湾に脱出しようとする軍人や民間人がつめかけて殺気立った騒ぎを繰り返していた。

ツゲガラオから台湾への飛行機が出ていることを、佐々木は地区司令部で教えられた。操縦者は優先して送り出されているが、飛行機に乗るには、搭乗証明が必要だった。

佐々木は第四飛行師団に交付してもらわなければならなかった。師団司令部に行って、問い合わせると、操縦者であっても、佐々木には証明書を出せないと言われた。

「どうして私にだけは出せないのですか？」

担当の曹長が少し当惑した表情で答えた。

「佐々木伍長は戦死している。生きてないのだから、証明を出せんよ」

たいていのことに慣れてきた佐々木も、この言葉には暗い気持ちになった。自分は生きていないので、台湾に行く飛行機に乗ることはできない。

それから、一週間、佐々木にはすることがなかった。猿渡参謀長がどんなに佐々木を殺そうとしても、エチャーゲには出撃できる九九双軽は一機もなかった。

佐々木は猿渡参謀長が自分に台湾行きの証明書を出さないことを、怒るよりバカバカしいと思うようになった。

今、操縦者を優先して台湾に送っている。戦勢が悪化して、操縦者の消耗が激しく、補充の人員を養成するのが間に合わない。操縦者の質が落ちるばかりだ。自分のような人間こそ、先に帰して、実戦にも教育にも使うべきだ。それなのに、正反対なことをしている。なんと不合理で愚かなことだろう。

台湾に渡れない佐々木は、たった独りでルソン島に残るしかなかった。共に戦う部隊もなければ、満足な銃器もない。

アメリカ軍が侵攻してくれば、死ぬしか選択の道はなかった。

29

「佐々木さん、お風呂終わったわよ」

ハッとして本から顔を上げれば、女性看護師さんが談話室の入口で微笑んでいた。

慌てて本をバッグにしまい、病室に向かった。

友次さんは穏やかな表情で目を閉じて、ベッドに横になっていた。

「こんにちは、友次さん。また、来ました。萩原です」

「誰？」

友次さんはゆっくりと口を開いた。

「昨日来た中学生です。友次さんのことを調べて学校で発表したくて」

「ああ。……もういいっしょ」話すことはない、という響きだった。

「お願いします。知りたいんです。教えて下さい。おおごとにはしませんから」

声が少し上ずりながら、前回、友次さんが言った言葉を繰り返した。

「発表するなと言うなら、発表しません。おおごとにはしません。ぼくは知りたいんです」

一気に全身が熱くなった。腹の底から出たような自分の声に、自分で驚いた。

目の前にいる友次さんは、『陸軍特別攻撃隊』に載っていた出撃前の乾杯写真の面影があった。七十一年たっていても、どこか芯の強そうな匂いがあった。

「お願いします。教えてください」

思わず、深くお辞儀していた。目が不自由になった友次さんには見えないと思うけれど、体が勝手に動いていた。

「……何、聞きたいのさ？」友次さんは目を閉じたまま、ぼくの方に顔を向けた。

「ありがとうございます」思わず、声が漏れた。深く深呼吸して、最初の質問の言葉を探していると、後ろから足音が聞こえた。

「佐々木さん、ベッド、起こします？」若い女性看護師さんが近づいてきた。

友次さんは、小さくうなづいた。看護師さんはベッドの足元近くにある取っ手をクルクルと回し始めた。

ゆっくりと友次さんが寝ているベッドの背中の部分が起き上がってきた。

「こんぐらいかね？」看護師さんは、四十度ほどベッドを起こして、取っ手を回す手を止めた。

友次さんはゆっくりとうなづき、それを見た看護師さんは部屋を出て行った。

ぼくは友次さんを見つめた。

「友次さん、どうして負けなかったんですか？　どうして死のうと思わなかったんですか？　どうしてヤケクソにならなかったんですか？　どうして猿渡参謀長と戦えたんですか？　どうしてそんなに強いんですか？」

一気に言葉が出た。知りたいのはたったひとつ、友次さんの強さの理由だった。

友次さんは、しばらく黙っていた。質問の連続を理解しようとしている様子だった。

「強くなんかないさ」

穏やかな声だった。

「でも、ぼくだったら、途中で、もうヤケクソになって、死んでしまおうってなると思うんです。出撃前に猿渡参謀長から責められて、戻ってきても責められて。それが九回も続いて。どうして嫌にならなかったんですか？　どうして戦えたんですか？」

しばらくして、友次さんはぽつりと言った。

「……それはさ、私はそれをいまもって考えているんだけどね。ひとつはさ、私の親父が金鵄勲《きんしくん》章《しょう》をもらって帰ってきたから、自分も帰れるぞって思ったべさ」

「『人間は、容易なことで死ぬもんじゃないぞ』って何度も父親から言われたんですよね」

目を閉じたまま、友次さんはうなづいた。

「特攻の最初から生き延びるぞって決心してたんですか？」

友次さんは首を振った。

「最初っからなんて思わんよ。十一月十二日かな。一回目の攻撃から帰ってきた時に、これは生き延びられるかもしれんなと思ったのさ」

「友次さんは、強いと思うんですよ。出丸中尉みたいになる方が当り前だと思うんです」

出丸中尉という言葉を聞いた途端、友次さんの背中がピンと伸びた。体を起こし、背中をベッドから離した。

「あの人は、将校だからさ。下士官の我々とは違うんべさ。立場が違うから」

哀れむような口調だった。

「じゃあ、友次さんが九回、生きて帰ってこれたのは、下士官だったってことも大きいんですか?」

「そう。将校と下士官は違うんだ」

目を閉じたまま、友次さんは遠くを見ているようだった。

「岩本大尉の教えも大きかったんですよね」

背中を伸ばした友次さんに声をかけた。もちろんという風に友次さんは大きくうなづいた。

「無駄死にはしたくなかったさ。生きて帰るには、条件として岩本大尉が言うように、船を沈めんきゃダメだべと思ってた。それが第一条件」

「それでも、それでも、友次さんは強いと思うんですよ。父親の言葉があって、岩本隊長の思いがあって、下士官で、それでも、どうして友次さんは生きることができたんでしょう」

友次さんは、また、ベッドに背中をつけた。言葉を探しているように頭を動かした。しばらくして、ゆっくりと言った。

「寿命っしょ。寿命に結びつけるほかないさ。逃げるわけにはいかないべ」

友次さんは、自分でもこう答えるしかないという表情を見せた。

寿命という言葉は、ぼんやりとしか分からなかった。すぐにスマホを出して検索した。ウィキペディアに「命がある間の長さのことであり、生まれてから死ぬまでの時間のこと」と出ていた。

「寿命だから、最後まで気力を失わなかったんですか？」

友次さんは静かにうなづいた。

「気力は失わなかったね。ともかく、先祖の霊に支えられているのが総《すべ》てだからさ」

「えっ？」

「先祖は会ったことも見たこともないけど、なんか、支えられているって」

「毎日、お祈りしたんですか？」

「いやあ、別に声に出して言うわけじゃないべさ。心の中で、それじゃあ行ってくるよっていうようなもんさ」

友次さんは小さく微笑んだ。

「それと、仏様。当時はやっぱり、仏様が一番、精神的に強い支え」

「お守りを持ってたんですか？」

「お守りはあったべさ。あんまりそういう縁起はかつがんかったけどね」

「それが友次さんの強さの秘密なんですか？　だから、友次さんは死なないで生きていけたんですか？　だから、どんなに苦しくても負けなかったんですか？」

「強くはないさ。私は自分の寿命を生きただけさ」

友次さんはきっぱりと言った。

「寿命を決めるのは仏様。寿命がある間は逃げるわけにはいかないっしょ。自分で寿命を終わらせたらだめだべさ。寿命は自分で決めるもんじゃないっしょ」

「……寿命は自分で決めるもんじゃない」

口に出して繰り返すと、胸の奥にまでこの言葉が突き刺さった。

「そう。それは仏様の仕事。人間は自分の寿命を受け入れるだけ。受け入れて、寿命がある間は生きるだけっしょ」

想像もしない答えだった。こんな考え方をしたことも聞いたこともなかった。

何も言えなかった。ただ、「寿命」という言葉が体の中を駆けめぐっていた。気持ちが溢れて渦を巻いた。

友次さんの顔が少し歪んだ。「疲れた。眠る」友次さんはしんどそうに言った。

ベッドの足元に行って、取っ手を回した。背中が少し起き上がりかけたので、慌てて反対に回した。友次さんの上半身はゆっくりと倒れて行った。

「ありがとうございました」

横になった友次さんに声をかけた。

「また来てもいいですか？」

友次さんは小さくうなづいた。

30

一九四五年（昭和二十年）三月中旬、「臨時集成飛行隊」が組織された。富永中将が司令官だった第四航空軍が解体され、その指揮下にあった第四飛行師団がフィリピンに残された航空勢力を集めたのだ。

生き残った特攻隊員が十数人いて、彼等だけで集成飛行隊の一隊を作っていた。特攻隊の生き残りが集まっているので、周りからは、「神様部隊」と呼ばれた。

その中には、佐々木と津田少尉もいた。津田少尉は、佐々木と同じ鉾田で訓練を積み、佐々木と話すことで「生き延びよう」と決めた人物だった。

集成飛行隊は組織されたが、飛行機は一機もなかった。佐々木や津田少尉は、ただ、エチャーゲで時間を潰すしかなかった。整備班は、破損機の部品を集めて、継《つ》ぎ接《は》ぎだらけの飛行機を造ろうとしていた。

大本営は「天号《てんごう》作戦」を発令した。沖縄、九州に近づいてくるアメリカ軍機動部隊への特攻を柱とした航空作戦だった。全軍特攻と言っていいものだった。

陸海軍合同の作戦で、そのために、陸軍は一ヵ月で千四百機（うち特攻機八百五十機）の操縦者を速成するための教育過程表を発表した。

操縦十日、射撃四日、爆撃十日、航法二日の一ヵ月で特攻隊要員は戦場へと送り出されることになった。

台湾や九州で「天号作戦」のために用意された飛行機は旧式か、使い古しの故障機が多かった。技術の未熟をカバーするものではなかった。

三月十七日、四群のアメリカ機動部隊が九州の西南方に出現し、宇垣纏《うがきまとめ》海軍中将が指揮する第五航空艦隊がこれを攻撃した。「空母五隻、戦艦二隻、大型巡洋艦一隻、中型巡洋艦二隻、不詳一隻」撃沈という大戦果を発表した。これによって、大本営は、アメリカ軍は九州方面に侵攻するのを諦めて、中部太平洋のウルシー基地に引き上げると判断した。

三月二十三日に嘉手納《かでな》湾をアメリカ軍が攻撃した時も、ウルシー基地に戻る途中の腹いせにしたものと判断した。

実際のアメリカ軍は、空母大破一隻、空母と中型巡洋艦数隻小破という損害だけだった。

去年の秋の「台湾沖航空戦」の教訓はまったくいかされていなかった。また大本営は、架空の戦果に酔い、安心し、敵の行動を都合よく解釈した。

三月二十六日、アメリカ軍の沖縄上陸が始まった。

ちなみに、第五航空艦隊の宇垣纏海軍中将は、終戦の八月十五日、玉音放送《ぎょくおんほうそう》を聞き終わった後、十一機に部下二十二名を連れて特攻に出撃し、十七名と共に沖縄に消えた（三機五名は不時着した）。息子を奪われた遺族の一人は、「死ぬのなら、どうして自分一人で死ななかったのでしょう。なぜ、息子を連れて行ったのでしょう」と戦後長く悲嘆した。

フィリピン、ルソン島のアメリカ軍の侵攻は、日本軍の激しい抵抗の下、じわじわと進んでいた。

集成飛行隊も、操縦者を台湾に輸送する方針に変えられた。継ぎ接ぎだらけの飛行機を造って出撃を目指すより、操縦者を守ろうと決めたのだ。次々とアメリカ軍の隙をついて台湾に送られていく中、佐々木と津田少尉が残された。

「幽霊には、命令が来ないからな。搭乗命令は出ないよ」第四飛行師団の空輸担当曹長は二人に繰り返した。

ウィキペディアには「九回以上出撃」と書かれていたが、佐々木の出撃は九回で終わった。第四飛行師団の猿渡参謀長が、いくら佐々木を出撃させようとしても、もう飛行機はなかった。

五月末には、台湾空輸は事実上、途絶した。バシー海峡をアメリカ軍機の目を盗んで飛び続けることが不可能になったのだ。

六月、第四飛行師団の本部は、ルソン島のさらに奥地のキャンガンに移動したが、集成飛行隊はエチャーゲに残された。

六月十五日ごろ、アメリカ軍がエチャーゲの町に入って来た。集成飛行隊はいくつかの小隊に分けられ、津田少尉が率いる津田小隊の所属になった佐々木は山の中に逃げ込んだ。

山には、当然だが、住む家がなかった。アメリカ軍が爆撃したタバコ会社の倉庫のトタン屋根を山の中に運んで、仮小屋を作った。

食料はもちろん自給自足。大岡昇平が『レイテ戦記』に書いた飢餓《きが》と病気の地獄が始まった。

最初は、徴発《ちょうはつ》という名前の略奪だった。フィリピン人のとうもろこしや鶏、水牛を奪った。

やがて、底をつき、食べられそうなものはなんでも食べた。葉の柔らかそうな野草は、火があれば飯盒《はんごう》で煮たが、なければ生のまま噛んで飲み込んだ。動くものは、蛇、とかげ、蛙、オタマジャクシ、みみず、などを食べた。山中に自生するバナナには種子があり、渋くて食用にならなかった。ただ一日中、食べるものだけを探し、食べるもののことだけを考えた。

そして、佐々木の顔から笑顔が消えた。ときおり考え込んだ表情にもなった。どんな時にも、はにかんだ笑顔を忘れず、猿渡参謀長に何と言われようと胸を張って大空から戻ってきた佐々木も、ジャングルの生活では変わっていった。

台湾に渡れなくても、空を飛べれば、生きる意味はある。何度でも、特攻に出て、爆弾を落として帰ってこよう。その自信も気力もある。

けれど、空も飛べず、台湾にも行けず、ただ、自分はフィリピンの山の中で空腹に苦しみながら、死を待っている。佐々木にはそれが耐えられなかった。

栄養失調になり、皮膚病をわずらう者が増えてきた。熱帯潰瘍《ねったいかいよう》で皮膚がただれて化膿《かのう》し、肉が露出しても、手当てをする薬も包帯もなかった。

マラリア患者も多くなった。マラリア熱のために発狂して、大声で泣きわめき、暴れ出す兵隊もいた。

山間のために、雲が低く垂れ込め、霧に包まれた草木は雨後のように濡れて、肌寒かった。高い湿度が兵隊を苦しめた。

服はすでに破れて、海藻をぶら下げたようになった。靴もなかった。

動ける者が食料を探しに行き、山の中で殺された。殺したのは、フィリピン人ではなく、日本兵だった。食物の縄張りを荒らしたというのが理由だった。

同じ小隊の者が死んでも、誰もが悲しむことを忘れていた。そして、心の中では、当人のために却《かえ》って幸せだと思った。また、他の者にとっても、面倒がなくなるし、食料がそれだけ助かることだった。

山に逃げた集成飛行隊は、一日に、あるいは一夜ごとに、病気のために一人二人と死んで行った。

津田小隊の仮小屋も、動けない兵隊の放つ悪臭に満ちていた。

津田少尉は、暗い顔の佐々木を何度も励ました。「こんな所で死んでたまるか。佐々木も元気を出さなあかんよ」

けれど、佐々木の顔に気力が満ちることはなかった。

死の臭いがフィリピンの山に満ちていた。

31

病院を出て、札幌の街を三十分ほど歩いた。どうしていいか分からなかった。どこに行っていいか分からなかった。何をしていいか分からなかった。

ぼくには、友次さんのように支えてくれる先祖の霊も仏様もいない。いや、もちろん、ぼくが生まれたということは先祖がいるということだ。だけど、先祖の霊に支えられていると思ったことなんかない。仏様は考えたこともない。

アメリカでクラスメイトに誘われて、一度、教会に行ったことがある。キリスト教も神様も、ピンとこなかった。教会の建物が古くて雰囲気があったことと、配っていたビーンズスープの味付けがとても濃かったことを覚えている。

それと、一人、太った中年の黒人女性が椅子に座り、真剣に祈っていた姿が、忘れられない。ぴくりとも動かないで、じっとうつむいて。時々、口が小さく開いて。何回か顔を上げ、十字架に張り付けられたキリスト像を見つめて。

その姿は静かで激しかった。動いてはいないけれど、全身に力が満ちているようだった。祈りは穏やかなものだと思っていたぼくは、全身からにじみ出る迫力に目が釘付けになった。

クラスメイトに声をかけられなければ、ぼくはずっと見つめていただろう。いいとか悪いとかじゃない。ただ、驚いたんだ。あんなに激しく、あんなに切実に、あんなに必死に、あんなに切羽詰まって、全身で悲鳴を上げるように、神様にお願いすることがあるんだ。話すことがあるんだ。すがることがあるんだ。それはなんだろう。

友次さんも、熱心に仏様や先祖の霊に頼んだんだろうか。あのおばさんみたいに、すがり、頼り、しがみつくように。

……いや、違う気がする。毎日、声に出してお祈りをしたわけでもないし、お守りは持っても縁起はかつがないと言った。

友次さんは、カンザスシティの教会の女性みたいには、仏様にも先祖にもすがってない。違う。それじゃあ、何が友次さんを支えたんだろう。分からない。友次さんの強さがまだ分からない。

十月の札幌の街は、すっかり暗くなっていた。歩きながら吐く息が白い。顔に当たる空気が冷たく、火照《ほて》った頬を冷ましてくれる。

「寿命」という言葉が、ずっと、頭の中をぐるぐるしていた。

友次さんは「寿命は自分で決めるもんじゃない」と言った。でも、ぼくは自分の寿命を自分で決めようとしている。そう思うと、歩きながら、涙がこぼれそうになる。

歩き続けるうちに、札幌駅が見えてきた。どうしてぼくは札幌駅を目指したんだろうと足が止まった。帰るつもりなんかない。なのに、とりあえず、知っている場所に向かって歩いたんだ。

動かないまま、じっと札幌駅のビルを見つめた。真中に大きな時計がある。時間は六時を過ぎていた。どこにも行く場所はない。

ずっと道の端に立っていた。寒さに足の感覚がなかった。気がつくと、札幌駅の時計は七時を過ぎていた。札幌に来るとは思ってなかったから、ジーパンにトレーナーだけだった。風が体を通り抜け、寒さに強張り小さく震えていた。

スマホを取り出して、「ホテル　予約　札幌」と入れた。そして、駅に近いホテルを選んだ。チェックインする時、スマホの申し込み欄に書いた名前を言った。萩原じゃなくて、田原《たはら》にした。理由はない。なんとなくそうした。中学生一人なので、何か言われるかと不安になったけれど、何もなかった。ただ、名前と住所を確認されて、お金を先に払うように言われただけだった。住所も、少し変えていた。

ホテルの部屋はベッドと机と椅子以外、なにもなかった。これがビジネスホテルというものかと、ドアを開け、部屋に入った瞬間、足が止まった。両親と泊まった今までのホテルと全然違う。部屋全体が、「ようこそ」ではなく「静かに寝ろ」と言っているようだった。狭くて、灰色で、少し臭う。

ベッドに腰を下ろし、スマホを取り出した。ネットで「出丸中尉　靖国隊」と検索してみた。「ＹｏｕＴｕｂｅ」に白黒の記録映像があった。まさに靖国隊の出撃風景だった。

出丸中尉は、面長で優しそうな顔をしていた。特攻隊の隊長の風貌じゃなかった。良く言えば、穏やかで繊細な印象。悪く言えば、弱々しく見えた。

雨の日に飛んだ松田と、どこか雰囲気が似ていると思った。優しくて弱くて真面目で。

ベッドに腰を下ろし、部屋の暖房に少しホッとしたら、お腹が鳴った。自分で驚いた。食欲を感じるのは、久しぶりだった。

どうしようか迷ったが、ホテルを出た。歩きだしてすぐに、小さなラーメン屋の看板が目に入った。古ぼけた赤い暖簾《のれん》が入口にかかっていた。

壁一面にびっしりとメニューの写真が貼られていて、その中に「お勧め」と書かれた味噌バターコーンラーメンがあった。

札幌でラーメンを食べるのは初めてだった。運ばれてきたラーメンの真中には、四角いバターが二切れ、載っていた。薄い黄色のバターは角が丸く溶け出し、川が海に出会うように、焦げ茶色のスープに広がっていた。

黄色と茶色が混じったスープをレンゲで一口すると、いきなり濃厚な味が体に沁《し》み込んで来た。

その感覚に、小さな声が出た。寒さと不安に固まった体の中を、バターが溶けた味噌スープがゆっくりと流れて行く。美味しかった。本当に美味しかった。深くて濃くて豊かな味が体のすみずみを温めてくれた。

二口目をすすると、涙が出た。泣いている自分にまた、自分で驚いた。

どうしてラーメンを食べながら泣くんだろう。でも、泣けてしかたなかった。もう一口すすれば、また涙が出た。

テーブルに置いてあった白い紙ナプキンを何枚も使って涙を拭き、深呼吸して、なんとか涙を止めた。そうしないと、大声を上げてしまいそうだった。

店員さんが不思議そうな顔でちらっとこっちを見た。

何度も大きく息を吸って、ゆっくりと吐いて、ようやく涙が止まった。

はふはふと麺をすすり、たっぷり入ったコーンを食べ、濃密なスープを飲んだ。

美味しいと感じるのは、本当に久しぶりだった。美味しいものを食べることは嬉しい。食べることは楽しい。食べると体も気持ちも元気になる。そんな簡単なことを忘れていた。

ジャングルでも、たくさん、食べることができたら友次さんは元気になったんだろうか。ずっと強かった友次さんが、初めて弱気になったジャングル。

空を飛べなくなったことが一番の理由なのはもちろんだけど、食べ物の影響も大きいのかもしれない。

もうすぐ、ぼくは『陸軍特別攻撃隊』を読み終わる。本は残り四分の一ほどになった。今まで読んだどんな本より分厚くて、なおかつ上下巻で二冊。どんな本より熱心に必死に読んで来た。

友次さんはどうやってジャングルから日本に戻って来たのだろう。

地獄のジャングルから。

そうか。ぼくは学校というジャングルに生きてるんだ。だから、人が死ぬのは当り前なんだ。日本兵が食物の縄張りを荒らした日本兵を殺したように、ジャングルでは仲間と思われてる奴らが敵だ。ジャングルで生き延びるためには、日本人が日本人を殺す。そうしないと、自分が死ぬ。だから、松田は死んだんだ。

ぼくは今、ジャングルをとりあえず抜けて札幌にいる。ここはエチャーゲかマニラか。いつ帰るか、どうするかも決めてない。だから、ラーメンが美味しいんだ。

体がゆっくりとほどけ、全身に血が巡って行くのを感じる。気持ちが動き始め、頭が回り始める。

その時、ポケットの中のスマホが震えた。体がびくんとした。ラーメンを食べる手を止め、恐る恐る取り出せば、画面には家からと表示されていた。夜の八時になっても帰らなければ、母親は当然電話する。とっくに、洗濯機に押し込んだ制服は見つけただろう。臭いをかいだ瞬間、母親はどう思っただろう。

震え続けるスマホを、そのままポケットにしまってラーメンに戻った。一口食べて、動きが止まった。不味《まず》かった。豊かな味は単調で平板に変わっていた。あまりに急な変化にまたびっくりした。あと少しを残して、ホテルに戻った。

部屋に入ると、また、スマホが震えた。家からだった。反射的に電源を切った。テレビをつけて、デタラメにチャンネルを変えた。何か音が欲しかった。ベッドに寝ころがり、天井を見つめた。ぼんやりとした汚れが広がっていた。染みも所々にあった。深夜遅くまで『陸軍特別攻撃隊』を読み続けた。時々、スマホの電源を入れると、家からの着信が増え続けていた。夜中の一時には、着信が三十件以上あった。ちらりと母親の顔が浮かんだ。ちくりと胸が痛んだ。

親に黙って家を出たのは初めてだった。ひょっとして、これは「家出」ということになるのか。考えもしなかったことが浮かんだ。母さんはぼくが家出したと思っているんだろうか。警察に届けるだろうか。騒ぎになったら嫌だなという思いと、もうどうなってもいいやという思い。両方ある。

夜が明けなければいい。このまま、ずっと夜が続けばいい。このまま、どこにも行かず、何も起こらず、時間が止まればいい。

つけっぱなしのテレビの音に目が醒めた。スマホを取り出して見れば、朝の九時を過ぎていた。家からの着信は、五十件近くに増えていた。

ホテルをチェックアウトして、大通公園に向かった。サイフの残りは七千円とちょっとだった。テレビ塔の近くのベンチに座った。一昨日と違って、曇っていて、風が吹くと、じわじわと寒くなって来た。

どうしたらいいんだろう。どこに行ったらいいんだろう。どうしよう。何をしよう。

何も考えないようにしようとしても考えてしまう。

歩き出した。行きたい所があった。友次さんは寝ているだろうか。友次さんはまた話してくれるだろうか。ジャングルの話を聞きたい。それから、その後のことも。

三十分ほど歩いて、病院に着いた。なんだか、ホッとしている自分がいる。入口を入り、二階への階段を上がった。友次さんの病室に行こうと廊下を歩き出して、いきなり、後ろから腕を摑まれた。

ビクッとして振り向けば、白衣を着た伯母さんが立っていた。

伯母さんは驚きの目でぼくを見た。そして、ぼくの腕を握ったまま、談話室の方向に向かって叫んだ。

「恵美子《えみこ》さん！　友人君！」

談話室のドアがガラリと開いて、母親が飛び出してきた。

青白い顔をした母親は一直線にぼくの前まで走ってきた。

「友人……」

母さんはそれだけ言って絶句した。見開いた目から涙がポロポロと落ちた。

それからぼくは、母親と一緒に伯母さんの呼んだタクシーに押し込まれた。もちろん、友次さんと話すことはできなかった。

でも、札幌駅までのタクシーの中でも、札幌駅から空港までの電車の中でも、そして、飛行機の中でも、母親は何も言わなかった。

羽田空港に着くと、スーツ姿の父親が車で迎えに来ていた。驚いた。仕事はどうしたんだろうと一瞬、思った。

父親はぼくの顔を見ると、「よう」と小さく笑った。ぼくは無表情のままだった。

母親は後ろの座席に座り、ぼくは助手席に促された。

運転を始めてしばらくして、父親がぽつりと言った。

「学校へ行ってきた」

体がギュッと強張った。何も言えなかった。沈黙がしばらく続いた。

「つらかっただろう」父親は正面を見たまま言った。

一瞬、どう反応していいか分からなかった。後ろで母親が息を呑むのを感じた。とうとうこの時が来た。なんと言えばいいのか。どう説明すればいいのか。

母さんは泣くだろう。札幌の病院とは比べ物にならないぐらいに。父さんは怒るのだろうか。ぼくを責めるんだろうか。いじめられるのは、お前にも理由があると。

「パパも昔、同じことがあった」

意外な言葉に思わず声が出そうになった。車は高速道路の入口を入っていく。父親はじっと正面を見ている。

「……一刻も早く忘れることだ」

忘れる？　忘れられるの？　父さんは忘れたの？　父さんの受けてきたいじめは、忘れられるぐらいのものだったの？

父親は静かにうなづいた。ぼくの気配を感じたのだろう。

「友君、ママもそう思う」

母親の思い詰めた声が後ろから聞こえてきた。

「…………」何を言えばいいんだろう。

車は高速道路を渋滞もなく進んでいる。

「大丈夫だ。その時は、恥ずかしくて死にたくなるけど、大人になれば笑い話になるから。パパもそうだったから」

父親は陽気な声を出し、笑いながらこっちを見た。

さっと頭が真っ白になった。この人達は何を話しているのか。まさか。

「……何の話？」

父親が意外だという表情を見せた。「だから、その、生理現象なんだからしょうがないんだよ」

「生理現象……？」

「おしっことかウンチとかはしょうがないってこと！」母親の大きな声が後ろから飛んだ。「だから、友君、気にしなくていいのよ！　そんなことで家出なんかすることないの！　そんなことしたら、日本中の子供が家出しなきゃいけなくなるでしょう！　みんな、学校でウンチとかおしっことか漏らしてきたの！　それが子供なの！　そういうものなの！　だから、気にしなくていいの！」

父親が無理矢理な笑い声を上げた。

「パパも小学校二年の時にウンチ、漏らしてな。パパが子供の時は、学校のトイレで大きい方することがなんか恥ずかしかったんだよ。だから、ガマンするしかなくてな。つらかったなあ」

……なんてことだ。この人達は、ぼくが漏らしたから学校を休んだと思ってるんだ。恥ずかしさのあまり、バツが悪くて、家出したと思ってる。涙を通り越して、薄笑いが出てきた。笑うしかなかった。こんな誤解に涙を流すのは、やりきれなかった。

「沢口先生にも会ってきた」

父親が真面目な声で言った。

さっと体が緊張した。へらへら諦めていた気持ちが急に身構えた。沢口先生の顔が浮かんだ。

「恥ずかしがらないで、学校に来るようにって。クラスのみんなは気にしてないからって」後ろから母親が励ますような声を出した。

思わず体がびくりとした。気にしてない？　何を言っているんだろう。

「沢口先生、クラスのみんなに頼んだんだって。友君の昨日のことは忘れるようにって。そしたら、みんな、分かってくれたって。沢口先生、嬉しそうに仰ってたわよ。素敵なクラスね。誰だって、漏らすことはあるんだから。みんな、忘れてくれるよ」

このまま、車が事故って、ぼくだけ死ねばいいと思った。沢口先生は、中根や関川、浅井達の前で、ぼくが気にするからと説明したんだ。みんな、一見、真面目な顔をして、心の中ではニヤニヤと笑いながら聞いただろう。

浅井はどんないじめ方を見つけるんだろう。体が小さく震え始めた。胃の奥が鈍く痛み出した。下腹部も重くなってきた。体の力を抜くと、吐くかもしれない。今日は何も胃にいれてないから、出るとしても胃液だけだ。ここで吐いても、やっぱり、この二人は漏らしたことが原因だと思うだろう。

「だから、友君。明日から、また、気にしないで学校に行ってね。恥ずかしいなら、明日はママが付き添っていくから」

お腹も鈍く痛くなってきた。ここで漏らしたら、なんて言うだろう。

「大丈夫だ。恥ずかしさなんて、教室に入る一瞬だけだ。そこを過ぎたら、みんなも忘れるさ。なあに、そりゃ、何人か、からかう奴がいるかもしれない。でも、すぐに終わるさ。みんな、そんなにヒマじゃないだろ」

ハンドルを回しながら、父親が明るい声で言った。

そこからは、二人から何を言われても、耳に入らなかった。下を向いていると、元気だしてと何度も言われたので、じっと前を見続けた。何も考えないようにした。いろんな形をしたビルと対向車線の車がびゅんびゅんと後ろに飛んで行った。

家につき、部屋に入った。母親は夕食の買い物に行くと言い、父親は仕事に戻ったようだった。

スマホの電源を入れて、LINEを見た。見たくはなかった。でも、見るしかなかった。クラスのLINEグループでびっしりと話しかけられていた。

「がんばれ、うんこ」「気にしてないぞ、うんこ」「みんなウンコのことは忘れるぞ」「死ねよ、ウンチ」「うんこポテトは食べた?W」「クソ人間ワラ」「まさか学校に来るの、ウンチ?」「バイバイ、うんこ」「臭くて死にそうだぞ、ウンコ」「クソ教室で勉強できません。弁償して下さい」

「ウンコ死ね」「ウンコ、何して遊ぶ？」

いきなり胃液がせり上がり、スマホを持ったまま、机の上に吐いた。黄色い液体がノートや教科書の上に飛び散った。

32

一九四五年（昭和二十年）六月二十五日、大本営は沖縄の組織的戦闘の終了を発表した。日本軍が負けたのだ。

アメリカ艦船を攻撃するために出撃した特攻機は延べ約二千四百機になった。フィリピンでは、文字通り特別の攻撃だった特攻が、沖縄で主作戦になった。体当たりすることが作戦の第一となったのだ。

直掩機もなく、旧式の飛行機で、未熟な技術のまま送り出された沖縄の特攻は、フィリピンとは違うタイプの悲劇だった。

それでも、その戦果は輝かしく報道された。軍もマスコミも民間人も、特攻の戦果を信じた。神鷲が行う攻撃は、神の名に相応しく圧倒的な結果を出していると全員が信じた。信じるしかなかった。そして、さらに特攻は続けられた。

七月に入っても、佐々木は生きていた。唯一の幸運は、逃げ込んだ山にはアメリカ軍の空襲がなかったことだった。爆撃する意味も価値もなかったのだ。

常に空腹と下痢に悩まされた。口にできる野草もとかげも蛙もみみずも減ってきていた。だが、マラリアが再発することはなかった。それは奇跡だった。

七月二十八日、北海道札幌連隊区では佐々木の死亡告知書を発行した。伍長から少尉に特進した死亡告知書だった。ポツダム宣言を「黙殺する」と発表した日に、佐々木の存在は、戸籍の上からも抹殺された。どんなことが起ころうと、行政措置は歯車のように冷酷に回っていた。

八月六日に広島に原爆が落とされ、八日には日ソ中立条約をソ連が一方的に破って宣戦布告し、九日に長崎にも原爆が落とされた。

十日早朝、御前会議で、ポツダム宣言の受諾が決定された。軍部は最後まで降伏に反対した。神風特別攻撃隊を始めたことで「特攻の産みの親」と言われた大西瀧治郎中将は「今後二千万の日本人を殺す覚悟で、これを特攻として用うれば、決して負けはせぬ」と最後まで主張した。

八月十五日、ラジオで天皇は、ポツダム宣言を受け入れ無条件降伏をすると、国民に伝えた。フィリピンの山にも、日本軍の降伏を告げるたくさんのビラが撒《ま》かれた。山の中に潜んでいた日本兵はそれを拾い、ある者は信じ、ある者は信じなかった。

信じた者は、大きい安心と大きい悲しみ、喜びと当惑の複雑な気持ちになった。

津田少尉は信じなかった。日本は負けるはずがないと思っていた。集成飛行隊の中にいた学徒出身の将校は敗戦は事実だと主張した。

生き延びていた佐々木は、津田少尉と同じで日本が負けるとは思わなかった。ただ、戦争が一層困難な状況になったと感じて、より暗い気持ちになっていた。

近くの山に、ラジオの受信機を持っていた高千穂《たかちほ》空挺隊という部隊がいた。彼らは、受信状態が悪いながら、玉音放送を聞いた。

そして、集成飛行隊に対して、アメリカ軍に投降するための集合の場所と日時を知らせてきた。

佐々木はまずアメリカ軍の取調べを受けた。特攻隊員は死刑になるとか、操縦者は重刑になるという噂が日本軍の間で広がっていた。佐々木も他の特攻隊員や操縦者と同じく、特攻隊員であることも操縦者であることも告げず、機上の通信手だと言い続けた。噂の真偽は分からなかったが、戦争が終わって死刑になるのはバカバカしいと思った。

やがて、佐々木はマニラ近くの捕虜収容所を経て、さらに南のカンルーバン収容所に送られた。

カンルーバン収容所は、食糧事情がよく、佐々木はたくさん食べ、目に見えて体力が回復してきた。

カンルーバン収容所の捕虜達は、アメリカ軍の野戦病院を建設する作業を命じられていた。熱帯の陽差しの下、重労働は栄養失調の兵隊には負担が大きく、毎日、数名、数十名と倒れて死んで行った。

佐々木はそこで、読売新聞の鈴木記者と再会する。戦争中に何度も話した相手だった。鈴木記者は佐々木が生きていることに驚いた。鈴木記者は「佐々木、お前、殺されることになっていたのを知っているか」と話し出した。

第四航空軍は佐々木と津田少尉の銃殺命令を出していたと鈴木記者は続けた。大本営発表で死んだ者が生きていては困るから、そんな命令を出したのだと。

佐々木は驚き、信じられなかった。

鈴木記者はさらに、第四航空軍の命令は、第四飛行師団の猿渡参謀長が実行するはずだった、と説明した。二人を分からないように殺すために狙撃隊まで作っていたと。

「俺たち新聞記者もエチャーゲの山の中にいたが、近くにいた地上勤務の兵隊が怒ってね。特攻隊の狙撃命令を出すとは何事かというわけだ。佐々木達を守れというので、狙撃隊を見つけて応戦しろと騒いでいた。日本が降伏したので、佐々木達も命が助かったようなものだ」

佐々木は激励を続けてくれた富永司令官の顔を思い浮かべてショックを受けた。台湾への逃亡だけではなく二重、三重の意味で裏切られたと思った。

同じ頃、津田少尉もまた、高千穂空挺隊の大尉から「殺せという命令」が出ていたという話を聞いた。

別々のルートで同じ話を聞くということは、殺害命令が事実であることを裏書きするのだろう。戦争が長引いていれば、二人は近くの山から来た日本兵に殺されていたのだ。

33

一九四六年（昭和二十一年）一月六日、佐々木はマニラ港でアメリカの輸送船に乗った。空から何度も見たアメリカ軍の揚陸船だった。自分がそれに乗って日本に帰ることに、佐々木はなんだか皮肉なものを感じた。巡り合わせによっては、自分が爆弾を落としていたかもしれなかった。

九日後、船は富士山の見える三浦半島の浦賀港に入った。港の内外に見える艦船はすべて、アメリカ国旗を翻していた。日本の船は一隻もなかった。

佐々木は寒風に吹きさらされながら浦賀の土を踏んだ。一九四六年一月十五日、とうとう佐々木は帰ってきた。一九四四年十月二十三日、九州の雁ノ巣飛行場を飛び立って以来、約十五ヵ月ぶりのことだった。

帰還した軍人は、復員軍人と呼ばれた。上陸するとまっさきに、頭から足先まで殺虫剤の粉をふきつけられて、真っ白になった。DDTという粉だった。検閲を受けたあと、新しい軍服が支給された。

復員軍人達は、浦賀の収容所に二日いて、各自の家に帰るために、証明書、旅費、軍用毛布一枚、それにアメリカ軍の携行食糧が入った小さな紙箱をもらった。その中には、肉料理、パン、バター、チーズ、インスタントコーヒー、粉ミルク、砂糖、それに紙ナプキンまで入っていた。これがアメリカ兵の戦場の食事であることが、日本兵には驚きだった。

佐々木は急に不安になった。自分は死んだことになっている。北海道に帰っても、戸籍上は死亡となっているだろう。自分はどうしたらいいんだろう。

収容所の係官に相談すると、そうした例は他にもあるからと、市ヶ谷に行くことを勧められた。そこには、第一復員局があり、その中に第四航空軍の復員事務を扱っている部課があるということだった。

一月十八日、佐々木らの復員部隊は隊列を作って浦賀の収容所を浦賀駅に向かって出発した。途中で露店が並んでいる道に出た。それが闇市と呼ばれるものだと気がついた。

行進を続けていると、ひとかたまりの男女が叫び始めた。寄せ集めの服を着て、それでも寒さに震えているような、惨めな姿をしていた。やがて、彼ら彼女らは、復員軍人の列に向かって石を投げ始めた。佐々木にはののしる声がはっきりと聞こえた。

「日本が負けたのは、貴様らのせいだぞ！」

「いくさに負けて、よくも帰ってきたな。恥知らず！」

「捕虜になるなら、なぜ死なないのか！」

石つぶては、佐々木の前後にも飛んできた。復員軍人達は、ちらっとその方を見ただけで、あとはうつむいて黙り込んで歩いた。

フィリピンでは、フィリピン人から罵声を投げつけられた。

「ジャパン、ドロボー、バカヤロ！」

「ジャパニーズソルジャー、ドロボー！」

家畜や食糧を奪われたフィリピン人が叫んでいた。佐々木は黙ってそれを聞いた。日本に戻れば、生き延びた特攻軍神として悪意ある非難を受けるかもしれないと覚悟もしていた。

だが、本土の民衆は兵隊そのものに罵声を浴びせた。

佐々木達は、貨物列車に押し込まれ、東京に運ばれた。横浜を過ぎると、列車は廃墟の中を走った。扉の隙間から見える無残な焼け野原に復員軍人達は、驚きと絶望の声を上げた。

佐々木は東京駅から電車で市ヶ谷の第一復員局に向かった。電車の窓から見える東京は一面の廃墟で、道だけが壊れたまま残っていた。歩く人は少なく、寒々とした風景だった。

第一復員局は元の大本営陸軍部のあった建物だった。佐々木は手続きのために第四航空軍担当者のいる部屋に入った。

責任者らしき男が佐々木を見た。眼帯をかけていたので佐々木はすぐには誰か分からなかった。

「よう、今帰ってきたか」

眼帯の男は、親しいとも横柄ともつかない調子で呼びかけた。佐々木には忘れられない声だった。

「はい。今、東京につきました。参謀長殿はいつ帰られましたか？」

「だいぶ前に帰った」

猿渡参謀長は、昔の気難しく、ぶっきらぼうな言い方に戻った。

佐々木は猿渡参謀長の真正面に立って、その顔を見つめた。自分をいくたびも殺そうとした男の顔だった。それればかりか、最後は射殺することも計画していたという。

佐々木の体から激しい怒りが沸き上がってきた。そして、今朝の復員軍人に投げつけられた石つぶてを思い出した。あの石つぶては、目の前にいるこの男に対して投げられるべきではないのか。

が、同時に、浦賀の収容所の出来事が浮かんできた。収容所では、兵隊達が横暴だった将校下士官達に対して復讐していた。かつて乱暴を働き、暴力的な制裁を続けた奴らに対して、兵隊達が追い回し、袋叩きにしていた。

佐々木はそれを見て、虚しい気持ちになっていた。

猿渡参謀長を、いや、猿渡元参謀長を殴っても傷つけても、飽き足りないものを佐々木は感じた。

よく見れば、猿渡元参謀長は別人のようにしわが深くなっていた。急に年を取ったようで、薄汚れた姿にはなんの威厳もなかった。自分が戦い、抵抗した相手の本性が意外なほど見すぼらしいものだと思うと、佐々木は怒りが急にしぼんでいくのを感じた。

猿渡元参謀長をどんなに殴ろうと、どんなに傷つけようと、それですむものではない。もう無関係になろう。佐々木は、そう思って第一復員局を出た。

富永司令官は満州で終戦を迎え、ソ連の捕虜となった。そして、一九五五年（昭和三十年）、十年間の捕虜生活を終えて帰国し、一九六〇年、六十八歳で寿命を終えた。

「特攻の産みの親」と言われた大西瀧治郎中将は終戦の翌日、八月十六日に自決した。五十四歳だった。

大西中将の部下として海軍で特攻を推進し、戦後、『神風特別攻撃隊』を書いた参謀の二人は、それぞれ昭和の終わりと平成まで生き、八十二歳と八十六歳で亡くなった。

34

夕食はいらないと断ったら、母親が真顔で部屋に入ってきた。食べた方がいいと、潤んだ目で言った。

飛び散ったゲロは丁寧に拭いたからバレなかった。よく見れば、ノートも教科書も薄くシミが残っていた。

逆らう気力もなかったので、ただ、黙って二人で食事をした。母親はなにか言いたそうだったが、ぼくはさっとすませた。

まだ早い時間だったけれど、風呂に入って、そのままベッドにもぐり込んだ。考えることをやめて、感じることもやめて、心をなくせば、寝られるはずだ。今度こそ、明日のことも学校のことも考えないようにしよう。考えてもムダなんだから。楽しいことや嬉しいことが待ってるわけがないんだから。

夜中、何度も目が覚めた。ロボットになりたいのになれない。本当に「家出」をしたらどうなるんだろう。十四歳で独りでどこかに住むことはできない。お金も稼げない。どこにも行けない。結局、戻ってくるしかない。「家出」しても逃げ場所はない。どこにも逃げ場はない。

カバンの中から『陸軍特別攻撃隊』を取り出した。最後の最後、あと少しで終わるのに、どうしても読めない。札幌のホテルで読んだ部分から進めない。友次さんの人生に区切りがついても、ぼくの人生はどうにもならない。友次さんの物語だけが終わることが耐えられない。友次さんの人生を読み続ける気力がない。

ページを開けない。日本に帰ってきて、友次さんはどうしたんだろう。

札幌から帰ってきて、ぼくはどうするんだろう。自分で区切りの付け方が分からない。

朝、目が覚めたら、母親が真剣な顔でリビングにいた。一緒に学校までついて行くという。断ったが、じゃあせめて正門までと言う。

母親はすがるような目でぼくを見た。真赤に腫《は》れていた。母親が泣く姿を見続けたくなかった。ぼくが登校の途中でどこかに行くと思っているんだろうか。行く場所なんかないのに。結局、中学二年のぼくは、ジャングルに戻るしかないのに。

小さくうなづくと、母親は涙をぬぐいながら微笑んだ。ついて来いと命令してくれた方がはるかに気持ちが楽だった。泣きながら迫られる方が気持ちがうんと重くなった。

正門に近づくにつれて、母親は「友君、大丈夫?」という言葉を連発した。ぼくの顔がひきつって行くのに気がついたのだろうか。足が重くなったのを、全身が緊張し始めたのを感じたのだろうか。心をなくしたはずなのに、どうしても心が動いてしまう。今から待っている地獄を想像してしまう。

お腹が痛くなってくる。不安でたまらない。もし、また、同じことが起こったら。

大丈夫だとも返せず、ただ、黙って歩いた。正門まで来て、母親は「じゃあ、がんばってね」と言った。ぼくは、黙ったまま、母親の方も見なかった。そんな余裕はなかった。ただ、誰とも目が合わないように、下を向いて歩いた。

教室に入ると、一瞬、音が無くなった。話し声も動く音も消えた。心臓がギューッと縮み、全身に鳥肌が立った。目を伏せていても、全員がぼくをじっと見つめているのが分かる。

自分の机に近づこうとすると、クラスメイトが近づいて来た。机と机の間に何人も立って通路をふさいだ。目を上げないまま、ジグザグに移動しようとすると、耳元で声が聞こえ始めた。

「うんこ」「クソ帰れ」「クソ人間」「くさい」「キモイ」「キモクソ」「クソワラ」「ウンチ」「クソモレ」「ゲリクソ」「クソマン」「死ねクソ」

クスクスという笑い声も教室のいろんな所から聞こえた。自分の机にたどり着いても、ささやき声は終わらなかった。

「クソワラ、よく来れたなあ」

中根の声がした。顔を上げると、中根が正面から見下ろしてニヤニヤしていた。その両脇に同じくニヤニヤしている浅井と関川がいた。

「クソワラ、携帯、出せよ」

浅井が手を出した。学校にスマホを持ってくるのは禁止されていた。でも、みんなこっそり持ってきていた。クラスのLINEグループに素早く返すためだ。遅れて、いじめの理由にされないように、みんな身構えていた。

「持ってきてるだろう。早く、出せよ」

関川が苛立った声を出した。

カバンを開けて、スマホを見せた。

「ロック、解除しろよ」浅井が舌打ちした。

暗証番号を打ち込むと、奪うように浅井はスマホをひったくった。そしてすぐに画面に向かって操作を始めた。

「どうだ?」関川が覗き込んだ。

「やっぱり、残してるよ。クソワラ、ちゃんとLINEの履歴、消さなきゃダメだろ」浅井が操作の手を止めないまま刺のある声を出した。

「俺達は、お前にLINEするたびに消してるんだぞ。いちいち、大変なんだから。お前も消すのがエチケットだろう」関川がニヤニヤしながら握り拳で下腹部を殴った。息が止まって、一瞬、吐きそうになった。

「全部、消し終わったら、特攻隊ゲーム、やろうぜ。お前がクソ漏らしたのは、もう学校中みんな知ってるからさ。三年にバカにされたから突っ込むんだ。三組の教室に行くんだぜ。橋本《はしもと》って奴な」

中根が見下ろしながら楽しそうに言った。

「すっげー。クソワラ、かっこいいぜ。三年に突っ込むんだ」関川が感心したような声を出した。

「突っ込む時、ウンコ漏らせよ」中根が笑った。

浅井も操作の手を止めて笑った。関川は笑いながら、下腹部を拳でもう一度殴った。

「浅井、まだかよ?」中根が呆れたように言った。

「もうちょっと」浅井が急に焦った声を出した。「だって、多いんだよ。みんな、一杯、書き込んでるから」

浅井はずっとLINEの履歴を消していた。クラス全員の発言。ぼくをからかい、いじめ、バカにした発言をすべてなかったことにしている。

中根が上半身を屈めて、怒った顔で覗き込んだ。「だから、毎回、消さないとダメなんだよ。クソワラ、これからは、毎回、消せよ。次の日にチェックするからな」

ぼくは今から特攻する。したくもない相手に特攻する。三年三組の教室の前まで連れていかれて、あいつに向かって特攻しろと命令されるんだ。拒否したら、なにをされるのか。

したくない。特攻なんかしたくない。拒否したらどうなるんだ。拒否したらぼくは殺されるのか。それがぼくの「寿命」なのか。十四歳で死ぬのがぼくの人生なのか。違う。自分で終わらせるのは「寿命」じゃない。自分の「寿命」は自分で決めるもんじゃない。

友次さんの顔が浮かんだ。二十一歳の友次さんと九十二歳の友次さんの顔がはっきりと浮かんだ。友次さんは拒否した。特攻しないと拒否した。特攻しないで戦うと宣言した。どんなに言われても特攻を拒否した。絶対に拒否した。

ぼくは、ぼくは、ぼくは、

「分かってんのか、クソワラ」中根のムッとした声が響いた。

その瞬間、ぼくは大声で叫びながら机に上がり、中根に向かってジャンプしていた。

一瞬、中根の驚いた顔が見えた。中根は後ずさりしながらぼくを受け止め、背中に当たった机と一緒に倒れた。

教室に悲鳴が上がった。

床に転がった中根にぼくは馬乗りになって一発殴った。顔を殴ろうとしたが、手が震えて首に当たった。もう一発殴ろうとして、いきなり、横から突き飛ばされた。何かに頭を激しく打ちつけた。

「クソワラ！　てめえ！」「ふざけるな！」

怒鳴り声が悲鳴の中ではっきりと聞こえた。そこで意識がなくなった。

35

母親の声で目が覚めた。言葉にならない叫びと溜め息だった。声の方向を向くと、水色のカーテンが視界を遮っていた。その向こう側から母親の気配が伝わってきた。

自分がどこにいるのか分からなかった。

声と反対の方向に首を回すと、学校の窓が見えた。薄いレースのカーテンの向こうに、曇り空が広がっていた。

保健室のベッドに寝ているんだと、ゆっくりと理解した。カーテンが開く音がしたので、慌てて目を閉じた。

「頭を壁にぶつけたようですが、どこにも出血はありません。目が覚めたら、念のために病院で検査を受けた方がいいと思います」女性の低い声だった。保健の先生だろうか。

「友君、友君」

母親の声が近づき、吐く息が顔にかかった。すぐに肩の辺りが揺すられた。

「友君。どうしたの⁉　何があったの？」

母親の力の強さに思わず顔をしかめた。

「友君！」耳元で叫ばれた。

反射的に目を開けた。

潤んだ目をした母親がじっと見つめていた。

「どうしたの⁉　どういうこと⁉　何があったの？」

母親の後ろに、困惑した白衣姿の女性が見えた。保健の先生だろう。沢口先生の姿はなかった。

何があったのか。

ぼくは最悪なことをした。それだけは間違いない。ぼんやりとした頭でも分かった。

ぼくは、ヒーローになれなかった。マンガやテレビだと、ぼくは中根をぶっとばして、最後に関川も浅井もみんなが謝って終わる。ヒーローが最後には勝つ。どんなに追い込まれても、どんなに不利でも、ヒーローは最後には勝つ。

でも、ぼくはヒーローじゃなかった。それどころか、奴らに少しだけ抵抗するという、最悪のことをした。完全に勝つことも完全に負けることもなく、中途半端なことをした。奴らは、絶対に許さない。マジ切れしているはずだ。ぼくを遊びながらいじめた奴らは、怒りと復讐のために、ぼくを徹底的にどこまでもいじめるんだ。少し想像するだけでも、体が震える。

母親はもう一度「何があったの？」と聞いた。でも、何も言えなかった。絶対に言えない。

母親は、担任の沢口先生はどこにいるんですかと強い口調で保健の先生に聞いた。保健の先生は、少しすまなそうに、今は授業をしていますと答えた。

母親は、強引にぼくを保健室から連れ出し、タクシーを拾って病院に行った。

頭をぶつけて気を失ったと医者に話し、いろんな検査を受けさせた。

母親は興奮していた。意識を失ったのに、すぐに病院に連れていかず、保健室に寝かせた学校はひどいと怒っていた。何かあって手遅れになったらどうするんだと。

一時間ほどして、ＣＴ検査の結果は異常がなく、入院する必要もないと医者は興奮がおさまらない母親に告げた。

家に帰り、部屋のベッドに横になった。気分が悪かった。いつのまにか眠っていた。

夜、母親が食事だと言ったが、答えなかった。夜中に何度も目が覚めたが、起き上がる気力がなかった。ずっと、頭にモヤがかかったような状態だった。何も考えられなかった。いや、考えないようにした。

翌朝、母親が起こしに来たが、体が動かなかった。全身がぐったりと重く感じ、動ける感覚がなかった。

母親は二度、ぼくの名前を呼んだ。だが、それ以上は何もしなかった。ベッドから起き上がれなかった。トイレに行くのも、つらかった。体が自分の体じゃないみたいだった。

何か食べた方がいいと、昼過ぎに母親に言われたが、食欲がまったくなかった。

夕方、父親が部屋に入ってきた。母親も父親の後ろに立っていた。

父親は寝たままのぼくに向かって、沢口先生から事情は聞いたと話し始めた。

そして、事情はどうであれ暴力はダメだと言った。どんなに腹が立っても、暴力はダメだ。何を言われても、ガマンするように。

何も答えないまま、フトンの中にもぐり込んだ。もう、どうでもよかった。


それから、四日が過ぎた。一日中、ベッドに横になっていた。我慢できなくなったらトイレに行き、少し食べ、また、横になった。何も考えないようにしたし、何も感じないようにした。スマホは充電もせずに、机の上に置きっぱなしにした。『陸軍特別攻撃隊』は本棚の奥に押し込んだ。ゆっくりと感覚と体を殺そうと決めた。

学校に行かなくなって五日目の夕方、ドアがノックされた。

「沢口先生がいらっしゃったよ」母親の遠慮がちな声がドア越しに聞こえた。

「友人に話があるそうだ」父親の声もした。

黙っていると、ドアが開いた。「話をした方がいい」父親が強く言った。

「友君、このままじゃあ、ダメだから」母親の泣きそうな声が響いた。

フトンがはがされ、父親の腕が脇に入ってきた。抵抗する気力もなかった。すべてがどうでもよかった。

母親と父親に両脇を持たれて、部屋を出た。廊下を進みながら、両親も、中根達のようにこうやってぼくを歩かせるんだと思った。

リビングの椅子に沢口先生は座っていた。ぼくの顔を見て、「萩原君、大丈夫?」と心配そうな声を出した。

ぼくは黙って、沢口先生の正面に座った。いや、座らされた。

「中根君は気にしてないって言ってるから」

いきなり、沢口先生は笑顔で言った。

中根という言葉に、死にかけていた心がぴくんと動いた。気にしてない? 中根が気にしてない? この人は何を言ってるんだろう。

沢口先生の笑顔がもうひとつ大きくなった。笑いジワと二重アゴの線がくっきりと目立った。

「中根君、全然、気にしてないって言ってくれたから。だから、萩原君、学校に出てきて。ね。中根君も、幸い、ケガしなかったし。みんな、萩原君が学校に出てくるの待ってるから。先生、それを直接、萩原君に言いたくてね」

頭が真っ白になってきた。

「中根君、萩原君をバカにするつもりはなかったんだって。なんかの誤解なんだって言ってるよ。学校に出てきてさ、仲良く話して誤解を解かない? 絶対になんかの間違いなんだから」

沢口先生は、ずっと微笑んでいた。笑顔の仮面に見えた。

母親と父親は、黙って話を聞いていた。

「明日から、学校に来てくれるかな?」

心臓の鼓動が速度を上げ始めた。血液が全身を駆けめぐるのを感じる。

「友君、どう? 学校に行ける?」

母親の怯えたような声が聞こえた。

「大丈夫だよな。明日から学校に行けるよな」父親が陽気な声を出した。

「中根君たちが待ってるから」沢口先生が微笑みながらうなづいた。

突然、体の中から激しい怒りが沸き上がってきた。大声で叫びながらテーブルを叩いた。そうするしかなかった。両手で、力一杯、叫びながら、何度も、何度も。両手が真っ赤になっても、痛みでジンジンしても、テーブルを叩き続けた。いつのまにか、立ち上がって、全身の体重をかけながら叩いていた。何度も何度も、叩いても叩いても、怒りは消えなかった。叩けば叩くほど、怒りが腹の奥から膨れ上がった。

ダイニングテーブルはガタガタ揺れた。沢口先生の前に置かれていたティーカップは倒れ、叩くたびに、テーブルの上で踊り、床に落ちて割れた。テーブルの上に広がった紅茶は、両手に叩かれて飛び散った。

沢口先生は思わずテーブルから離れた。

母親はぼくの名前を叫び続けた。父親はぼくの手をつかもうとした。そこから後は覚えていない。


気がついたら、部屋のベッドに寝ていた。どうやってリビングを出たのか、沢口先生はどうしたのか、まったく記憶になかった。

ノドがひりひりした。少し声を出したら嗄《か》れていた。ずっと叫んでいたんだと分かった。

頭にビニールシートがかかったみたいに、ぼんやりしていた。世界が終わってしまえばいいと思った。世界が終わって、学校も終わって、ぼくも終わってしまえばいい。中根も浅井も関川も沢口先生も終わってしまえばいい。

強く思い込めば、そのまま死ねるといいのに。

もうどうでもよかった。部屋から出ないまま、ただぼんやりと寝続けた。両親は、もう、何も言わなくなっていた。このまま、ベッドの上でゆっくりゆっくり死んでいけばいいなと思った。

36

何日目だったのだろう。ドアがノックされた。無視していると、ドアが開いた。人が入ってくる気配がした。しんどいけれど、鍵を買いに出ないといけないのかと頭の片隅で考えた。ドライバーで内鍵を付けた方がいいかもしれない。いや、どうでもいいことだけど。

「友君」母親の声だった。なにか、緊張した雰囲気だった。

「手紙が郵便受けに入ってた」

母親の声がベッドに近づいた。

「友君。聞いてる？　その手紙にね、友君、友君がずっといじめられてるって書いてある」

母親の声が泣き声に変わった。

「どんな風にいじめられているか、詳しく書いてある。学校でなんて呼ばれてるか、何を食べさせられたか、いっぱい、書いてある。ママ、読んでて吐きそうになった。いじめられてたのね。ずっといじめられてたのね」

動けなかった。フトンの中で体を固くしていた。

「ごめんなさい。いじめられてるって分からなくてごめんなさい。本当にごめんなさい」

母親はフトンの上からぼくを抱きしめた。

母親はそのまま泣き続けた。

翌日、母親は手紙を持って、沢口先生に会いに行った。手紙は匿名で名前はなかった。手紙の説明を受けて、沢口先生は青くなったと母親は言った。至急、事情を調査しますと答え、手紙を預からせて欲しいと沢口先生は言った。母親は渡そうとして、ハッとして手を止め、「コピーを取って下さい」と答えた。

沢口先生は不満そうだったと母親は言う。それでも、コピーを取り、手紙そのものは母親に返された。

三日たって、父親と母親は学校を訪ねた。案内された校長室には、校長と副校長、それに沢口先生がいた。

校長室の真中に置かれた応接セットに両親は導かれた。正面のソファーに副校長と沢口先生。校長は両親の左側の一人用のソファーに腰を下ろした。

沢口先生が、生徒たちに「あなたはいじめを見たことがありますか?」というアンケートを取ったけれど、そんなものはなかったと口を開いた。

ローテーブルの上に、アンケートの束が置かれていた。

「誰もいじめはないと書いています」沢口先生はホッとした表情を見せた。

校長が微笑みながら「ですから、この手紙はデタラメですね。イタズラでしょう」と続けた。

押しの強そうなタイプだった。

唖然とする両親に、「萩原君が休んでいるので、それをからかおうと思ったんでしょう」と副校長が真剣な表情で答えた。役所の窓口にいそうな無愛想なタイプの中年男性だった。

母親が、息子のやつれ方は普通じゃない、この数ヵ月、顔色は悪くなっていたし、食欲もなかった、いじめられていたからですと反論した。

いじめにつながる証拠は見つからないんですよ、と校長はさらに微笑んだ。

「今どきなら、ＬＩＮＥとかでいじめたりしますからね。息子さんのＬＩＮＥは確認されましたか？」副校長が追いかけるように聞いた。

前日、両親はぼくのスマホをチェックした。ＬＩＮＥの履歴は見事に消えていた。あの時、ぼくが気絶した後も、浅井はいじめの発言を消し続けていたんだ。

代わりに、「はやく学校に来て」「待ってる」「萩原、大丈夫？」という中根達の見たこともない言葉が並んでいた。

両親は副校長の質問に何も言えなかった。

「息子はいじめられて、追い詰められたから、クラスメイトに飛び掛かったんです。いじめられてなければあんなことはしません」

母親が懸命な口調で抗議した。

校長が大げさに困惑の表情を浮かべ、「それは違うでしょう。萩原君が、思わず漏らして、それをからかわれたからでしょう。原因は萩原君ですから」と答えた。

両親が反論しようとする前に、沢口先生は胸を張った。「私のクラスにいじめはありません」

それから校長は、沢口先生が家に来た時のぼくの行動を問題にした。沢口先生の報告では、ぼくは興奮してリビングで暴れ、もう少しで沢口先生を殴ろうとしていたことになっていた。そういう生徒は、クラスメイトをいじめることはあっても、いじめられることはないだろうと副校長は断言した。

両親は、唖然とし、怒り、ねじ伏せられ、絶望して、校長室を出た。

その報告を、夜、ぼくはぼんやりとリビングで聞いた。

自分がどんなふうにいじめられていたか、とても話せないと思っていた。話したら、母親は悲しみのあまり死ぬかもしれないと思った。父親に責められて、ぼくが耐えられないと思った。だから、話せないだろうと決めていた。

でも、手紙が異様に詳しく報告していた。ぼくが話さなくても、おおよそのことは書かれていた。「特攻隊ゲーム」のことも書かれていた。誰に特攻したかまでは書かれていなかったけど、そういうゲームがあり、ぼくがやらされているということまでは詳しく描写されていた。

絶対に話せないと思っていたけれど、手紙がハードルを下げてくれた。両親が校長室に行った日の夜から、ぽつぽつとぼくは話し始めた。

翌日も、リビングで続きを話した。母親も父親も、黙って聞いてくれた。気がついたら、両親とも泣いていた。父親が泣いている姿を初めて見た。胸が締めつけられた。

誰が手紙を書いたんだろうと思った。文字を見ても分からなかった。男の書いた文字のようだった。

それから、また、両親は学校に行った。息子がはっきりといじめられていると言っていると告げた。

けれど、「いじめはなかった」と校長達は繰り返した。いじめられている、いじめがあったと言っているのは萩原君だけで、クラスの誰もそんなことは言ってないと、また、沢口先生が胸を張った。

校長と沢口先生は、そう言った後、「一刻も早く、萩原君が学校に出てこられるといいですね。できることはなんでも協力します」と微笑んだ。

両親は怒り、抗議したが、何も変わらなかった。

学校に行かず、ぼくは一日中、家にいた。外出して、あいつらに会うのは嫌だった。音楽を聴いたり、テレビを見て時間を潰した。

そして、本棚の奥から『陸軍特別攻撃隊』を取り出した。

37

佐々木友次は、市ヶ谷の第一復員局からまっすぐに上野駅に向かった。北海道に帰ることにはためらいがあった。故郷で盛大な自分の葬式が二度もあったことを、佐々木はフィリピンで売っていた北海道新聞を読んで知っていた。

特攻の軍神が生きて故郷に帰ってきたら、みんな、どう思うだろう。自分を村の誇りと語った人達は、なんて言うだろう。そう考えると、気が重かった。

けれど、故郷以外、他に行く場所はなかった。

上野から青森に行く列車は、復員軍人や外地からの引き揚げ者ですし詰め状態だった。

佐々木は、フィリピン生活の栄養失調から充分に回復していなかった。十時間以上、列車に揺られて、青函連絡船で函館に着いた時は、発熱して全身がうずいた。マラリアが再発したのだ。函館は一面の雪だった。

とうとう北海道の土を踏んだ。そう思うと、佐々木は心が揺さぶられた。だが、一刻も早く故郷に帰りたいという思いにはならなかった。

札幌から当別村に行く札沼《さっしょう》線は不通になっていると、函館駅の駅員が言った。戦時中に、札沼線の鉄道線路を外して、他に持って行って使ったと説明した。線路を外すほど、物資が困窮していたのかと佐々木は驚いた。

佐々木は、行ける所まで行こうと札幌に向かったが、マラリア熱のために、倒れてしまうかもしれなかった。当別村の実家には、一応、電報で函館に帰り着いたことを知らせておいた。

札幌駅に着いた時には、歩けないほどフラフラになっていた。札沼線の現状を聞くと、当別までは列車が行っているという。ただし、長時間、待たなければならなかった。

佐々木は横になれる場所を探して、札幌駅の中を歩いた。

駅の内部は荒れ果てて、行き交う人々の服装も汚れて惨めだった。駅舎や待合室にはどこにもストーブがなく、人々は直にたき火をして暖を取っていた。舎屋の中は、煙で一杯だった。どこにも休める椅子はなかった。椅子の板も壁の板も、剝がされ、壊されていた。それがたき火に燃されていると気付いた時、佐々木は、戦争に負けるとはどういうことか、人々の心がどれほど荒《すさ》むかを目の当たりにして、やり切れなくなった。

佐々木は、待合室の隅の土間に、直に毛布を敷いて倒れ込んだ。体が宙に浮いているようだった。その間も、うなされるように考え続けた。戦死した者が帰ってもいいのだろうか。村の人は、なんと言うだろうか。

突然、英語の会話が耳に入った。目を向けると、若い女性とアメリカ兵がふざけあっていた。カタコトの英語を話す、日本人女性を見て、佐々木は衝撃を受けた。

フィリピンの捕虜収容所では、アメリカ軍が内地に上陸すれば、日本の女達は貞操《ていそう》を守って自決するだろうと言いあっていた。

けれど、今、目の前では日本の女性が、敵性語と言われた英語をしゃべり、アメリカ兵の腕にぶら下がっている。

佐々木は、その光景を見ながら、猛烈な疑問が沸き上がって来た。

「なんのための、体当たり攻撃だったのか」

当別の小さな駅は何も変わってはいなかった。昔と同じように雪が降り続いていた。

熱で上気した顔に、冷たい雪がしみた。これが当別の雪だと思った。昔と変わらない当別の雪だ。佐々木の胸に激しい感情が込み上げて来た。

改札口を出ると、男が二人、佐々木を待っていた。弟といとこだった。

「よく帰ってこれたな」

佐々木は黙ってうなづくだけだった。言葉にならなかった。

佐々木は二人が用意した馬そりに乗った。

駅前の家並みが切れると、雪は激しくなった。真っ白な山も林も家も、すべて子供の時から見慣れた当別の風景だった。

風はびゅうびゅうと音をたてて石狩の雪原の上に吹き渡り、雪と雪けむりを馬そりにたたきつけ、包み込んだ。

馬そりの馬は、足の半ばを雪の中に取られながら懸命に進んだ。やがて、長い木の橋にかかった。下には、深く青い水が流れていた。当別川だった。

目を凝らすと、向こうに雪に覆われた伊達山が見えた。あの山の上を、幼い頃、新聞社の飛行機が飛び、自分は何度も手を振った。思い出が強烈に蘇ってきた。

「いよいよ帰ってきた」佐々木は思わずつぶやいた。

まっすぐに延びた白い道の右手に、雪に覆われた藁葺きの家が見えてきた。佐々木の心臓は高鳴った。

軍神の家は軒先まで雪に隠れていた。佐々木はためらいながら、体の雪を払って戸口のくぐり戸を開けた。家の中は暗かった。忘れていた匂いがあった。何か言おうとしたが、声が出なかった。

その時、障子が開いたと思うと、黒い、小さなものが飛び出してきて、佐々木の体にぶつかった。抱き止めると、ううっという声がした。母のイマだった。

「お前、帰ってきたんかいや」

イマはそう言うと、大粒の涙をこぼした。

佐々木の心の中に満ちていたものが、一気に外に溢れ出した。佐々木も声を上げて泣いた。

一九四六年（昭和二十一年）一月二十一日、佐々木はとうとう懐かしい我が家に帰ってきた。

38

また両親は、学校に話し合いに行った。校長と副校長、担任は同じことを繰り返した。クラスメイトに会わせて欲しいと父親は言い、「それはできません」と校長は微笑みながら返した。父親は怒り、母親は泣いたが、何も変わらなかった。

「萩原君はいつぐらいに学校に来れそうですか？」

沢口先生は心配そうな顔で言った。両親は黙って立ち上がった。

39

佐々木は当別村に帰って、しばらく寝込んでいた。その間に、岩本大尉の妻、和子さんに自分の帰郷を手紙で伝えた。

岩本大尉のことを話したかったが、和子さんの実家がある山口県の萩《はぎ》まで旅行できる体の状態ではなかった。

それでも、まず、村役場に出向き、戸籍を回復してもらった。生活必需品は配給になっていたので、一刻も早く「生き返る」ことが死活問題だった。

ようやく春になり、体力も戻ってきた頃、村役場から男がきて、佐々木に、特攻隊員としてもらった勲章と賜金《しきん》を返納するようにと要求した。

佐々木の戦死に対して、勲章と共に死亡賜金が国債の形で三千円渡されていた。

佐々木は反発したが、父親の藤吉はすぐに返せと佐々木に言った。

「お前らがだらしないから、いくさに負けたのだ。俺達の時とはえらい違いだ」

日露戦争を生き抜いた人間としては、今回の敗戦は腹が立ってしょうがないようだった。なにかあると、父親は憤慨を口にした。

佐々木は父親の言う通り、勲章も賜金も返納した。

体力が回復した佐々木は、母親から汽車賃を借りて萩に向かった。

萩では、和子も和子の父母も佐々木を喜んで迎えた。佐々木の語る岩本大尉の話を、和子達は涙を流しながら聞いた。

佐々木は、岩本大尉の墓に参った後、引き止められるままに数日、滞在した。

和子の父、三介は佐々木の顔色を見て、密かに心配していた。佐々木が独り生還したことを苦悩して、隊長の墓参の後、自決するのではないかと思ったのだ。

三介は佐々木を萩の海に釣りに誘い、少しでも元気付けようとした。穏やかで魚が豊富な海だった。

釣った魚を食卓にのせ、酒を酌《く》み交わしながら、三介は佐々木に言った。

「君がひとり生き残ったのは、君が何かをしなければならんことがあるのです。フィリピンでがんばり抜いたように、これからも生き抜いて下さい。それが、君に死ぬなと言った、益臣《ますみ》の願いにそうことじゃないですか」

佐々木は自決は考えていなかった。だが、これからどう生きていくか、生還と敗戦の中で混乱していた。その苦悩が顔に表れていたから心配をかけたのだと、佐々木は思った。

和子には養子ができていた。

夫岩本益臣が死んで、和子はずっと夫の後を追うことを考えていた。終戦の前年、益臣の実姉が一歳になるかならないかの子供、博臣《ひろみ》を連れて、和子も住む岩本大尉の実家、福岡に来た。幼いながら、笑うと目の細さが岩本大尉にそっくりで、和子は赤ん坊の笑顔を見ながら、夫を思い出して涙を流した。

そんな姿を見た実姉は、赤ん坊の博臣を、益臣の息子として育てないかと、和子に申し出た。和子は心底喜び、博臣を我が子として育て、夫と同じような立派な航空軍人にしようと決めた。生きていく理由を見つけたのだ。

戦後、和子は、婚家を去り、博臣を連れて萩の実家に帰った。だが、妻としての籍はそのまま残した。

和子は、上京し、文化服装学院で洋裁を学び、地元の萩に洋裁学院を開いた。

経営は苦しかったが、博臣の成長を生きがいとして、生涯、再婚せずに岩本姓を名乗った。

佐々木は一九五〇年（昭和二十五年）結婚した。妻の名前は、偶然にも岩本大尉の妻と同じ和子だった。

そして、その年に生まれた長男に、博臣《ひろみ》と名付けた。岩本大尉の子供と同じ名前をつけたのだ。

佐々木は結婚した後も、飛行機に乗ることを考え続けた。けれど、家業である農業を継ぐのは佐々木しかいなかった。

特攻について自分から語ることはなかったが、こだわりはあった。

一九六八年（昭和四十三年）、北海道の丘珠《おかだま》にある陸上自衛隊の駐屯地に勤務する、北部方面航空隊の航空隊長が、フィリピンで万朶隊の掩護をした第二十戦隊の隊長であることを知った佐々木は、直接会いに行った。

どうして、自分が体当たりをしたことになったのか、どうして自分が戦艦を撃沈したことになったのか、掩護隊の隊長だった人物なら分かるだろうと思ったのだ。

だが、自衛隊の一等陸佐は、佐々木の質問に対して、よく記憶してないとか、どの操縦者だったのか分からないと、あいまいな答えをするだけだった。

将校だった人は、真実を語ろうとしていない。日本軍の不名誉なことを隠そうとしている。戦後、二十年以上たっても変わっていない。佐々木は虚しい怒りを感じながら、当別に帰った。

やがて、佐々木は特攻を語ることはなくなった。まれに聞かれても、言葉少なく濁《にご》した。

佐々木は大空への憧れを持ちながら、黙々と妻と共に実家の農業を続けた。経済的には苦しかったが、当別の地でなんとか四人の子供を育て上げた。

九回特攻に出撃し、九回生き延びた陸軍第一回目の特攻隊員は、戦後、北海道の大地で生活し続けた。

40

『陸軍特別攻撃隊』をとうとう読み終わった。これが友次さんの人生なんだ。

こうやって、友次さんは生き延びて、札幌の病院にいる。

ぼくの人生はどうなるんだろう。

また、両親は学校に行き、怒りながら帰ってきた。母親はもう泣いてなかった。

それから十日ほどして、夕食を取っている時に、父親が「友人、どうする？」と聞いた。

「もう、学校、行きたくないだろう。転校するか？」

びっくりするぐらい優しい声だった。キッチンに立っていた母親が、うなづきながら近づいてきた。

「学校には行った方がいいと思うの。友君、まだ中学二年なんだから。人生、この先、まだまだ長いんだから」最後の方は涙声になっていた。

ぼくは考えると答えた。本当に考えようとした。

次の日、ぼくは「会いたい人がいる」と母親に言って、旅費をもらった。母親は何か言いたそうだったが、後で必ず説明すると告げて、羽田空港に向かった。

昨日の夜、札幌行きの飛行機をスマホで予約していたのだ。

十一月になったばかりの札幌は、はっきりと、冬の匂いがした。

ＪＲから地下鉄に乗り換えて、病院に着いた。懐かしい階段を上がり、自分の名前を面会ノートに書き、友次さんの病室に向かった。

友次さんは、ベッドの背を斜めに起こして、イヤホンでラジオを聞いていた。

ぼくはまた来ましたと名乗った。友次さんは、目を閉じたままイヤホンを外し、「そうかい」とうなづいた。

体調はどうですか、寒くなってきましたねと、しばらく会話した後、ぼくは、当別村に帰ってきた時、「父親はどうだったんですか？」と聞いた。『陸軍特別攻撃隊』には、母親の反応しか書かれてなかったからだ。

「そりゃあ、その当時、親父はまだ六十歳を過ぎたばかりで元気だったからさ。世間体が悪いって、ろくすっぽ顔を合わせなかったべさ」

「よく帰ってきたって言葉はなかったんですか？」

「それはなかったさ」

「周りの人達はどうだったんですか？　生きて帰ってきた友次さんに対して」

ぼくは今、一番聞きたいことを聞いた。『陸軍特別攻撃隊』では、さらりと「しばらくの間は、肩身のせまい思いをしていた」と書かれているだけだった。でも、そんなことはないとぼくは思った。二度も盛大な葬式を出し、軍神の家に通い、ニュース映画に熱狂し、作文まで書いた人達が、生きて帰ってきた友次さんを簡単に受け入れたんだろうか。

友次さんは、しばらく黙った。

「村の人達の反応はどうだったんですか？」

ぼくはもう一回、聞いた。

「……それは冷たかったさ」

友次さんはしみじみと言った。

「生きて帰ってきたからね。妬《ねた》みもあったしね」

「でも、友次さんは耐えたんですね？」

「耐えたべさ」

友次さんは嚙みしめるように言った。

友次さんは、猿渡参謀長の言葉に抵抗し、特攻の緊張に歯を食いしばり、そして故郷の冷たい目にも耐えた。

戦場は、フィリピンだけじゃなかった。違う種類の戦いが故郷でも待っていた。

学校というジャングルを抜けても、戦いは続くんだ。

友次さんは、自分がだんだん特攻の話をしなくなったのは、いたずらに世間を刺激しないようにと思ったからだと続けた。生きて帰れたことを喜び騒がない方が世間に申し訳が立つからと。

「じゃあ、友次さんが、ぼくに特攻の話をおおごとにしたくないって言ったのは、今も世間の目を気にしているからですか？」

ぼくは思い切って聞いた。『陸軍特別攻撃隊』を書いた作家のインタビューには答えられなくても、この小さな病室で中学生のぼくになら、本当のことを言ってくれると思ったからだ。

「それもあるけど、一番は、死んだ奴らに申し訳ないと思うからさ。死んだ奴らが一番、かわいそうだべよ」

見えない目で何か見るように、友次さんは正面を向いたまま言った。

死んだ奴ら。

ぼくは、松田のことをどれぐらい思っていただろう。雨の日に飛んだ松田のことを。ぼくをすがるような目で見ていた松田のことを。ぼくに話しかけ、ぼくが答えると本当に嬉しそうな顔を見せた松田のことを。次の日も話しかけようとして、ぼくの隣に浅井がいることを知ると、笑顔が一瞬で無表情になった松田のことを。「ここから飛び下りて死んでやる！」と叫んで笑われた松田のことを。

ぼくは心の底から松田に申し訳ないと思ったことがあるんだろうか。松田がかわいそうとどれぐらい思っていたんだろうか。松田の地獄を本当に考えたことがあったんだろうか。松田が雨の日に飛んだ時、その知らせを聞いて喜ぶクラスメイトに対して、ぼくは本当に怒っていたんだろうか。たった一人ででも、「笑うお前たちはおかしい!」とどうして叫べなかったんだろうか。

涙が溢れて来た。ジャングルで死んだ「戦友」に申し訳なくて、大声を出しそうになった。でも、ここは泣く場所じゃないと、必死で歯を食いしばった。

友次さんは目を閉じたまま、じっと正面を向いていた。死んだ奴らのことを考えているのだろうか。友次さんの強さの秘密を知りたいと思った。でも、もういい。寿命は自分で決めるもんじゃないと教えてもらっただけで充分なんだ。

「ありがとうございました。また、来ます」大きな声で言って、お辞儀をした。

友次さんは、ただ黙ってうなづいた。

談話室の前で、伯母さんに会った。伯母さんは、ハッとした顔をした。ぼくは、微笑んで大丈夫ですと答えた。母親も知っていますからと。涙の跡は気付かれたかもしれない。

駅に向かいながら、突然、あの手紙を書いたのは、飯島かもしれないと思った。本当はぼくの代わりにいじめられるはずだった飯島。ぼくがアイスを断ったことで、いじめられなくなった飯島。飯島が、ぼくの代わりに、ぼくの両親にいじめを報告してくれたのかもしれない。そう思うと、少し、生きていこうと思える元気が出た。

41

「本当に後悔しないの？」

母親が何度も繰り返した言葉をまた口にした。

ぼくは歩きながら、ゆっくりとうなづいた。

空港を出れば、十二月の初めでも、石垣島は暖かかった。

タクシーに乗って港の離島ターミナルに向かっている間、ずっと窓の外を見ていた。なだらかな丘にヤシの木がぽつぽつと見えた。タクシーの運転手さんは、ヤシには、ヤエヤマヤシとワシントンヤシの二種類あると教えてくれた。

丘の端には海も見えた。じっと見つめていると、体がゆるんでいくのを感じた。北海道では、体が軽くなった。でも、石垣島では体がゆるんでいく。

不思議な感覚だった。

これなら、緊張しないで一人で生きていけるかもしれない。

友次さんに会った後、東京に戻り、これからどうするか考えた。

部屋にこもり、ネットで「いじめ」について検索を続けた。「いじめ　自殺」は、つらくて読めない文章がたくさんあった。「いじめ　解決」はなんの手がかりも与えてくれなかった。

「いじめ　転校」は、転校は、解決じゃなくて、それが次のいじめのきっかけになるという文章が多かった。いじめられている側が何故転校しないといけないんだと、無責任に怒っている文章もあった。いじめる側を転校させるべきだと書いたのもあった。

スマホで読むのがもどかしく、母親にパソコンを買ってもらった。いろんないじめの文章を読み、途中で読めなくなり、怒り、泣き、身震いした。

ふと、「いじめ　南の島」と検索してみた。友次さんが南の島、フィリピンで生き抜いたように、ぼくも南の島に行くのがいいのかもしれない。そんな感覚だった。

そして、鳩間島《はとまじま》の中学校を見つけた。

鳩間島は、沖縄本島のさらに南西、石垣島より先、西表島《いりおもてじま》のすぐ北側にあった。

鳩間中学校は、全校生徒が二名しかいなかった。同じ場所に小学校があり生徒は四名だった。グラウンドやいくつかの校舎は共用で、正門の右側の柱に「鳩間中学校」という文字が、左側には「鳩間小学校」という文字が書かれていた。島全体でも、人口が四十人ぐらいしかいなかった。びっくりすることに、生徒はみんな島の外から来ていた。海浜留学《かいひんりゅうがく》という制度で、島の住民の家に住み込んで生活していた。多くの生徒が、いじめられたり不登校になったりした結果、鳩間小中学校に来ていた。

グーグルマップで学校を見てみた。小さな島の端に校舎はあった。校舎の窓は海に面していて、グラウンドの端が海だった。野球をして、大きなホームランを打つと海にボールが入りそうだった。

海はグラウンドの端から沖までいろんな青色をしていた。

ここに行きたいと思った。

母親は、もちろん、反対した。家から通える範囲の転校がいいと言った。でも、それじゃあ、変わらないとぼくは聞かなかった。

ここに行くんだと言い続けて、まず父親が一週間ほどで折れた。ずっと行くわけじゃない。中学を出るまで、あと、一年とちょっとじゃないかと。

母親もようやく納得して、転校と海浜留学の手続きを父親は取った。鳩間小中学校を廃校にしないために、鳩間島の人達は常に生徒を募集していて、下宿先も積極的に紹介していた。それは島の未来のためだということも分かった。島に住もうと思う人のために、小中学校を残しておく必要があるんだ。小中学校がある限り、島は家族を受け入れられる。未来を信じることができる。

話は、母親があきれるほど早く進み、十二月から、ぼくは鳩間中学校の生徒になることになった。いじめられて、ひとつ気付いたことは、ぼくは弱いということだった。ぼくは自分のことを知らなかった。ぼくは自分で思うよりはるかに弱かった。

ぼくは弱い。そこから始めようと思った。二人しかいない中学校の三人目になって生活を始めようと思った。どんな二人なんだろう。二人ともいじめられた生徒なんだろうか。ぼくみたいなタイプだろうか。それとも松田みたいなタイプだろうか。

もし、鳩間島でいじめられたらどうするか。でも、クラス全体どころか、中学全体で三人なら、透明人間にされる苦しみも全員から攻撃される苦しみも今までと違うだろう。弱いぼくは、弱いぼくなりに、二人とつきあおうと思う。

三十分ほどタクシーに乗って、フェリーが出る離島ターミナルが見えてきた。白く低い建物で、オレンジ色の瓦屋根だった。

中は、海側が全面窓で、開放感のある空間だった。ロビーにいる乗客の数は、広さの割には、少なく見えた。

「本当に後悔しないの?」母親は、溜め息と共にまた言った。

ぼくは黙ってうなづき、チケット売り場のカウンターに進んだ。

離島ターミナルの建物を出ると、目の前に桟橋が並んでいた。空は明るい青、海は濃い青だった。五番乗り場に行けば、小型の白い高速艇が横付けされていた。もっと大きなフェリーを想像したけれど、鳩間島と西表島に行く人数はそんなに多くないんだ。

船の前側は、段ボールがたくさん積み込まれていた。その後ろの操縦席から真中辺りは窓が続き、乗船口は後方だった。

ぼくと母親以外に、十人ほどの乗客が乗り込んだ。乗船口を入ると、小さな甲板のスペースだった。屋根があり、すりガラスの壁に囲まれてベンチ型の椅子が並んでいた。甲板の後ろの部分は吹き抜けになっていた。

船の中央部は、ドアがあり、甲板から一段低くなった客室だった。大型バスか新幹線の椅子席のようで、通路を挟んで三人掛けのシートが十列ほど並び、窓はガラス張りで大きかった。

乗客はみんな、短い階段を降りて客室に進んだ。ぼくは船室に入るのがもったいなくて、甲板に残り、乗船口に一番近いベンチに座った。乗船口から風が入り、後ろの吹き抜けに流れていく。

「ダメだと思ったら、いつでも帰ってくるのよ。無理しちゃ、ダメよ」

横で母親が心配そうな声を上げた。

ぼくはまたうなづいた。

乗客が全員、乗り終わり、エンジンの音が大きくなった。係員が乗船口の片方に垂れていた二本の鎖を取り上げ、反対側に平行に渡した。転落防止のためだろう。

そして乗船口のドアを少しだけ閉めた。乗船口にドアがついていたことが意外で、完全に閉まらなかったことが嬉しかった。乗船口のドアは一メートルほど開いたままだった。

その向こうに、ゆっくりと離れていく桟橋が見えた。

風が甲板の後ろから乗船口に動いた。

やがて、高速艇は方向を変え、まっすぐに進み始めた。コンクリートの防波堤がちらりと、乗船口から見えた。

徐々に速度が上がっていく。乗船口から風が吹き込み、後方に流れていく。

四十分ほどで、鳩間島に着く。今日は、学校に挨拶に行く。下宿先にも挨拶して、そのまま生活が始まる。大家さんはどんな人なんだろう。怖い人じゃなければいいな。母親は一週間は一緒にいると言ったけれど、ぼくは一日だけでいい、明日帰っていいと言った。

母さんは本当に心配そうな顔をしたけれど、ぼくは平気と答えた。

高速艇の速度がぐんと上がった。防波堤を過ぎ、大海原に出たんだ。

乗船口から入って来る風が強くなった。その向こうに海が見える。ぐわんと船がバウンドした。

母さんが船室に入ろうと叫んだ。先に行っていてとぼくは答えた。

ゆっくりと立ち上がり、乗船口に近づいた。遠くに島影が見える。太陽の光を反射して、海面が光っている。

乗船口から顔を出して、空を見上げた。青空だった。白い雲が青空の間にくっきりと浮かんでいた。白と青の対比が、まるでCGで描いた絵のようだった。

頬に強い風が当たる。雲がゆっくりと流れていく。友次さんが飛んだ南国の青空も、こんな色だったんだろうか。青空をじっと見つめていると、友次さんの飛行機が遥か上空を飛んでいるような気がする。真っ直ぐな飛行機雲を作りながら、友次さんの九九双軽が青空を二つに分けていく。

船の揺れに身を任せ、じっと空を見つめていると体がふわりと浮き上がる。

ぼくは、青空を飛んでいた。

あとがき

萩原友人のパートは、僕の完全な創作ですが、佐々木友次さんの部分は事実に基づいています。

作中にも書いたように、多くの部分を『陸軍特別攻撃隊』の記述を元にしています。著者の高木俊朗氏に深く感謝します。また、高木氏のご遺族である奥様の竹中誠子《たけなかさとこ》さんにも深く感謝します。高木氏が残された佐々木友次さんと万朶隊に関する資料をたくさん見せていただきました。『陸軍特別攻撃隊』は現在、絶版になっています。この本がきっかけになって、また、多くの読者に読まれることを望みます。

作品の中で、萩原友人と佐々木友次さんが会話する内容は、すべて、作者である鴻上が、実際に札幌の病院で佐々木さんと会話した内容です。

僕は二〇一五年の十月と十一月、計五回、佐々木さんに押しかけるようにインタビューしました。作品の中では、中学生相手なので佐々木さんは少しくだけた言い方をしてますが、僕のインタビューでは終始、丁寧な言葉遣いでした。

出丸中尉の名前を出した途端、背中を伸ばし起き上がったのも事実ですし、寿命の話も佐々木さんが本当に語ったことです。

つまり、佐々木友次さんのパートは、他の参考文献を含めて、事実だけを書いたつもりです。同じくインタビューを受けて下さった長男の佐々木博臣《ひろみ》さん、長女の坂本美智子《さかもとみちこ》さんにも深く感謝します。

佐々木友次さんは、二〇一六年二月九日、午後七時五十五分、札幌の病院で呼吸不全で亡くなりました。九十二歳でした。僕と萩原友人がお会いした三ヵ月後でした。

十二月と一月は疥癬《かいせん》が病院で流行り、面会できませんでした。やがて、会話ができないほど体力が落ちて行きました。僕はあと何回か、お話を聞きたかったのですが、残念でなりません。でも、最後の最後に友次さんのお話を聞けたことはとても幸運だったと思っています。

病床で、友次さんは娘の美智子さんに「こんなふうにして死んでいくんだなあ」と呟《つぶや》いたそうです。フィリピンの空や海ではなく、ジャングルでもなく、札幌の病院で死を迎えられた佐々木友次さん。

当別町にある友次さんのお墓には、次の文字が刻まれています。

哀調の切々たる望郷の念と
片道切符を携え散っていった
特攻という名の戦友たち
帰還兵である私は今日まで
命の尊さを噛みしめ
亡き精霊と共に悲惨なまでの

戦争を語りつぐ
平和よ永遠なれ

鉾田陸軍教導飛行団特別攻撃隊
佐々木友次

友次さんの御冥福を心からお祈りします。

萩原友人は、鳩間島で札幌の伯母さんから友次さんの訃報を聞きます。そして、鳩間中学二年が終わった春休み、お墓参りに行きます。墓前で友次さんにいろいろと鳩間島の生活を報告するのですが、それはまた、別の物語。

鴻上尚史

二〇一七年七月十八日

主な参考文献

『陸軍特別攻撃隊』上巻・下巻　高木俊朗著（文藝春秋）
WEB版　航空と文化『逓信省航空局 航空機乗員養成物語』徳田忠成著
『生きて還った軍神　レイテ戦の道産子伍長』西島照男著（北海道新聞社）
『つらい真実　虚構の特攻隊神話』小沢郁郎著（同成社）
『丸メカニック　世界軍用機解剖シリーズ16　九九式双軽爆撃機』（潮書房）
『真相・カミカゼ特攻　必死必中の300日』原勝洋著（KKベストセラーズ）
『神風特別攻撃隊』猪口力平・中島正著（河出書房新社）
『レイテ戦記』（上）（中）（下）　大岡昇平著（中公文庫）
『修羅の翼　零戦特攻隊員の真情』角田和男著（光人社NF文庫）
『特攻とは何か』森史朗著（文春新書）
『天皇と特攻隊』太田尚樹著（講談社）
『図説　特攻』太平洋戦争研究会編　森山康平著（河出書房新社）
『特攻　最後の証言』「特攻　最後の証言」制作委員会（アスペクト）
『特攻』太平洋戦争研究会編　森山康平著（河出文庫）
『指揮官たちの特攻　幸福は花びらのごとく』城山三郎著（新潮文庫）
『陸軍航空隊全史　その誕生から終焉まで』木俣滋郎著（光人社NF文庫）
『特攻―戦争と日本人』栗原俊雄著（中公新書）

『昭和の名将と愚将』半藤一利・保阪正康著（文春新書）
『語られざる特攻基地・串良　生還した「特攻」隊員の告白』桑原敬一著（文春文庫）
『特攻　外道の統率と人間の条件』森本忠夫著（光人社NF文庫）
『ルソン戦線　最後の生還兵　マニラ陸軍航空廠兵士の比島山岳戦記』高橋秀治著（光人社NF文庫）
『太平洋戦争、七つの謎——官僚と軍隊と日本人』保阪正康著（角川oneテーマ21）
『比島捷号陸軍航空作戦』防衛庁防衛研修所戦史室編（朝雲新聞社）
『第四航空軍の最後　司令部付主計兵のルソン戦記』高橋秀治著（光人社NF文庫）
『あの戦争になぜ負けたのか』半藤一利・保阪正康・中西輝政・戸高一成・福田和也・加藤陽子著（文春新書）
『空と海の涯で　第一航空艦隊副官の回想』門司親徳著（光人社NF文庫）
『不時着　特攻—「死」からの生還者たち』日高恒太朗著（文春文庫）
『「特攻」と遺族の戦後』宮本雅史著（角川ソフィア文庫）
『ルソン死闘記　語られざる戦場体験』友清高志著（講談社）
『特攻隊振武寮　証言 帰還兵は地獄を見た』大貫健一郎・渡辺考著（講談社）
『彗星夜襲隊　特攻拒否の異色集団』渡辺洋二著（光人社NF文庫）
『敷島隊　死への五日間　神風特攻隊長関行男と四人の若者の最後』根本順善著（光人社NF文庫）
『特攻の真意　大西瀧治郎はなぜ「特攻」を命じたのか』神立尚紀著（文春文庫）
『特攻　なぜ拡大したのか』大島隆之著（幻冬舎）

『陸軍航空特別攻撃隊史』　生田惇著　（ビジネス社）
『元特攻隊員の帝国陸軍体験記』　大谷正彦著　（文芸社）
『昭和陸海軍の失敗　彼らはなぜ国家を破滅の淵に追いやったのか』　半藤一利・秦郁彦・平間洋一・保阪正康・黒野耐・戸髙一成・戸部良一・福田和也著　（文春新書）
『「特攻」と日本人』　保阪正康著　（講談社現代新書）
『特別攻撃隊の記録〈陸軍編〉』　押尾一彦著　（光人社）

本書は「小説現代」二〇一六年四月号、六月号～八月号、十月号、十二月号、二〇一七年一月号～四月号で連載されたものに、加筆、修正しました。

万朶隊のパートは、著作権継承者の許可を得たうえで、『陸軍特別攻撃隊』上・下巻（文藝春秋　高木俊朗著）に準拠して創作しました。

鴻上尚史（こうかみ・しょうじ）
1958年、愛媛県生まれ。早稲田大学法学部卒業。在学中に劇団「第三舞台」を結成。以降、作・演出を手掛ける。1987年「朝日のような夕日をつれて」で紀伊國屋演劇賞、1992年「天使は瞳を閉じて」でゴールデン・アロー賞、1995年「スナフキンの手紙」で岸田國士戯曲賞、2010年「グローブ・ジャングル」で読売文学賞戯曲・シナリオ賞を受賞する。日本劇作家協会会長。現在は「KOKAMI@network」と「虚構の劇団」を主宰し活動中。小説に『ヘルメットをかぶった君に会いたい』『僕たちの好きだった革命』『八月の犬は二度吠える』『ジュリエットのいない夜』などがある。

装幀　坂野公一＋吉田友美（welle design）
装画　加藤健介

青空《あおぞら》に飛《と》ぶ

第一刷発行　二〇一七年八月　七　日
第三刷発行　二〇一八年三月十五日

著　者　鴻上尚史《こうかみしょうじ》
発行者　渡瀬昌彦
発行所　株式会社　講談社
〒112-8001東京都文京区音羽二-一二-二一
電話　出版　〇三-五三九五-三五〇五
販売　〇三-五三九五-五八一七
業務　〇三-五三九五-三六一五

印刷所　豊国印刷株式会社
製本所　大口製本印刷株式会社

定価はカバーに表示してあります。

Printed in Japan　ISBN978-4-06-220709-6

N. D. C. 913　286p　19cm